究

叢書・知を究める 19

虫たちの日本中世史

『梁塵秘抄』からの風景

植木朝子［著］

ミネルヴァ書房

虫たちの日本中世史——『梁塵秘抄』からの風景

目次

序　虫に対する嫌悪と愛着

数年前、ジャポニカ学習帳の表紙の写真が話題となったのをご記憶だろうか。

一九七〇年に販売開始されたジャポニカ学習帳は、学年や科目ごとに異なるデザインで、表紙には動植物の写真が大きく載っている。しかし、虫は苦手という声があり、二〇一二年からは虫の写真は使われなくなった。ところが、二〇一五年の四〜六月、ノートの発売四十五周年を記念して実施した歴代表紙の人気投票では、一九七〇年代、八〇年代、九〇年代、二〇〇〇年代の各部門とも一位は昆虫、三位以内の計十二冊中十冊を昆虫が独占した。この結果を受けて、ネットで限定発売された復刻版五冊セットは予約開始翌日に三千セットが売り切れたという（『週刊朝日』二〇一五年七月二十四日号）。

また、二〇一八年七月から十月まで、国立科学博物館で開催された特別展「昆虫」は大きな話題となり、入場者は四十万人を突破した。虫は気持ち悪い、苦手だという声がある一方で、たくさんの人が虫に惹かれるのはなぜなのだろうか。

本書は、私が最も興味を寄せている、平安時代末の流行歌謡・今様《いまよう》を一つの出発点として、中世の人々と虫との関わりを追いかけたものである。私自身を含め、現代の人々の持つ、虫への矛盾した思いは、過去とどのようにつながっているのか、多くの先達に導かれながらたどってみたい。

今様は、華やかで現代風な魅力を持つゆえにそう名付けられ、平安時代末の京都で大流行した。今様に夢中になった後白河院は、喉が腫れて湯水も通らなくなるほど歌の稽古を重ねる一方で、その詞章を集めて『梁塵秘抄《りょうじんひしょう》』を編んだ。『梁塵秘抄』には、『鳥獣戯画』を髣髴させるような、遊ぶ動物たちの姿があちこちに見られるが、特に小さな虫たちが生き生きと動き回るさまからは、今様が映し出す中世という時代の躍動感が確かに伝わってくる。

『梁塵秘抄』に登場する虫は、蛍・機織虫（キリギリス）・蝶・蟷螂・蝸牛・稲子麿（ショウリョウバッタ）・蟋蟀（コオロギ）・虱・蜻蛉である。これらの虫が歌われた今様は以下の通り。

常に消えせぬ雪の島　蛍こそ消えせぬ火はともせ　巫鳥《しとと》といへど濡れぬ鳥かな　一声《ひとこゑ》なれど千鳥《ちどり》とか　（一六）

極楽浄土の東門《とうもん》に　機織《はたお》る虫こそ桁《けた》に住め　西方浄土の灯火《ともしび》に　念仏の衣ぞ急ぎ織る　（二八六）

よくよくめでたく舞ふものは　巫《かうなぎ》小楢葉《こならは》車《くるま》の筒《どう》とかや　やちくま侏儒《ひき》舞手《まひて》傀儡《くぐつ》　花の園《その》には蝶《てふ》小鳥　（三三〇）

をかしく舞ふものは　巫《かうなぎ》小楢葉《こならは》車《くるま》の筒《どう》とかや　平等院なる水車《みづぐるま》　囃せば舞ひ出づる蟷螂《いぼうじり》　蝸牛《かたつぶり》　（三三一）

茨《うばら》小木《こぎ》の下にこそ　鼬《いたち》が笛吹き猿奏《かな》で　かい奏で　稲子麿《いなごまろ》賞《め》で拍子《はうし》つく　さて蟋蟀《きりぎりす》は鉦鼓《しやうご》の鉦鼓

のよき上手《じやうず》　（三九二）

舞へ舞へ蝸牛　舞はぬものならば　馬《むま》の子や牛の子に蹴《く》ゑさせてん　踏み破《わ》らせてん　実《まこと》に美しく
舞うたらば　華の園まで遊ばせん　（四〇八）

頭《かうべ》に遊ぶは頭虱《かしら》　項《おなじ》の窪《くぼ》をぞ極《き》めて食ふ　櫛の歯より天降《あまくだ》る　麻笥《をごけ》の蓋《ふた》にて命《めい》終はる　（四一〇）

居《ゐ》よ居よ蜻蛉《とうばう》よ　堅塩参らんさて居たれ　働かで　簾篠《すだれしの》の先に馬《むま》の尾縒《よ》り合はせて　かい付けて
童《わらはべ》冠者《くわざ》ばらに繰《く》らせて遊ばせん　（四三八）

消えない火を灯しているホタル、衣を一生懸命織っているキリギリス、おもしろく舞うチョウやカマキリやカタツムリ、拍子をとるように飛んでいるショウリョウバッタ、鉦鼓を打つような声で鳴いているコオロギ、人の頭で遊んでいるシラミ、子どもたちと戯れるトンボ……。これらの今様からは、積極的な擬人化をほどこされた愛らしく親しみやすい虫たちの姿が浮かび上がってくる。このような虫の把握はしかし、必ずしも一般的ではない。たとえば伝統的な和歌の中では、多くの場合、鳴く虫が聴覚的に捉えられており、舞う虫、遊ぶ虫といった捉え方はほとんど見られないのである。

以下、『梁塵秘抄』に登場する虫を出発点にして、虫のイメージの多様性をたどったうえで、今様の虫の特徴を改めて考えることとする。一寸の虫にも五分の魂。本書では、小さな虫の世界から覗いた中世の風景――ささやかであっても豊かな世界――を切り取ってゆきたい。

第一章　中世芸能に舞う虫――蟷螂・蝸牛

1　蟷螂の故事と芸能

肉食昆虫としての蟷螂

蟷螂と聞いてまず思い浮かべるのはどんなことだろうか。

幼い日々、何をするにも敏捷さに欠けていた私は、同世代の子どもたちの駆けっこにもついて行けず、ふらふらと一人で原っぱを彷徨うことが多かった。時折、蜻蛉やバッタを大きな鎌ではっしと捕らえ、バリバリと食らう蟷螂に遭遇すると、恐ろしさで足がすくんだものだ。

日本の中世文学においても、蟷螂は、他者を襲う攻撃性に焦点を当てられることが多い。しかしそれは、ほとんどの場合、『荘子』に見える次の故事をふまえたものである。

汝《なんぢ》、夫《か》の蟷螂《たうらう》を知らざるか。其《そ》の臂《かひな》を怒らして以《もつ》て車轍《しやてつ》に当たる。其の任《にん》に勝《た》へざるを知らざるなり。是《こ》れ其の才の美なる者なり。之《これ》を戒め之を慎め。而《なんぢ》の美なる者を積伐《せきばつ》し、以て之を犯せば、

幾《あやふ》し。（人間世第四）

荘子は、蟷螂が斧を振り上げて車に立ち向かう様子を、弱者が身の程を知らずに強敵に立ち向かうことに譬えており、そのように自らの才能を誇り、相手の権威を犯すとあぶない目にあうと忠告する。ここでの蟷螂は驕り高ぶった人の比喩であって、獲物をバリバリと食らう具体的な姿からは距離を置き、巨大な敵に立ち向かう無鉄砲さを象徴する存在である。

この故事は、日本においても広く享受されたが、『平家物語』や『曾我物語』などの軍記物語では、弱い立場にある主人公に使われ、戦あるいは敵討前の悲壮感を高める表現にもなっている。たとえば、木曾義仲《よしなか》が平家の大軍を前に戦勝を祈願し、八幡社に奉った願文の一節、「今此大功《このたいこう》を発《おこ》す事、たとへば嬰児《えいじ》の貝をもッて巨海《きよかい》を量《はか》り、蟷螂《たうらう》が斧《をの》をいからかして隆車《りゆうしや》に向ふがごとし。然《しか》れども、国のため、君のためにしてこれを発す」（『平家物語』巻七・願書）は、戦勝が大それた望みであることを知った上での覚悟の言葉である。自身が平家軍を攻めることは、譬えていえば、赤ん坊が貝殻でもって大海の水量を量り、蟷螂が斧を振りかざして大車に向かうようなものであるが、国のため、君のためにこの事を起こすというのだ。

あるいは、『曾我物語』には、曾我兄弟から、父の敵として狙われている工藤祐経《すけつね》が、陰で「かれが此《この》比分限《ごろぶげん》にて、祐経におもひかからんは、蟷螂が斧を取て、隆車に向かひ、蜘蛛《ちちう》が網をはりて、鳳凰をまつ風情也」（巻八）と嘲笑う場面がある。曾我兄弟のような分際で自分を討とうとは、身の程知らずも甚だしいということであるが、蟷螂が斧を振り上げて車に向かうこととともに、蜘蛛が網を張って鳳凰を捕らえようとすることが譬えとして並んでいる。

明暦二年（一六五六）に刊行された俳諧書『世話焼草《せわやきぐさ》』には、諺として「蟷螂が斧」「蜘蛛が網」が見えるから、後半の「隆車に向かふ」「鳳凰を待つ」がなくても意味が通じるほど人口に膾炙していたことがわかる。

舞い遊ぶ蟷螂

こうした、攻撃的で時に悲壮感に満ちた蟷螂に対し、『梁塵秘抄』に見える蟷螂は明るく親しみやすい、人間と調和的な存在である。

をかしく舞ふものは　巫《かうなぎ》小楢葉《こならは》車《くるま》の筒《どう》とかや　平等院なる水車《みづぐるま》　はやせば舞ひ出づる蟷螂《いぼうじり》　蝸牛《かたつぶり》　（三三一）

「いぼうじり」は「いぼむしり」の変化したもので、蟷螂の異名。この今様では、子どもたちに囃されて、ゆらゆらとユーモラスに動く蟷螂の姿が、蝸牛とともに舞うものとして捉えられている。

今様とほぼ同時代の短編物語集『堤中納言物語《つつみちゅうなごんものがたり》』の一編「虫めづる姫君」には、毛虫そのほかの恐ろしげな虫を愛する姫君が、召し使っている童たちに「蟷螂、蝸牛などを」取り集めさせ、歌い騒がせて虫に聞かせるという場面がある。まさに、この今様の情景と重なってこよう。

蟷螂の験くらべ

時代は下るが、文永九年（一二七二）以後成立の楽書『愚聞記《ぐもんき》』には、博玄《はくげん》と藤原孝定《たかさだ》という二人の琵琶の弾き手が、音楽にすぐれ妙音院《みょうおんいん》と呼ばれた藤原師長《もろなが》の前で、琵琶の弾き比べをしたという逸話が見える。博玄は師長の家に仕える侍であり、孝定は琵琶西流《にしりゅう》師範家に生まれた名手であった。

師長は、目の前にたまたま出てきた蟷螂を、博玄と孝定の間に置き、「蟷螂を引き寄せた方を琵琶の上手としよう」と言って、二人に琵琶を演奏させる。蟷螂は、琵琶の演奏が始まると、孝定の袖からよじ登り、烏帽子の先でしばらく舞う。これで孝定の勝ちが決まったのであった。

ここでの蟷螂は、音楽の良し悪しを判断し、舞うものとして捉えられている。同じ逸話を記した同時代の楽書『文机談《ぶんきだん》』では、師長が「蟷螂《たうらう》の験《げん》くらべといふなる事こそ、興ある事にてあるなれ」と発言しており、「蟷螂の験くらべ」といういい方があったようだ。蟷螂に勝負事の判定力があるとする考え方が、一定程度、世間に浸透していたことが窺われる。

勝敗が決した時、負けた博玄は真っ青になって茫然自失。勝った孝定も、宿所に戻ってから「いくら師長の命令とはいえ、博玄ごときものと勝負させられること自体、屈辱的だ」と嘆き、その後、琵琶を弾くことを止めてしまったという。師長の気まぐれと蟷螂の動きが、二人の男の人生に思いがけぬ影を落とした格好である。それはさておき、このように、蟷螂を舞うものとする把握は、この虫の動きを真似た芸能の発生基盤ともなり、後世にも脈々と受け継がれていった。

蟷螂の芸能

今様とほぼ同時代に流行した種々雑多な芸能・猿楽《さるがく》の中には「蟷螂舞之頸筋《たうらうまいのくびすぢ》」と呼ばれた芸があり、人気を博していたらしい。藤原明衡《あきひら》（九八九？〜一〇六六）著『新猿楽記《しんさるがくき》』に記されたこの演目は、「飽腹鼓之胸骨《あいはらつづみのむなぼね》」と並べられている。瘦せ細った蟷螂が首筋を振り立てるさまと、飽きるほど食べて肥えた腹を打つ腹鼓のさまが対照的で、滑稽な物真似芸の様子が髣髴とする。猿楽見物の観客は、はらわたがよじれ、顎がはずれるほど笑い転げたというから、「蟷螂舞之頸筋」も、熱狂的に迎えられた演目の一つであったろう。

一方で、当然予想されることながら、猿楽の蟷螂舞は、正統な雅楽の舞をよしとする観点からは、取るに足らない猥雑で卑俗な舞であった。源師時《もろとき》の日記『長秋記《ちょうしゅうき》』長承三年（一一三四）十二月三日条では、息子の師仲《もろなか》の舞う「納蘇利《なそり》」が練習不足でまるでなっていないことを「蟷螂舞の如し」と表現している。「納蘇利」は、別名「双龍舞」とも呼ばれる（『教訓抄《きょうくんしょう》』）のに、勇壮な龍どころか小さな蟷螂のようだとは、師時の落胆ぶりが伝わる比喩である。

鎌倉時代後期に成立した楽書『続教訓抄《ぞくきょうくんしょう》』には、藤原宗俊《むねとし》（一〇四六〜九七）の言葉を紹介して、笛吹きが口をゆがめて癖のある吹き方をすることや、笙吹きが自然な呼吸で演奏できないこと、歌い手がむやみに首を振ること、箏弾きが絃を押し過ぎたり、あるべきところから手を放してしまったりすることを「蟷螂舞に似たり」と非難する。蟷螂舞とは、なめらかで優美な動きからは遠く、ねじれたりゆがんだりし、力んでぎこちない動きを示すものだったのであろう。

優雅さに欠けるものとして、貴族社会では非難されながら、しかし、この虫の独特な動きを真似る芸能は、中世を通して演じ続けられた。室町時代の日光山輪王寺における延年《えんねん》（寺院で法会の後などに余興として演じられた芸能の総称）の史料「常行堂修正故実双紙《じょうぎょうどうしゅしょうこじつそうし》」には、正月二日後夜の演目として、「次今様　次朗詠　次随意ノ口遊　次イホシリ　猿公子ノ公」と見え、今様や朗詠といった歌謡、即興的な言語遊戯に並んで、「イホシリ」が記されている。これは「いぼうじり」の「う」の無表記で、蟷螂の物真似芸と推測されている。次に続く猿や鼠（子）に比較すると、蟷螂はごく小さな存在であるが、その動きはそれだけ強い関心を寄せられていたのであろう。蟷螂が鎌を振り上げる時の姿勢は、直立二足歩行をする人間に近しく、芸能化されやすかったものと思われる。太極拳に蟷螂拳という型があることも思い合わされよう。

さらに下って、土佐浦戸城主山内一豊《かずとよ》が新築なった大高坂城（高知城）に移る折のことを記した『御家《ごか》伝記《でんき》』慶長八年（一六〇三）八月二十一日条にも、「御酒盛御謡有、御家老中、小うた、或ハせりふ被致、在川和尚蟷螂の真似仕」とあり、酒宴の座興として、室町時代の流行歌謡である小歌や、言語遊戯と並んで「蟷螂の真似」が記されている。家老らが小歌やせりふを披露したのに対し、「蟷螂の真似」は真如寺在川和尚の十八番であったらしい。「和尚」の得意芸であった点は、日光延年史料の「いほしり」とのほのかな繋がりを感じさせる。

2　蟷螂のおかしみとあわれさ

祇園祭蟷螂山

祭礼の中の蟷螂として印象深いのは、祇園祭の蟷螂山であろう。現在の祇園祭の山で、昆虫の作り物を乗せるのは蟷螂山ただ一つである。御所車の屋根の上に巨大な蟷螂が乗る姿は、当然ながら蟷螂の斧の故事を視覚化したものだ。さらに、蟷螂や御所車の車輪が動くようになっており、現在の祇園祭の山鉾としては、唯一、からくりが施されているという特色を持つ。宵山には先代の蟷螂の作り物が展示され、鎌や羽を動かす紐を見学者に引かせてくれる。紐を引っ張るために人々が列を作る人気スポットだ。

この蟷螂山は、故事に支えられた蟷螂の攻撃的な側面と、面白く舞い遊ぶ側面とを併せて取り上げているといえよう。

さて、蟷螂山の存在はいつごろまで遡れるのであろうか。

現在の祇園祭につながる山と鉾の登場は鎌倉時代末期であろうと考えられている。ただし、史料上、「山」がはっきりと現れるのは「鉾」よりやや遅れて南北朝時代に入ってからとなり、中原師守《もろもり》の日記『師守記』康永四年（一三四五）六月八日条の「山以下作物」が初見とされる。山鉾の具体的な様子となると、さらに下って十五世紀にならないとわからない。最も早い史料が、祇園祭再興の折の明応九年（一五〇〇）に作成されたと考えられる『祇園会《ぎおんえ》山鉾事《やまほこのこと》』である。この記録は祇園祭が停止に追い込まれた応仁の乱以前の山鉾と明応九年に再興された山鉾とがそれぞれに分けて記されており、蟷螂山は応仁の乱以前からあったものとされているので、一四六七年以前にまで遡れることになる（川内将芳『絵画資料が語る祇園祭――戦国期祇園祭礼の様相』淡交社、二〇一五年）。

その具体的な姿を知るための絵画資料として、最も古いものが「洛中洛外図屛風」歴博甲本である。ここに描かれているのは一五二五～一五三五年の京都の景観とされるが、御所車の屋根に蟷螂を据えた蟷螂山は現在のものとほぼ同様の姿だ。ただし、前後左右に担ぎ棒がついており、四人の男たちが山を担ぐ舁山として描かれている（現在はすべての舁山に車輪がつけられており、その点は鉾と同じである）。蟷螂や御所車の車輪が動くようなからくり仕立てになったのがいつからかは判断が難しいが、宝暦七年（一七五七）に刊行された『祇園会細記《ぎおんえさいき》』には、「車の廂の上に蟷螂ありて、臂《ひぢ》を動かし羽を遣《つか》ふ。此間《あひだ》に車の輪まはる。御所車也」と記されている。『祇園会細記』刊行前、桃田柳栄（一六四七～九八）筆の「祇園祭礼図屛風」には、蟷螂山の下から、棒で蟷螂を動かす一人の男の姿が描かれているから、からくり蟷卿は江戸時代前期までは遡ることができるだろう。

室町将軍の山鉾巡行見物

室町時代の祇園祭においては、武家や公家が桟敷を構えて山鉾巡行を見物するのがならわしであったが、中でも華やかだったのは、将軍による見物である。よく知られたものだが、たとえば、三条公忠《きんただ》の日記『後愚昧記《ごぐまいき》』永和四年（一三七八）六月七日条には、次のような記事がある（〈 〉内は割注）。

> 大樹、桟敷〈四条東洞院〉を構へ之を見物す。（中略）大和猿楽児童〈観世の猿楽法師の子と称するなり〉、大樹の桟敷に召し加へられ之を見物す。件《くだん》の児童、去る比《ころ》より大樹之を寵愛す。席を同じくし器を伝ふ。

この記事の「大樹」とは足利義満のこと。二十一歳の若き将軍である。「大和猿楽児童」とは、藤若と呼ばれていた少年時代の世阿弥、十五歳ほどであった。席を同じくし、一つの器で酒を飲むという将軍の藤若寵愛ぶりに、公忠は批判的な目を向ける。曰く、「乞食の所行」である猿楽者が、将軍に近侍することだけでも嘆かわしいが、「物を此の児に与ふる人」は義満のおぼえがめでたいというので、諸大名が競いあって褒美を与え、「費《つひえ》、百万に及ぶ」というのである。

義満をこれほどまでに夢中にさせた藤若は、たぐいまれな美貌と多岐にわたる才能で、前の関白二条良基をも魅了していた。義満との祇園祭見物より二年ほど前、鬼夜叉と名乗っていた世阿弥は、東大寺尊勝院主の案内で、良基の前で芸を披露し、藤若の名を賜った。その命名のいわれは「松が枝の藤の若葉に千歳までかかれとてこそ名づけそめしか」の和歌によって知られる。松の枝に懸かる藤の若葉のように、千年の長きにわたって懸かれ——かくあれ——。良基は、少年の美貌と才能の長久を祈って藤若の名を与えたのである。和歌において、松に懸かる藤といえば、紫の花房を取り上げるのが常套表現であるが、ここでは「若葉」が詠まれている。藤若の少年としての魅力は、たよたよと重い花房のような妖艶さではなく、命の輝きに満ちて今まさに萌え出る軽やかな葉に譬えられるようなものであったのだろう。良基は、一度会った藤若を忘れられず、尊勝院主に宛てて、再度の同道を促す手紙を書いている。その手紙（「自二条殿被遣尊勝院御消息詞」）によると、藤若の姿かたちは蠱惑《こわく》的で、優美さと華やかさをあわせもち、舞う姿はまるで天人のようである。『源氏物語』が賞賛する紫の上の美しさにも劣らない。能ばかりでなく、鞠や連歌にもすぐれていた。「将軍さま賞翫せられしもことはりとこそおぼえ候へ」とし、義満の寵愛も当然だと述べる。良基は当時五十六歳の分別盛りであったが、藤若の魅力に「心そらなる様になり」、すっかり心奪われてしまったのである。

蟷螂の能

このように、世の人々の注目を集めていた少年時代の世阿弥がシテを演じた能に、「蟷螂の能」なるものがあった。平安後期の蟷螂舞から下ること四百年弱、世阿弥の能楽論『申楽談儀《さるがくだんぎ》』には、次のような記事が見える。

蟷螂《たうらう》の能を書きて、観阿脇《わき》に成て、世子《ぜし》せられしに、失せて出で来たる風情をせしを、「光太郎《みつたらう》が面影有り」と語られける也。かの蟷螂、世子の狂い能まねかたの初め也。

世阿弥の父・観阿弥が蟷螂の能を作ってワキを演じ、世阿弥自身はシテを演じた。姿を消した趣で中入りし、後シテの鬼の姿で登場した様子は、「光太郎（禅竹《ぜんちく》の祖父・金春権守《こんぱるごんのかみ》の長兄）の演じた鬼の面影がある」という評判であった。この蟷螂役は世阿弥が狂い能のまねごとをした最初だったという。

世阿弥は鬼の能を、砕動風《さいどうふう》と力動風《りきどうふう》の二つに分けて考えている。前者は、姿は鬼であっても細かく砕けるように心づかいをし、過度に力を込めず、身を軽く扱う風体であり、後者は、力だけを本位に立ち働く、品位に欠けるものである。少年の世阿弥が舞った蟷螂の能のシテは、砕動風の品位ある姿で、光太郎の鬼に似ていると評価されたらしい。「蟷螂の能」は散逸曲であり、具体的な構成そのほかは不明であるが、蜘蛛の精が登場する「土蜘蛛」のように、蟷螂の精がシテとなる鬼能だったであろうと推測

桃田柳栄筆「祇園祭礼図屏風」
（『近世風俗図 4　祭りとしばい』淡交社，1991 年）

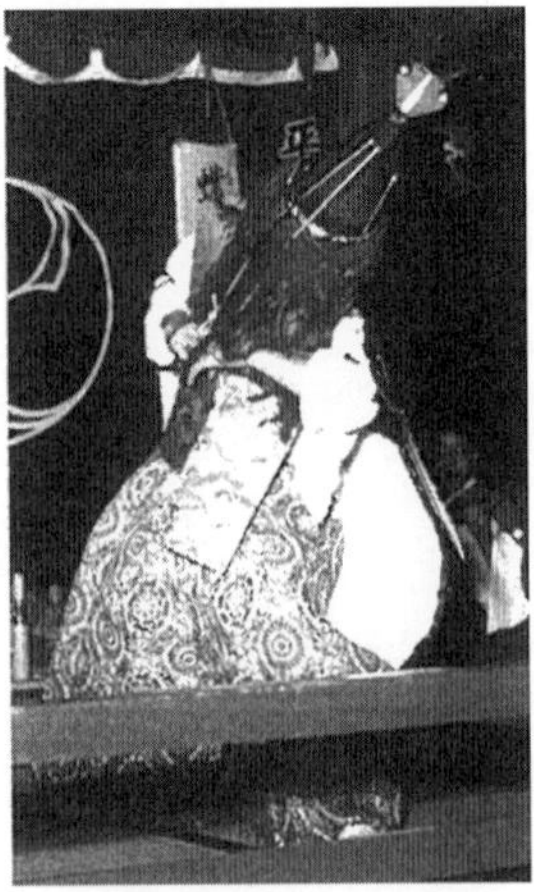

山名神社の舞楽「蟷螂舞」
（拙著『梁塵秘抄の世界』角川学芸出版，2009 年）

される。近年、その詞章の一部に「げにおそろしの栄花の夢」という一節のあった可能性が指摘された（落合博志「『蟷螂の謡』について」京都観世会編『世阿弥の世界』京都観世会、二〇一四年）。『荘子』に、自分の才を誇り、そのことによって挫折すると警告された蟷螂が、シテとしてはかなく過ぎ去ったこの世の栄華を振り返った言葉であろうか。

蟷螂の精は男か女か

虫の精をシテとする能に「胡蝶」がある。華やかながら命の短い蝶を主人公にして、その成仏を描く三番目物で、鬼能とは異なるが、シテとなる虫の持つはかなさという点で、「蟷螂の能」と一脈通じるところもある。この胡蝶の精は女の姿で現れるが、蟷螂の精はどうであろうか。蟷螂の攻撃性や、軍記物語の中で男の比喩になっていることを考えると、やはり「土蜘蛛」同様、男の姿で現れ、中入り後に鬼の姿で登場したのであろう。こうして蟷螂から男の鬼を連想することに、我々は特に違和感を持たないが、ヨーロッパでは、蟷螂はほとんど常に女の譬えとなる。鎌を振り上げて祈るような様子から、フランス語ではMante《マント》・religieuse《ルリジュウズ》（敬虔な巫女）の名で呼ばれ（『ファーブル昆虫記』）、さらに交尾中またはその後に雄を食べてしまう雌に注意が集中して、蟷螂は、男を破滅に追いやり、自らはいやが上にも美しくなる女、男に死の抱擁を与え性の快楽をむさぼる女といった、悪魔的女性の象徴となっている（ロジェ・カイヨワ『神話と人間』）。義満や良基を魅了した美しい少年時代の世阿弥が演じた砕動風鬼・蟷螂には、あるいはそうしたファム・ファタール的な恐ろしさが漂っていたかもしれない。

民俗芸能の中の蟷螂

蟷螂の能を考える上で、よく引き合いに出されるのは静岡県森町山名神社の舞楽「蟷螂舞」である。蟷螂の扮装をした少年の舞い手が一人で舞う。伴奏は笛、太鼓、大鼓。

舞い手は竹籠を芯に紙を貼って漆を塗ったものを頭に載せる。籠の上には蟷螂の首と鎌の作り物が付けられている。鎌につながる紐を舞い手が引くと、鎌が上下に動くようになっている。また、肘を上げ下げすることで、背中に付けた羽が開いたり閉じたりする。私が二十数年前に訪ねた時の舞い手は、中学二年生。ことさら滑稽でもなく、ことさら恐ろしげでもなく、ただ、蟷螂の動きを細やかに、大胆に映す舞であり、この虫の独特な動きへの興味が生き続けていると思われた。終了後に話を聞いてみると、八曲から成る山名神社舞楽のうちでも、蟷螂舞は難しい演目だといい、彼は三回舞ったと誇らしげであった。

北へ目を向ければ、江戸時代、菅江真澄（一七五四〜一八二九）が『花の出羽路』に秋田の伊頃虫儛を記録している。

> 藁しべを結び、耳より鼻にかけて髭とし、顔に墨を塗り、つらうちしかめて、いぼむし舞といふことをせり。是を、笛太鼓などにはやし、「いぼむしかうたかめ、蠅を捕った、みさいな、みさいな」とはやせば、いぼ虫の身のわざを尽くしぬ。

藁しべの髭をつけ、顔に墨を塗って、顔をしかめ、蟷螂の「身のわざを尽くす」というのだから、滑稽な物真似芸であったのだろう。注目されるのは「蠅を捕った」と囃すところである。害虫を駆除する益虫としての側面に注目した言葉と思われ、中世の猿楽や延年では前面に出ていなかった、村落における豊饒への祈願が含まれていると考えられよう。

さらに、南の沖縄では、昭和五十年代に、「あんなる猿ん子が　わんわくてィ　あんしば《（そうすれば）》　かんする《（こうする）》ヨウ猿ん子　ユイヤサ　サーサ　イヤ猿ん子」というわらべ歌が採集されている（久保けんおほか『鹿児島　沖縄のわらべ歌』柳原出版、一九八〇年）。

前掲書解説によれば、蟷螂は「猿ん子」とも呼ばれた。蟷螂が前肢を持ち上げている様子が猿に似ているためである。子どもたちはこの歌を歌って蟷螂をからかったという。さらに「昔、村芝居でかまきりの役をやった人がいて、それが大変滑稽であったので、それを見た子供たちが真似てうたい出したとも聞いた」とする。この記述によれば、蟷螂が登場する芝居が行われたことになり、蟷螂を演じる滑稽な猿楽の流れがたどられよう。

おかしみとあわれさと

攻撃性に注目されることの多い蟷螂を、人間と調和的な存在とし、舞うものと捉えた今様の精神は、蟷螂舞や延年「いほしり」、『御家伝記』の「蟷螂の真似」へ、中世を通じて脈々と受け継がれ、民俗芸能の中にも流れていった。観客を笑わせる滑稽な物真似芸としての蟷螂である。一方、能の世界では、攻撃的でありながらもろくはかない蟷螂を、鬼でありながら優美さを保つ砕動風鬼として造形していった。明るく滑稽な味わいと、影のあるあわれさと——蟷螂のイメージは、中世芸能の持つ二面性をよく表しているといえよう。

3　舞え舞え蝸牛

十一世紀から十二世紀にかけて書かれた日本最初の短編物語集『堤中納言物語』の一編に、「虫めづる姫君」がある。虫を愛する風変わりな姫君は、虫の収集と観察に余念がない。化粧もせず、邪魔になる額髪を耳にはさんで、虫籠の虫をじっと見つめている。女房たちは虫に恐れをなして逃げ出すので、男の童に虫を採集させ、多くの褒美を与える。

虫めづる姫君

この虫どもとらふる童《わらは》べには、をかしきもの、かれが欲しがるものを賜へば、さまざまに、恐ろしげなる虫どもを取り集めて奉る。「烏毛虫《かはむし》は、毛などはをかしげなれど、おぼえねば、さうざうし」とて蟷螂《いぼじり》、蝸牛《かたつぶり》などを取り集めて、歌ひののしらせて聞かせたまひて、われも声をうちあげて、「かたつぶりのお、つのの、あらそふや、なぞ」といふことを、うち誦《ずん》じたまふ。

姫君は毛虫について、「毛の様子は面白いけれど、思い出す故事などがないので物足りない」と言って、蟷螂や蝸牛を集め、歌い囃させる。第1節で述べたように、蟷螂には、『荘子』に見える「蟷螂の斧」の故事がある。蝸牛についても、『荘子』に次のような故事が出てくる。

蝸《くわ》の左角《さかく》に国《くに》する者有《ものあ》り、觸氏《しよくし》と曰《い》ふ。蝸《くわ》の右角《いうかく》に国する者有り、蠻氏《ばんし》と曰ふ。時に相與《あひとも》に地を争

ひて戦ひ、伏尸《ふくし》数万、北《に》ぐるを逐《お》ひて旬有五日《じゅんいうごじつ》にして後反《のちかへ》る。　（則陽第二十五）

蝸牛の左の角に觸氏国という国があり、右の角に蠻氏国があり、時に地を争って戦い、戦死者数万、十五日間戦いが続いたという。ここから、「蝸牛の角の上の争い」がつまらないことで争う譬えになり、さらに人間のはかなさや無常の世を表現することにもなってゆく。白居易がこの故事を引いた詩を作っており、その一節「蝸牛《くわぎう》の角《つの》の上《うへ》に何事《なにごと》をか争ふ　石火《せきくわ》の光の中《うち》に此《こ》の身を寄す」（蝸牛の角の上のような小さく狭い場所でいったい何を争うのであろうか、人は火打石の火花のように短い一瞬に生きているのに過ぎないのだ）は『和漢朗詠集《わかんろうえいしゅう》』下「無常」にとられている。虫めづる姫君が自ら声を張り上げて吟詠したのも、この朗詠であったらしい。

蝸牛の童謡

貴族たちに愛好された朗詠に対し、より広い階層に流行した今様の中にも、蝸牛は歌われている。第1節でも引用したが、『梁塵秘抄』に見える次の一首には、蟷螂と蝸牛を歌い囃す光景が描かれており、先に挙げた「虫めづる姫君」の一場面を髣髴させる。

をかしく舞ふものは　巫《かうなぎ》小《こ》楢《なら》葉《は》車《くるま》の筒《どう》とかや　平等院なる水車《みづぐるま》はやせば舞ひ出づる蟷螂《いぼうじり》　蝸牛《かたつぶり》

（三三一）

『梁塵秘抄』には、蝸牛そのものに呼びかける今様も書き留められている。

舞へ舞へ蝸牛　舞はぬものならば　馬《むま》の子や牛の子に蹴《く》ゑさせてん　踏み破《わ》らせてん　実《まこと》に美しく
舞うたらば　華の園まで遊ばせん　（四〇八）

蝸牛に呼びかけて「舞へ」と命じ、いうことをきかなかったならば罰を、きいたならば褒美を与えようという構成は、後代の伝承童謡や諸外国の童謡にも見えるもので、多くの類歌が指摘されている。ただし、命じたことをきかなかった場合の罰、または、命じたことをきいた場合の褒美、いずれか一方のみ（それも罰を歌うことの方が多い）を歌うことが大勢で、両方を備えた当該今様はやや複雑なものであり、「実に美しく」以下は、童謡がおとなの歌に転じてからの付け足しかという指摘もある。今様という都の流行歌謡として、大人も歌い享受した時、それは単純な童謡とはいえないであろうが、童謡の世界と濃厚な関わりを持っているものであり、発想の源が子どもの遊びや歌にあることは確かであろう。後の伝承童謡の一例を挙げると以下のごとくである（北原白秋編『日本伝承童謡集成』第二巻、三省堂、一九四九年）。

角出せ棒出せ　まひまひつぶり　裏に喧嘩がある　（東京）
でんでんがらぼ　ちゃっと出て見され　わがうちゃ焼ける　（石川）
蝸牛《みょう》　みょう　角出せ　角出さにゃ　家毀す　（新潟）
蝸牛《でんで》こない　出やっせ　早よ出なや　角折るぞ　（三重）
蝸牛《べこ》　べこ　角出せ　生味噌食《か》せるぁ　（青森）

蝸牛《めえめえこんしょ》　蝸牛　角出せ　粉糠《こぬか》三升やろに　（愛知）
でんでんむしむし　角出せ槍出せ　蓑と笠を買うてやろ　（岡山）
ちんなんもう　ちんなんもう　米搗《ち》ち見しらば　飛《とう》ん出《じ》りよー　（沖縄）

伝承童謡の中には、喧嘩や火事であわてさせる例、家をつぶす、角を折ると脅す例、生味噌や米搗きなど美味しいものや面白いもので誘う例などがある。これらと比較すると、「角、槍、棒」などを「出せ」とする後代の童謡に対して、今様は「舞へ」と歌い、褒美にしても、「生味噌」「粉糠」「蓑笠」や「米搗き」に対して花園での遊びを出す点、相対的に優しく典雅な趣が感じられる。罰としても、殻を踏み破る牛や馬が「子」であるところがほほえましい。このような蝸牛の童謡は、日本に限らず、以下のように世界各地に見られる。

Snail, snail,
Put out your horns,
I'll give you bread
And barley corns.

『昔の子どもの詩』（ドイツ，1905 年）より
「カタツムリよ，家から出てきておくれ」
（『スイスの絵本画家　クライドルフの世界』Bunkamura，2012 年）

Snail, snail,
Come out of your hole,
Or else I'll beat you
As black as coal.

（マザーグース）

角を出したら、パンと大麦の粒を与える、殻から出てこなかったら真っ黒になるまでたたきのめす、という褒美と罰を備えた形である。

蝸牛、蝸牛、角をお出し。ピローグをあげよう。

（井桁貞敏編『ロシア民衆文学』）

「ピローグ」はロシアの伝統的な料理で生地の中に具を入れて焼き上げた大きなパンのことであり、美味しいもので蝸牛を誘っている。

でんでん虫　でんでん虫　お前のうちが焼ける　ソシラング持って出て来い

（金素雲編『朝鮮童謡選』）

ソシラングは鉄製の熊手であり、このわらべ歌では、蝸牛の触角を熊手に譬えている。家が焼けるとして誘い出す点は、先に挙げた、石川の伝承童謡と発想を同じくしているものだ。本今様は、こうした世界の童謡と比較しても、際立って美しい名作といえるだろう。

「虫めづる姫君」の物語世界で、姫君は、自ら白居易の漢詩を朗詠しているが、「歌ひののしらせて聞かせたまひて」（歌い騒がせてお聞きになって）ともあることから、姫君のために虫を捕らえてきた男童たちが、あるいは「舞へ舞へ蝸牛」と囃したのではないかとも想像される。毛虫から蝶への変態を観察することで万物流転の成り行きを確認するのだと主張する姫君が、この世の無常を歌う蝸牛の朗詠を吟詠し、褒美ほしさに虫を集めて来るような天真爛漫な男童たちが、蝸牛の童謡を歌ったとすれば、両者の対照がより鮮やかに浮かび上がってくるだろう。

蝸牛の芸能

　このように、蝸牛は「舞へ舞へ」と頻りに囃されたが、人がその蝸牛に扮することがあった。『法隆寺祈雨旧記《ほうりゅうじきうきゅうき》』暦応三年（一三四〇）八月十二日条には、

又同十二日於聖霊院延年在之。雨悦也。（中略）
開口　覚寂房木ノ延年秀句也。龍田川ノミナ上ヲ尋タル連詞也。若音ハ金剛殿。風流ハ崑崙ヲ尋テ八仙ニアウタル事。龍王八大河ノ事。マヘ〳〵カタツフリト云フ事。
児八人八仙トテヨロヒヲキセテ出八人皆管絃者也。
殊勝〳〵。

と見える。当時は日照りが続いていたが、八月四日に行った雨乞い祈願が通じて、五日に大雨が降った。それを祝う「雨悦《あめよろこび》」の延年の記事である。十二日の延年の次第を追うと、まず「開口《かいこ》」がある。開口は

文字通り、延年を始めるにあたっての挨拶で、後半は掛詞を多用した言葉遊びでめでたくおさめるのが通例であった。ここでは覚寂房が「木」にまつわる語呂合わせやうまい洒落を並べたらしい。続いて「連詞《つらね》」。連詞（連事）は、ことばや歌謡を次々につらねて事の由来を述べるものであり、ここでは「龍田川ノミナ上ヲ尋タル」（龍田川の水源を尋ねる）とあるから、地名をつらねた道行的性格を持つ演目だったのだろう。「若音《わかね》」は稚児が歌う高音域をいい、この日は「金剛殿」がその役を担当した。次の「風流《ふりゅう》」は延年芸能のクライマックスともいえるもので、華麗な仮装と舞踊を伴う演目である。この日は、「崑崙ヲ尋テ八仙ニアウタル事」「マヘ〳〵カタツフリト云フ事」の二つが演じられた。「崑崙《こんろん》」は中国西方にあり、仙人が住むとされた山で、舞楽にも「崑崙八仙《こんろんはっせん》」という曲がある。天福元年（一二三三）に編まれた日本最古の総合的な楽書『教訓抄』によれば、「崑崙八仙」は、仙を好んだ前漢の淮南《わいなん》王・劉安《りゅうあん》の前に、仙宮から八仙人が出現した様子を表したものという。この舞楽は延年の演目に何らかの影響を与えていると思われるが、延年では八人の稚児が仙人に扮している。割注の「龍王八大河ノ事」が、八大龍王（『法華経』の会座に参列した、仏法を守護する八龍王）がそれぞれに大河を支配している様子をいうのだとすると、「八仙」と八大龍王が重なる存在であることを示唆したものか。「崑崙ヲ尋テ八仙ニアウタル事」と割注の関係には問題が残るが、龍は水を司るとされたから、雨を祈るのにふさわしく、また、雨悦の延年に登場するのも首肯できる。そして最も注目されるのは、最後に記された「マヘ〳〵カタツフリト云フ事」である。これは『梁塵秘抄』今様と関わるもので、蝸牛の扮装をした演者を、周囲の者がこの今様あるいは類似の歌でもって囃すような芸能が行われたのであろう（前田勇『児戯叢考』弘文社、一九四四年／天野文雄「延年風流」〔第五章一〕藝能史研究会編『日本芸能史　第二巻　古代－中世』法政大学出版局、一九八二年）。ここでの蝸牛は、龍田川の水上、龍王、大河など、水に関わる芸能が並べられている中で、雨との親近性から取り上げられたものと考えられる。それにしても、仙人の世界（崑崙山）または仏教的世界（龍王）を舞台とする前の演目に対して、「マヘ〳〵カタツフリト云フ事」は、ごく身近にいる蝸牛に目を向けるもので、両者には大きな落差がある。古い舞楽の流れを汲む前者と、新しい流行歌謡である今様に基づく後者は、その対照の妙によって、延年風流をより興あるものにしているといえよう。

中世も後半に下って、狂言「蝸牛《かぎゅう》」では、雨を願う対象として蝸牛に一種の聖性を持たせた延年の芸能とは異なり、蝸牛のふりをする演技が観客を大いに笑わせることとなった。主人の命で長寿の薬になるという蝸牛を探しに来た太郎冠者は、竹藪の中で一眠りしていた山伏を蝸牛と思い込んで、主人のもとに連れていこうとする。山伏は太郎冠者をからかって、囃子物の拍子に乗らなければ行かれないと言い、冠者は教えられた蝸牛の囃子物を歌う。結末は、冠者を探しにきた主人も誘い込まれて、三人で囃子物に浮かれて退場するものと、我に返った冠者と主人が山伏を追い込むものとの両様があるが、その囃子物の一節に「でんでんむしむし　雨も風も吹かぬは　出ざかま打ち割らう」とある。出てこないと「かま」を打ち割るぞという脅しであるが、この「かま」については、下って延宝四年（一六七六）序の『日次紀事《ひなみきじ》』によってよく理解できる。『日次紀事』は江戸前期の京都を中心とした年中行事解説の書で、四月末尾には、

自二此月一至二五月一有二霖雨一則蝸牛多出或登レ床又黏レ壁高登則其涎従尽従落其在レ貝也則蝟縮児童相聚謂出出虫虫不レ出則打二破釜一云レ爾此虫貝俗称レ釜

と見え、四月から五月にかけての長雨の時期に蝸牛が多く出てくること、高い壁に登っていくが、粘液が尽きるに従って転げ落ちること、貝の中に縮こまっているのを、子どもたちが集まって「出出虫虫不《でんでんむしむしで》出則打破釜《ずばかまうちわろ》」と囃すこと、この虫の貝を俗に「釜」と称することを記す。この囃し言葉は、伝承童謡ともつながるものであり、広く流布した。俳諧にも取り入れられて「釜破ろの声や通して蝸牛」（百里《ひゃくり》『俳諧新撰』）といった例がある。

かくして、蝸牛を囃す中世の人々の声は、京の都にも、奈良の寺院にも、子どもの遊びにも、芸能の舞台にも、朗らかに響いていたのである。

4 寂蓮と蝸牛の今様

寂蓮の蝸牛詠

『梁塵秘抄』今様「舞へ舞へ蝸牛」と密接に関わる和歌として指摘されているのが、次の寂蓮《じゃくれん》（一一三九？〜一二〇二）の詠歌である。

牛の子にふまるな庭のかたつぶり角ありとても身をなたのみそ

（『寂蓮法師集』二六六・十題百首〈虫部〉）

「十題百首」は、藤原良経《よしつね》・慈円《じえん》・藤原定家・寂蓮の四人によって行われ、書物としての『梁塵秘抄』成立後、建久二年（一一九一）閏十二月四日に披講された。『梁塵秘抄』巻二の奥書によると、寂蓮は秘抄の本文を書写したことになっており、『梁塵秘抄』今様の影響を受けた和歌を詠んでいても不思議ではない。そもそも蝸牛は、和歌にはほとんど詠まれず、江戸期を含めても、以下の例が見出される程度である。

①家を捨てぬ心は同じかたつぶり立ち舞ふべくも見えぬ世なれど（『土御門院御集』三三七）

②家は捨てずなにかなにはのかたつぶりつのくにありと身をたのむらん（『夫木和歌抄《ふぼくわかしょう》』動物部・一三一一〇・藤原為顕《ためあき》）

③（前略）かたつぶり　角の上なる　争ひは　はかなき物と　思ひしらずや（『雪玉集《せつぎょくしゅう》』八一三六）

④国をささげ家をも負ひてゆく虫のちからまことの牛にまされり（『晩花集《ばんかしゅう》』四九七・かたつぶりを）

⑤葎おふ壁のこぼれのかたつぶりはひかかりてはゆく方もなし（『藤簍冊子《つづらぶみ》』六三八）

⑥かたつぶりなれだに家はもたりけりいつまで旅にふる身なるらん（『亮々遺稿《さやさやいこう》』一一七六・述懐のうたの中に）

⑦かくながらなどすむことのかたつぶりそれさへ家のあればある世に（『柿園詠草《かきぞのえいそう》』三三三・故郷を出でたつをり、おもふこと有りて）

⑧野辺とのみあれしまがきのかたつぶりとどむる跡もあはれいつまで（『柿園詠草』一〇五五・蝸牛）

⑨さしいづる此のわが目らを見あやまち角とのみ見る人の眼をかし（『八十浦之玉《やそうらのたま》』三九〇・平千秋・蝸牛にかはりてたはれに）

和歌における蝸牛の詠まれ方を確認すると、①土御門院（一一九五〜一二三一）詠、②藤原為顕（?〜一二九五以後）詠、④下河辺《しもこうべ》長流《ちょうりゅう》（一六二七〜八六）詠、⑥木下幸文《きのしたたかふみ》（一七七九〜一八二一）詠、⑦加納諸平《かのうもろひら》（一八〇六〜五七）詠のように、「家」とともに詠まれることが多い。このうち②の「つのくにありと身をたのむらん」は、寂蓮の和歌「角ありとても身をなたのみそ」を意識している表現であろう。また、③三条西実隆《さんじょうにしさねたか》（一四五五〜一五三七）詠のように、前節で紹介した『荘子』の故事（角の上の争い）をふまえた例も見られる。②④は「くに（国）」の語を用いており、蝸牛の左右の角にそれぞれ「国」があるという『荘子』の譬え話がふまえられている。⑤上田秋成（一七三四〜一八〇九）詠、⑧加納諸平詠は、荒廃した庭や屋敷がともに歌われ、蝸牛がこの世のはかなさ、無常を象徴するものとなっている。⑨は、蝸牛になり代わって詠んだとする戯れ歌である。

以上のように、言語遊戯の面を持ちながらも、蝸牛を引き合いに出してこの世の無常を詠む例が多い中で、寂蓮の和歌は今様と同じように、蝸牛そのものに親しみの目を向け、牛の子に踏まれるなよ、と、あたたかく呼びかけている点で特異である。このような寂蓮の和歌の独自性を考える上で、今様の影響は見過ごせないものではないだろうか。

寂蓮と今様
——交流関係から

寂蓮は、いわゆる三夕の歌の一つ「さびしさはその色としもなかりけりまきたつ山の秋の夕暮」の作者としてあまりにも有名である。もっぱら寂寥美を歌う歌人としての印象が強いが、狂歌の上手としても知られ、時に、自由で諧謔にあふれた歌を詠んでいる。その中には先に見た蝸牛の例のように今様の影響が見られる場合もある。都で大流行していた今様と接する機会については、特に限定する必要はないとも考えられるが、寂蓮と交流のあった人物の中には、今様と特に関わりの深い者が指摘できる。以下、寂蓮が今様とふれ得た場について、交流関係を軸に追ってみよう。

まず、縁戚関係に目を向けると、従兄弟に非常な美声で今様の名手であった藤原実定《さねさだ》がいる。『梁塵秘抄』と相前後して成立した歴史物語『今鏡《いまかがみ》』に、「御声なども美しくして、親の御跡嗣ぎて、御神楽《みかぐら》の拍子もとり給ひ、今様も優れ給へるなるべし」（藤波の下第六宮城野）と記され、『平家物語』巻五「月見」には、都の荒れゆく様を即興の今様で「ふるき都にきてみれば　あさぢが原とぞ荒れにける　月の光はくまなくて　秋風のみぞ身にはしむ」と歌った逸話が見える。

次に今様文化圏の中心にあった後白河院との関わりについてであるが、寂蓮は、「後白河院かくれさせおはしまして三、四年の後、五月供花会の時、六条殿にて池水久澄」の詞書で、「昔よりたえぬながれをしらかはのせきいれし末も思ひこそやれ」の和歌を詠んでおり、すでに指摘されているように、院の供花会《くげえ》（仏前に花を供えて供養する法会）に参加していたと推測される。この歌は、後白河院の死後に詠まれたものだが、「昔よりたえぬながれ」と詠んでいることからも、院の生前から供花会に参加していたと見てよいであろう。後白河院の供花会には、遊女や傀儡《くぐつ》も参加し、今様を歌ったり、今様について議論したりすることが常であった。

さて、この後白河院の北面に伺候し、後白河院の女御・建春門院にも仕えた賀茂重保《しげやす》も寂蓮と交流のある歌人であった。重保は、『今様の濫觴《らんしょう》』と呼ばれる今様相承系図に名が見え、小大進《こだいしん》という専門歌手から今様を習っている。小大進は女系の実子相伝という点と、今様の管理伝承された青墓という場所に根づいていたという点から、今様相承の最も正統な流れに位置づけられる人物であり、後白河院の記した『梁塵秘抄口伝集』巻十においても、正統な歌い方であるかどうかが、小大進の曲調と同じであるかどうかによって判断されている。その小大進から今様を習っている重保は、かなり本格的に今様を学んだと考えられる。

このほか、寂蓮と親密な間柄であった慈円は、歌集『拾玉集』に自作の今様を数首残している。また、寂蓮出家後に交流を持った西行は、今様と関わりの深い源清経《きよつね》を外祖父に持つ。清経は『梁塵秘抄口伝集』巻十にも名が見え、後白河院の今様の師である乙前《おとまえ》や、その養母目井《めい》の庇護者であった。清経自身、今様を歌って人に教えることもあった。寝る暇も与えない厳しい稽古ぶりに、習う方が音を上げてしまうほどだったという。西行は、そのような出自や交流関係からも今様との関わりが深く、それは和歌作品にも反映している。

以上のような、今様と関わりの深い人々との親交や、今様の場との接近は、寂蓮に今様とふれる機会を提供し得たものと思われる。

寂蓮と今様
――和歌作品から

さまざまな場面で今様に親しんだことは、寂蓮の和歌にどのような影を落としているのだろうか。蝸牛以外の和歌で、今様との関わりを想定できる例を見てゆきたい。以下、寂蓮の和歌を挙げ、それに関連すると思われる『梁塵秘抄』今様を※で挙げた。

①あまの川まれなる中もあるものを思ひかねたるよばひ星かな
（『夫木和歌抄』雑部一・七七一二・十題百首〈天象部〉）

※①常に恋するは　空には織女《たなばた》よばひ星　野辺には山鳥秋は鹿　流れの君達《きうだち》冬は鴛鴦《をし》　（三三四）

「よばひ星」は流れ星のこと。和歌にはあまり出てこない言葉であるが、寂蓮は、「思ひかねたる」（恋しい思いにたえられない）と擬人化し、「常に恋する」ものとしての「よばひ星」そのものに焦点を当てており、※①の発想と共通する。

②人すまで鐘も音せぬ古寺にたぬきのみこそ鼓打ちけれ
（『夫木和歌抄』動物部・一三〇四六・十題百首〈獣部〉）

※②茨小木《うばらこぎ》の下にこそ　鼬《いたち》が笛吹き猿奏《かな》で　かい奏で　稲子麿《いなごまろ》賞《め》で拍子《はうし》つく　さて蟋蟀《きりぎりす》は鉦鼓《しやうご》の
鉦鼓のよき上手《じやうず》
（三九二）

②は、いわゆる狸の腹鼓を歌ったものと考えられるが、狸が和歌に詠まれることはほとんどない。※②には狸は登場しないものの、まず「古寺」「茨小木の下」と場所を指定し、そこで動物が楽器を奏し、舞うという趣向は両者に共通する。『鳥獣戯画』を髣髴させるような歌である。

③あさまだき四十唐《しじふから》めぞたたくなる冬ごもりせる虫のすみかを
（『夫木和歌抄』動物部・一二八九〇・十題百首〈鳥部〉）

※③小鳥の様《やう》がるは　四十雀《しじふからめ》鶸鳥《ひはどり》　燕《つばくらめ》　三十二相足《た》らうたる啄木鳥《てらつつき》　鴛鴦《をし》鴨《かも》鴗《そひ》鳰鳥《にほどり》川に遊ぶ
（三八七）

④これもまたさすがにものぞあはれなるかた山かげの筒鳥《つつどり》の声

（『夫木和歌抄』動物部・一二九〇一・十題百首〔鳥部〕）

※④西の京行けば　雀　燕《つばくらめ》　筒鳥や　さこそ聞け　色好みの多かる世なれば　人は響《とよ》むとも麿《まろ》だに響まずは　（三八八）

⑤うきことをきかぬ深山の鳥だにもなくねにたつる三つの御法を

（『夫木和歌抄』動物部・一二九一三・十題百首〔鳥部〕）

※⑤迦葉尊者《かせふそんざ》の石の室《むろ》　祇園精舎の鐘の声　醍醐の山には　仏法僧《ぶつぽふそう》　鶏足山《けいそくさん》には法《のり》の声　（一八二）

「十題百首」において、寂蓮は和歌には比較的珍しい鳥を取り上げているが、③四十雀、④筒鳥、⑤仏法僧は『梁塵秘抄』にも名が見える。和歌全体の発想と今様の発想が共通するわけではないが、和歌において、その鳥名自体がなかなか見出しにくい状況の中では、今様が言葉の上できっかけを与えた可能性もあるだろう。

⑥さよふかき貴船のおくの松風に巫《きね》が鼓のかたをろしなる

（『夫木和歌抄』雑部・一五二二九・百首歌）

※⑥金《かね》の御嶽《みたけ》にある巫女《みこ》の　打つ鼓　打ち上げ打ち下《お》ろし　おもしろや　われらも参らばや　ていとんとうとも響き鳴れ　響き鳴れ　打つ鼓　いかに打てばか　この音《ね》の絶えせざるらむ　（二六五）

※⑥鈴はさや振る藤太巫女《とうたみこ》　目より上《かみ》にぞ鈴は振る　ゆらゆらと振り上げて　目より下《しも》にて鈴振れ

ばゆゆし　神腹立ちたまふ　(三二四)
解怠《けたい》なりとて

巫女の芸能を歌った一首。巫女は和歌にも詠まれるが、寂蓮は「かたをろし」という言葉を使って巫女の芸能そのものに注目した描写をしており、珍しい詠みぶりである。「かたをろし」は広義今様に含まれる歌の種類「片下《かたおろし》」と、肩からあるいは肩の高さから振り下ろすといった鼓の扱い方との掛詞になっていると考えられる。『梁塵秘抄』には、巫女に関する今様が数多く見られるが、※⑥のような、鼓や鈴を用いた巫女の芸能をうつした歌は、寂蓮歌と発想が共通する。

今様の流行した時代、伝統的な和歌の世界にも変化が起こっていた。三夕の歌の歌人・寂蓮は、一面ではこうした新しい時代の波に颯爽と乗っていたのである。

寂蓮の蝸牛の和歌と俳諧

寂蓮の蝸牛の和歌「牛の子にふまるな庭のかたつぶり角ありとても身をなたのみそ」は、江戸時代の俳諧の世界でも強く意識されていたらしく、寛永二十年(一六四三)刊、松永貞徳著の俳諧書『新増犬筑波集《しんぞういぬつくばしゅう》』では「ふみころされなよやかたつぶり」の句の注にこの歌を引き、「天神の御歌となむ」としている。「天神」の歌とされるのは、「牛」が詠み込まれているためであろう。八幡の鳩、日吉の猿、春日の鹿、熊野の烏などと並んで、牛は天神の使者とされているからだ。その由来については、菅原道真が生誕した承和十二年(八四五)が乙丑《きのとうし》の年に当たるため、あるいは、天満大自在天神という神号が三目八臂で白牛に乗る姿により表現される仏教の大自在天に由来するるためといった諸説があってはっきりしないが、実際、多くの天満宮・天神社の境内には臥牛の像が置かれているし、江戸時代初頭ごろには、道真の命日にちなむ二十五日以外に、丑の日に参詣することも行われていたらしい（竹内秀雄『天満宮』吉川弘文館、一九六八年／竹居明男『北野天神縁起を読む』吉川弘文館、二〇〇八年）。

さて、天神の歌とされた寂蓮歌の影響もあってか、俳諧においては、踏みつぶされる蝸牛が相当数現れる。一例を示すと次の通りである。

牛にふまれしかたつぶり見よ　（季吟《きぎん》『俳諧塵塚』）
われむかし踏つぶしたる蝸牛かな　（鬼貫《おにつら》『仏兄七車《さとえななくるま》』）
文七にふまるな庭のかたつぶり　（其角《きかく》『類柑子《るいこうじ》』）
蝸牛《くわぎう》の殻を踏つぶす音　（露丸《ろがん》『雪満呂気《ゆきまろげ》』）
かたつぶり踏み破る方や初ざくら　（一笑《いっしょう》『西の雲』）

『新増犬筑波集』の例および其角の句は、「踏まれるなよ」と蝸牛に注意を喚起している点で、寂蓮歌と近い表現を持っている。蝸牛の伝承童謡において、言うことをきかない場合の罰として、殻を踏み破ると脅すことは頻繁に現れるが、俳諧の例の中には、脅しとして、あるいは注意を促す言葉としてではなく、すでに踏みつぶされた蝸牛を詠むものも多く、無残さが際立つ。なお、寂蓮歌の下句「角ありとても身をなたのみそ」を意識した作と思われるものに、

蝸牛たのもしげなき角振りて　（去来《きょらい》『嵯峨日記』）

たのみなき角としおもへ蝸牛　（『暁台《きょうたい》句集』）

などがある。

踏みつぶされる無残さには至らないが、『日次紀事』で言及されていたように、高所から転げ落ちる蝸牛に注目した句も多い。滑稽さとともにほのかな哀感の漂う作も見られる。

かたつぶり石に落ちたる音ぞ憂き　（氷花《ひょうか》『其袋《そのふくろ》』）
打水や壁より落つる蝸牛　（介我《かいが》『其便《そのたより》』）
ころころと笹こけ落し蝸牛　（杉風《さんぷう》『続別座敷《ぞくべつざしき》』）
かたつぶり折角這てこけにけり　（移竹《いちく》『俳諧新撰』）
登りつめて落ちたり竹の蝸牛　（闌更《らんこう》『半化坊発句集《はんかぼうほっくしゅう》』）
かたつぶり落ちけり水に浮きもする　（『白雄《しらお》句集』）
かげろふやつぶりと落ちしかたつぶり　（士朗《しろう》『枇杷園《びわえん》句集』）

俳諧においては蝸牛の例が相当数見えるが、『梁塵秘抄』今様のように、蝸牛の動きに関心を寄せ、「舞ふ」と擬人化して明るい作品に仕上げるよりも、踏みつぶされたり高所から落ちたりする姿や懸命に歩く姿を、ユーモアにくるみながらもある哀感をもって捉えていることが多い。『荘子』の故事をふまえて、蝸牛から、はかなさ、世の無常といったものを受け取る作も多く、蝸牛を風景の中に置く時も、くさぶかき庭に物有り蝸牛　（涼菟《りょうと》『皮籠摺《かわごずれ》』）

古壁やともに崩るるかたつぶり　（涼菟『砂つばめ』）

のように、しばしば荒廃した庭や屋敷と取り合わされる。

『梁塵秘抄』今様の蝸牛は、寂蓮の和歌を通して、江戸時代の俳人たちに受け継がれた一面はあるものの、今様の蝸牛と俳諧の蝸牛では、そのイメージは大きく異なっているのである。

第二章　中世の信仰と刺す虫――蜂・虱・百足・蚊

1　藤原宗輔の蜂飼と堀河天皇の虫撰び

毛虫や蝸牛や蟷螂など、気味の悪い虫たちを取り集めては、その観察に明け暮れた「虫めづる姫君」。本書にたびたび登場しているこの物語の主人公は、太政大臣藤原宗《むね》輔《すけ》（一〇七七～一一六二）の娘をモデルとしているのではないか、という説がある（山岸徳平『堤中納言全註解』有精堂、一九六二年）。モデル論には賛否両論あるが、宗輔は虫との関わりからいうと、実に興味深い人物である。

蜂飼の大臣

宗輔は蜂を数限りなく飼って思うままに繰り、「蜂飼《はちかい》の大臣《おとど》」と呼ばれた。蜂飼の逸話はいくつかの書物に見えるが、建長四年（一二五二）成立の説話集『十訓抄《じっきんしょう》』によってたどると次のようである。

宗輔は、飼っている蜂に名をつけており、名を呼ぶと蜂の方も召しに従ってやって来る。侍たちを叱る時など「なに丸、某《なにがし》刺して来《こ》」と命じると、その通り名指しされた人物を刺すのであった。出仕の時、牛車の左右の物見窓の辺りをぶんぶん飛び回っている蜂たちに、宗輔が「とまれ」と言うと、蜂はすぐにとまった。『十訓抄』の編者は「不思議の徳、おはしける人なり」と評している。この蜂飼について、世間の人は「無益《むやく》のこと」（役にも立たないこと）と軽んじていた。ところが、その評価が一変する事件が起こる。ある年の五月、鳥羽殿で蜂の巣が突然落ちて、院の御前に蜂が飛び散ってしまった。人々は蜂に刺されまいとして逃げ騒いだが、宗輔は落ち着いて御前にあった枇杷を一房手に取り、琴爪で皮をむいて上にさし上げた。すると、すべての蜂が枇杷に取り付いて飛び回らなくなったので、供の者にそっと渡した。この見事な振舞を、鳥羽院はたいそう褒めたということだ。

この逸話の中で、宗輔が琴の爪で枇杷の皮をむいたとされるのは、小さな点ながら興味深い。宗輔は管絃にすぐれ、箏のたしなみもあった（『秦箏相承血脈《しんそうそうしょうけちみゃく》』）からである。

蜂飼のことも含めて、嘉応二年（一一七〇）頃に書かれた歴史物語『今鏡《いまかがみ》』には、次のような記述がある。

宗輔の太政大臣は、笛をぞ極め給ひける。あまり心ばへふるめきて、この世の人にはたがひ給へりけり。菊や牡丹など、めでたく大きに作り立てて好みもち、院にもたてまつりなどして、ことごとの世の用事など、いと申し給ふ事なかりけり。あまり足ぞはやくおはすとて、御供の人も追ひつき申さざりけり。思ひかけぬことは、蜂といひて人さす虫をなむ好み飼ひける。からなる紙などに蜜ぬりて、捧げてありき給へば、いくらともなく飛びきて遊びけれど、おほかたつゆさしたてまつることせざりけり。足高《あしたか》、角短《つのみじか》、羽斑《はねまだら》なんどいふ名つけて呼ばれければ、召しにしたがひて、聞き知りてなむ来つつ群れゐける。

（藤波の下第六唐人の遊び）

宗輔は、先にふれたように箏をよくしただけでなく、笛の名手でもあった。建長六年（一二五四）成立の説話集『古今著聞集《ここんちょもんじゅう》』二六八話には、宗輔の吹く笛に神の感応のあったことが記される。宗輔が内裏から退出した時のこと、月が美しい晩であったため、笛を取り出し、心を澄まして、牛車の内で「陵王《りょうおう》」（雅楽の曲名。「蘭陵王《らんりょうおう》」とも）の序曲を吹いていたところ、近衛大路《このえおおじ》と万里小路《までのこうじ》が交差するあたりで、陵王の装束を着た小さな人が、車の前でみごとに舞うのが見えた。不思議なことに思って車から牛を取り放し、宗輔は車の外に出て、一曲をすべて吹き通した。曲の終りにこの陵王は近くの小さな社の中に入って行ったという。この説話は「笛の曲も神感《じんかん》ありけるにこそ。やむごとなきことなり」（笛の曲に神が感動したのである。まことに尊いことであった）と結ばれる。陵王の装束を着た小さな人とは神の化身であったのだ。明るい月に照らされて、華やかな装束をまとい一心に舞う小さな陵王と、取り憑かれたように笛を吹き通す宗輔。美しくも狂気をはらんだ、神秘的な風景である。同じ話が『懐竹抄《かいちくしょう》』（平安末～鎌倉初期成立）、『教訓抄』（一二三三年頃成立）などの楽書にも載り、神感を得た宗輔の笛のことは繰り返し語られた。しかし、『今鏡』はこうした貴族的教養たる管絃の逸話を連ねることはせず、菊・牡丹の栽培、蜂飼という特異な趣味を取り上げている。『十訓抄』には明確に書かれていなかった蜂の名前が記され、蜂を呼び集める方法として、唐紙に蜜を塗ったという具体的描写も見える。枇杷の実に蜂を取りつかせたという逸話同様、宗輔が虫の生態を熟知していることがよく現れていよう。

堀河天皇の虫撰び

嘉保二年（一〇九五）八月十二日、堀河天皇は殿上人に嵯峨野で虫を捕らえてくることを命じた。この時のことは、藤原宗忠《むねただ》の日記『中右記《ちゅうゆうき》』同日条および『古今著聞集』巻二十「嘉保二年八月殿上人嵯峨野に虫を尋ぬる事」にくわしい。日暮れ時、天皇から「むらご（同色で濃淡のむらに染めてあるもの）の糸にてかけたる虫の籠」（『古今著聞集』）を賜った蔵人頭《くろうどのとう》以下十五名が、馬に乗って嵯峨野に出かけた。野中で召使の少年たちを散らして虫を捕獲させる。月の出の前に内裏に戻り、虫籠を萩、女郎花などで飾って中宮（篤子内親王）に献じた。その後、殿上で盃酌朗詠があったという。「野外に虫を尋ぬ」（『中右記』による。『古今著聞集』では「野径に虫を尋ぬ」）の歌題が出、深夜になって、中宮の方で和歌の披講があった。「萩薄様《はぎのうすよう》」（『中右記』）に書かれた天皇と中宮の和歌が御簾の内から出された。『中右記』は「誠に以て優美なり」と記している。

加納康嗣『鳴く虫文化誌――虫聴き名所と虫売り』（HSK、二〇一一年）によると、この堀河天皇による虫撰びが、記録上、虫撰びの最初であるという。『拾遺和歌集』秋部の伊勢（八七五?～九三八以降）の和歌には、「前栽に鈴虫をはなち侍りて」という詞書が付され、捕らえた鈴虫を庭に放ったことが知られるし、『源氏物語』鈴虫巻にも六条院の庭に虫を放たせてその鳴き声を鑑賞していることが記されるが、天皇の命で大がかりな虫の捕獲が行われたのは、堀河天皇の例が早いということであろう。加納はふれないが、谷川士清《たにかわことすが》（一七〇九～七六）編の辞書『和訓栞《わくんのしおり》』の「むしえらみ」の項には「堀川帝の時より始る」とあって、この逸話は広く知られていたことが窺われる。さらに興味深いのは、この虫撰びに、蜂飼の大臣・宗輔が参加していることだ。宗輔は、『中右記』の記主・宗忠の弟にあたる。この宗輔の娘の若御前《わかごぜん》が「虫めづる姫君」のモデルではないかとする説があることは前述の通りである。

堀河天皇の虫撰びは当然、鳴き声の美しい秋の虫を集めたものであり、宗輔の蜂や「虫めづる姫君」の毛虫、蝸牛などとは対照的である。しかし、自然の中にいる虫を捕らえて身近に置くということが、特に堀河天皇の周辺から盛んになってきたということは、虫をめぐる一つの文化として興味深く思われる。「虫めづる姫君」には、童たちが採ってきた虫に歌を聞かせて囃し立てる場面があるが、姫君自身、蝸牛に向けて、「かたつぶりのお、角の、あらそふや、なぞ」と朗詠する。これは、堀河天皇への虫の献上とその後の「盃酌朗詠」を念頭に置いたパロディーとも思われてくる。

堀河天皇と芸能

殿上人を嵯峨野に遣わしてわざわざ虫を捕獲させた堀河天皇は、管絃と和歌を愛した風雅の人であったが、俗に近い新興のものにも興味を寄せる一面を持っていた。永長元年（一〇九六）の祇園御霊会のころ、集団の舞踊やアクロバティックな芸を見せる田楽《でんがく》が盛んに行なわれたが、堀河天皇は殿上人に命じて田楽の観覧を所望しているのである（『中右記』永長元年七月十二日条）。大江匡房《まさふさ》の記した『洛陽田楽記《らくようでんがくき》』によって、堀河天皇の父・白河院とその皇女・郁芳門院《いくほうもんいん》媞子《ていし》内親王の田楽好きはよく知られているが、堀河天皇も田楽観覧に積極的であったことが知られる。また、藤原忠実《ただざね》の日記『殿暦《でんりゃく》』康和二年（一一〇〇）正月十二日条によれば、天皇は中宮篤子内親王のもとを訪れ、弓場殿で藤原博定《ひろさだ》の今様を聞いている。流行歌謡としての今様にも興味を寄せていたことがわかる。

藤原博定のがらがら声

御遊の後、わざわざ「今様を仕る」と記された博定は、さぞ美声であったのだろうと思いきや、かなり聞き苦しいがらがら声であったようだ。文永九年（一二七二）以後間もなく成立したとされる楽書『文机談《ぶんきだん》』（伏見宮本）には、次のような記述がある。

知足院殿の仰せには、「博定は笛を吹けば息少なく、琵琶を弾けば撥音悪く、箏を弾けば爪音乾けり。歌を歌へば瓦礫声なり。かかる不堪の者なれども、年比《としごろ》稽古の力にて何事にもとり向かへば、その座みなしみわたる徳あり。練習は力なきことなり」とぞ仰せられける。

知足院殿すなわち藤原忠実は博定を評して次のように言う。笛の演奏には息が足りず、琵琶の撥音は悪い。箏を弾く爪音は乾いていて、歌声は瓦礫のようにひび割れたがらがら声。博定にはまったく才能はないが、長年の稽古によって人々を感動させる徳を得た。練習した者にはかなわないのだ、と。この博定については、雅楽の家の大神基政《おおがもとまさ》を感心させた次のような逸話も伝わっている（『古今著聞集』二五六話）。

堀河天皇が白河院に拝謁するため、六条院（白河院が造営させた六条内裏）に行幸した時のこと、池の中島に演奏所が設けられており、天皇の御座所は、水を隔ててはるか遠い場所であった。博定は天皇の命を受けて、太鼓を演奏したが、本来の間合いよりも早目に桴《ばち》をあてた。翌日、博定は基政に会って「昨日の太鼓はどうでしたか」と尋ねる。基政は「立派な演奏と拝聴しましたが、本来の間合いより少し早く進んでいたように聴こえました」と答えた。博定は「その間合いの早いのは打ち始めだけに交じっていましたか、それとも始終同じように早目に進んでいましたか」と重ねて問う。基政が「始終同じでした」と答えたところ、博定は「狙い通りです」と満足している。「楽曲は切れ目がないので目立ちませんが、太鼓を遠くで打つと、響きが遅く届きます。だから（早目に打ち続けた昨日の演奏は）、天皇のお耳には間合いがぴったり合ってよい具合にお聴きいただけたはずです」というのだ。基政は、「これほどの心配りは、思いもかけないことだった。実に立派である」と感心しきりであった。

博定のすばらしさ――忠実が称賛した練習による徳にしても、基政が感心した心配りにしても――は、天賦の才に恵まれないがための努力と熟考の賜物であったのだろう。人は才能のないことを嘆いているだけではいけないのだ。

宗輔の執心

芸能を愛する堀河天皇の周辺には、博定のように才能はなくとも努力で名をなす人がおり、宗輔のように才能にめぐまれ、かつ特異な趣味を持つ者がいた。再び宗輔に話をもどそう。先に、宗輔が神の化身である小さな陵王に遭遇した話を挙げたが、『教訓抄』によれば、それは、久寿二年（一一五五）十一月中旬、七十九歳の時のことであった。それから七年後、宗輔は八十六歳でこの世を去る。『古今著聞集』四九〇話には宗輔の死後の出来事として次のような話が見える。

宗輔は笛の楽譜を残していたが、その楽譜について二条天皇（在位一一五八～六五）から意見を求められた藤原師長《もろなが》は、疑問のある点を少々申し上げた。すると、師長の夢に、宗輔から手紙が届いたと見えた。亡くなった人からの手紙とは何だろうか、と不思議に思って開いて見ると、「幼少の頃から好み習ってきた笛の道なのに、あのように悪く言われて批判されるとは悔しいことです」と書いてある。師長は驚き、天皇の元に参って、「先日、笛の譜について申し上げたことは、私の方が間違っておりました」と訂正した。この説話には、「世をへだて生をかへて、なほさほどの執心ふかかりけんこそいと罪ふかうおぼえ侍れ」（この世ならぬ世界に行き、この世の人ならぬ者に生まれ変わっているのに、それでもなおこれほどに執着の心が深いことは大変罪深いことである）との評が付される。

蜂を自在に扱う、風変わりで軽妙洒脱とも見える宗輔であるが、楽の道にはおそろしいまでの執着を示したのであった。

若御前の管絃稽古と男装

多くの蜂を飼うという特異な嗜好を持ち、この世の一般的な価値観を超越しているように見える藤原宗輔が、自らの残した楽譜の正統性については、その認知を求めて他人の夢にまで現れた。こうした宗輔の楽譜を受け継いだのが、まさに「虫めづる姫君」のモデルとされる若御前であった。

鎌倉時代の楽書『文机談』には、二条天皇が、若御前のもとに勅使を遣わして、万秋楽《まんじゅうらく》の秘説を尋ねた話が見える。

二条天皇は御願寺供養のため、万秋楽の秘説を諸家に広く求めた。万秋楽は『教訓抄』によると、「仏世界」の曲であるとされるから、寺供養にふさわしいものといえよう。

この曲にはさまざまな説があって、さまざまな珍しい名前が伝わっているが、昔から狛《こま》氏が伝え舞う「弥勒仏の手」が最秘であり、「慈尊《じそん》万秋楽」と名付けられている。二条天皇は、この曲を誰が伝えているのかとお尋ねになるが、諸家の楽人たちは誰も伝えていない。楽曲の絶えることを惜しんだ天皇は、音楽全般に優れ妙音院と号した藤原師長に相談して、宗輔の娘・若御前に問い合わせることにしたのであった。若御前は、雑草のうっそうと生い茂る住まいで勅使に対面し、臨終に際しても笛を吹き続けた父の思い出を語る。宗輔の存命中は、若御前も、「吹き物打ち物までも手をふれざる時なかりき」、すなわち、管楽器、打楽器まで、常に演奏していた。宗輔死後は、演奏を勧める人もないので、楽器にもすっかり塵がつもってしまい、それを打ち払うことも稀なありさまであるという。このようなお尋ねに応えることは、老いの面目をほどこすありがたいことだと述べて、若御前は蒔絵の手箱に楽譜を入れて差し出したのであった。

ここには、楽の稽古に励み、心を尽くしながら、父の死後は、音楽の家の存続に対して無力な自らの立場を嘆く若御前の姿が浮かび上がる。『文机談』本文に、「吹き物打ち物までも手をふれざる時なかりき」とあるのは、「弾き物」（絃楽器）は当然という前提だが、若御前は、次に見るように箏の名手であった。

嘉暦二年（一三二七）以前に成立したとされる楽書『糸竹口伝《しちくくでん》』には、

若御前ノ流ト云箏弾世間ニアリ。彼人ハ按察使大納言宗俊ガ孫也。京極大臣宗輔公女。鳥羽院御時。男子ノ装束ヲシテ具シマイラレタリケルニ。若御前ト云名ヲタビテケリ。名誉ノ箏弾ナリ。祖父曽祖父マデ箏ノ家ナリ。

とある。箏の流として「若御前の流」が知られるほど、若御前は名高い箏の弾き手であった。鳥羽院のもとへ男装で参ったところ、若御前の名をいただいたという。院の前に男装で参上したのは、連れて行った宗輔の意向かもしれないが、それを受け入れる若御前の、父に劣らぬ自由な一面が窺われる。

文永九年（一二七二）以後成立の楽書『愚聞記《ぐもんき》』には、女性の笛吹きを紹介して、次のように記す。

一、則天皇后、楊貴妃笛吹也、本朝ニハ基政娘夕霧、宗輔ノ大政大臣ノ子若御前尼ハ笛吹也。少年之時男子ノ様ニテ、父ノソバニヰテ、笛ヲ吹テ常ノ侍《(ママ)》ケレバ、人々若御前トゾ申ケル、ここでは、若御前が、一般に女性は演奏しない笛を吹いたことが取り上げられている。本朝の女性の笛吹きとして若御前と並んでいる夕霧の父は、雅楽を専業とした大神氏の基政（一〇七九～一一三八）で、笛の書『竜鳴抄《りゅうめいしょう》』を記している。基政は宗輔の二歳年下、娘たちもほぼ同世代と見てよいだろう。『愚聞記』においては、若御前という呼び名について、鳥羽院がつけたという限定はなく、世間一般に広く呼ばれていたことが記される。男装、笛の演奏とも、当時の男女の規範を飛び越えた行動であり、父・宗輔の影響とも捉えられよう。

2　蜂の智恵と聖性

蜂は仁智の心あり

そもそも、藤原宗輔はなぜ蜂を飼っていたのだろうか。『十訓抄』は、その理由を「蜂は短小の虫なれども、仁智の心ありといへり」とする。仁智は、儒教でいう五常（仁・義・礼・智・信）に含まれるもので、蜂には慈しみの心とすぐれた智恵があるというのである。

『十訓抄』が、宗輔の蜂飼と並べて語るのは、次のような蜂の報恩譚である。

昔、「余吾大夫《よごのたいふ》といふ兵者《つはもの》」が敵に攻められて命からがら逃げ出し、笠置寺の岩穴に隠れていた。そこでたまたま蜘蛛の網にひっかかった蜂を助けてやったところ、その夜の夢に柿色の水干袴をはいた男がやってきて恩返しに敵を滅ぼそうと言う。男は昼間助けられた蜂だったのである。その言葉を信じて、余吾大夫は味方五十人ほどを集め、瓢簞、壺、瓶子などの容器を手配して敵に向かって行く。三百人ほどの敵軍は、小勢をばかにして攻撃してきた。すると、瓢簞などに籠っていた蜂の大軍が敵に襲いかかり、敵軍はあっという間に滅ぼされてしまった。余吾大夫はこの戦のために死んだ蜂を山に埋め、堂を建てるなどして供養した。

『今昔物語集』の蜂

平安時代末期成立の『今昔物語集』には、蜂の説話が二話連続で収録される。巻二十九の第三十六話と第三十七話である。

第三十六話の概要は以下のようなものである。京の水銀商人が商いのために、長年伊勢国と行き来していた。馬百余頭に夥しい財宝を積んで行き来していたが、盗人の害にあうということがたえてなかった。ところが、ある時、八十余人の盗賊が襲ってきて、財宝は奪われ、人々は逃げ惑った。水銀商人は落ち着いて一人丘に登り、「何《いづ》ラ何ラ、遅シ遅シ」と呼んだところ、一時間ほどして大きな蜂が飛んできて、そばの木に止まった。なお「遅シ」と言い続けていると、空に赤い雲が現れた。実はこれは蜂の大群であり、盗賊たちに無数の蜂がとりついて、皆刺し殺してしまった。水銀商人は盗賊の本拠に行き、彼らの貯えまで手に入れて、ますます富み栄えた。この水銀商人は、家に酒を造っていて、いつも蜂に飲ませて大事に飼っていたので、蜂が恩に報いたのだ。

続く第三十七話の概要は次の通り。法成寺の阿弥陀堂に蜘蛛が網をかけていた。そこにひっかかった蜂を哀れに思った僧が助けてやったところ、二、三日してから仲間を連れた蜂がやって来て、蜘蛛に復讐しようとした。蜘蛛はうまく隠れて身を守る。この説話は「蜂ニハ、蜘蛛遥《はるか》ニ増《まさり》タリ」と結ばれ、蜂に対する蜘蛛の優位が説かれるのであるが、『今昔物語集』の二話は、恩には報い、仇には復讐するという蜂の性質を捉えて対照的に並べられている。なお、先に挙げた『十訓抄』の余吾大夫の話は、人が蜘蛛の巣にかかった蜂を助けるという要素は『今昔物語集』巻二十九の第三十七話の前半と、蜂が恩に報いて敵を刺し殺すという全体の趣旨は同第三十六話と重なる。

以上の説話は、報恩・復讐の虫としての蜂を、特にその集団的行動に注目して語っている。

『弘法大師行状絵詞』の蜂

報恩・復讐など、理にかなった行動をとるものとして把握される蜂だが、『弘法大《こうぼうだい》師行状絵詞《しぎょうじょうえことば》』の中には、何の危害も加えていないのに、突然、人を襲う蜂が登場する。『弘法大師行状絵詞』は、永和四年（一三七八）以前あまりさかのぼらない時期に成立した絵巻で、弘法大師の誕生から入定までを描く。蜂が登場するのは巻六冒頭、時は弘仁（八一〇〜二四）の初めのことである。東大寺に巨大な蜂たちが突如出現し、人を次々に刺した。刺された者はすぐに命を落とすありさまで、僧侶も逃げ出し、寺はすっかり荒れてしまった。これを憂えた天皇が大師に命じて寺に住まわせたところ、蜂は出現しなくなり、僧侶も寺に戻って学業も栄えた。人々はみな、大師の威徳に感嘆したという。ここでは蜂の出現が「大魔縁なり」と表現され、邪悪な霊のしわざと考えられている。従って、弘法大師のような高僧によってこそ、ようやく駆逐できたのであった。ここでは人を刺すという蜂の攻撃性が邪悪な力の現れとして捉えられているのである。

蜂の仏教的性質

『弘法大師行状絵詞』とは反対に、仏の側に属する蜂が登場する説話がある。十二世紀初めには成立していたと考えられる説話集『注好選《ちゅうこうせん》』には、次のような話が見える。

昔、精進弁《しょうじんべん》と得楽止《とくらくし》という二人が悟りを求めて修行していたが、得楽止はいつも眠ってばかりいる。すると、住まいの傍らにある池の蓮の中から大きな蜂が飛んできて目を刺そうとするので、得楽止はそれを防ぐために眠らず修行につとめた。この蜂は、今の釈迦如来であったのだ。そして、精進弁とは文

東大寺の蜂

(『続日本絵巻大成 5　弘法大師行状絵詞・上』中央公論社，1978 年)

殊菩薩、得楽止とは弥勒如来である。

ここでは、眠りをいさめる釈迦が蜂として登場する。また、文永年中（一二六四～七五）に成立したと考えられる『日吉山《ひえさん》王利生記《のうりしょうき》』には次のような話が載る。

比叡山の名高い僧に聖救《しょうく》（九〇九～九八）、暹賀《せんが》（九一四～九八）の兄弟がいるが、二人が幼少の頃、駿河国の自宅近くの神社で神楽見物をしていると、大きな蜂が二匹やってきて、兄弟の上を飛び回った。人々がその蜂を払いのけようとしたところ、巫女が託宣して言うには、「蜂は山王の侍者也、ゆめゆめいとふ事なかれ。この二人は則叡山にのぼりて徳をひらくべき器なり」と。すなわち、「蜂は山王に仕える者であるから、嫌ってはならない。この二人は、比叡山に登って立派な僧になる器だ」と予言したのであった。

ここでは、蜂を日吉山王権現の侍者としている。『注好選』『日吉山王利生記』の二話は、断片的な例ではあるが、他者を刺すという蜂の性質が、覚醒、悟りを導くものとして捉えられるのは、自然な連想であるようにも思われる。また、『愚聞記』には、藤原宗輔の蜂飼の記事の後に、「大方ハ蜂ハ物ノ心モアル物トゾ、中古近江国石山ニ蜂集テ懺法ヨム事侍ケリ」と見え、蜂が懺法（自らの犯した戒律上の罪を告白し懺悔する儀式）を行っていたという。「蜂が懺法を読む」という把握が生まれたのは、ブンブンという羽音からの連想であろう。古く『万葉集』に「馬声《い》蜂音《ぶ》石花《せ》蜘蟵《くも》荒鹿《あるか》」（巻十二・二九九一）という戯書がある。「ああ、息が詰まる」という意味とは関わりなく、遊戯的な表記をしたもので、「いぶ」は、馬の鳴き声を「い」と聞き、蜂の羽音を「ぶ」と聞いた擬声語による戯書である。蜂の羽音を読経の声に聞きなした例としては、永観二年（九八四）成立の『三宝絵《さんぼうえ》』中・十二に、次のような記述が見える。

　二人ノ子、母ニイフ、「家ノ上ニ七人ノ法師アリテ経ヲヨム。ハヤクイデテミ給ヘ」トイフニ、屋ノ上ヲキクニ、マコトニ経ヲヨムコヱアリ。蜂ノアツマリテナクガゴトシ。

庭で遊んでいた二人の子どもが、家の中にいた母に向かって、「家の上に七人の法師がいて経を読んでいる」と言うので、聞き耳を立てると、本当に経を読んでいる声が聞こえる。その声は、蜂が集まって鳴いているようだ、と描写される。蜂が鳴くことはないので、羽音を「鳴く」と表現しているのであろう。時代は下るが、小沢蘆庵《ろあん》（一七二三〜一八〇一）の歌集『六帖詠草《ろくじょうえいそう》』には次のような例が見える。

　此本尊を埋木の地蔵となんいへる、庭にたかき菩提樹あり、その中よりあらはれ給ふとぞいふ、その木に花さけり、おほくの山蜂むらがりきてひねもす花にむつるる声経よむに似たり

菩提樹の花になきよる山蜂はいまも般若をよむかとぞきく

太秦広隆寺の埋木地蔵は、平安時代初期の作で、重要文化財に指定されている。その地蔵が現れ出て来た菩提樹の花には多くの蜂が群がって、経を読むような羽音をたてていたという。遠く『三宝絵』に連なる話である。

狂言「蜂」

智恵ある虫とされた蜂は、狂言の中にも登場し、人間をやりこめている。現行では演じられない独《ひとり》狂言（舞台に一人しか登場しない狂言）「蜂」において、花見に来た男は一人で酒を楽しみ、酔った挙句にその場で眠ってしまう。蜂に刺されて（あるいは蜂の羽音で）目覚めた男は腹を立て、蜂に反撃する（あるいは見つけた蜂の巣を打つ）。最後は蜂に追われて逃げ込む。こうした展開は、自然界においてごく当然の流れであるが、文芸上は、『今昔物語集』で見たような、敵には必ず復讐するという蜂の性質に連なるものといえよう。なお、狂言「蜂」の諸本を比較検討した山本晶子は、台本の注記や番組の記載から、従来、独狂言とされてきた「蜂」について、一人で演じる演出のほかに、蜂役を出す演出があった可能性を論じている（「馬瀬狂言資料の紹介（6）――「蜂」を含めた新資料について」『学苑』第八五五号、二〇一二年一月）。山本論は続けて「それまで一人きりで演じていた舞台に、蜂役が出ることにより、それまでの流れとは一転して、動きのある舞台となろう」と指摘する。蜂役が登場するとなれば、その巨大な（人間と同じ大きさの）蜂に追われる舞台上の男を見る観客は、いっそう強い緊迫感と、現実離れしたおかしさとをともに味わうことになり、なるほど効果的な演出といえよう。

中世の人々に仁智や聖性を感じさせ、きっちりと恩も復讐も忘れない蜂は、「短小の虫」ながら、なかなかどうして侮れない存在である。

3　虱の遊びと発心

人間に寄生する虱には三種類あるが、現在、日本で見られるのはアタマジラミがほとんどだという。『梁塵秘抄』にはその頭虱を歌った次の一首がある。

『梁塵秘抄』の虱

頭《かうべ》に遊ぶは頭《かしら》虱　頂《をなじ》の窪《くぼ》をぞ極《き》めて食ふ　櫛の歯より天降《あまくだ》る　麻笥《をごけ》の蓋にて命《めい》終はる　（四一〇）

「頭で遊んでいるのは頭虱だよ。うなじのくぼみをいつも決まって食うのさ。やがて櫛の歯から天降る。麻笥《おけ》の蓋でご臨終だ」と、駆除される虱をユーモラスに歌う。麻笥は、繊維を裂いて縒りあわせた麻がからまないように入れておく器。檜の薄板をまげて円筒状に作る。人の頭の中にいることを「遊ぶ」、髪の毛から櫛で梳き落とされることを「天降る」と擬人化し、麻笥の蓋でつぶされることを「命終はる」と大げさに表現したところも滑稽で、大らかな笑いに満ちた一首である。

頭髪の虱

頭髪の虱は、すでに『古事記』に見えている。大穴牟遅神《おおあなむぢのかみ》（大国主神）は、須勢理毘売《すせりびめ》と結婚するが、その父須佐之男命《すさのをのみこと》によって数々の試練を与えられる。その一つが、須佐之男命の「頭之虱」を取ることだった。虱と思ったものは、実は百足であったが、大穴牟遅神は妻から渡された椋の木の実を嚙み、同じく妻から受け取った赤土を口に含んで吐き出したので、須佐之男命は、大穴牟遅神が百足を嚙み砕いて吐き捨てているものと思い、すっかり満足した。須佐之男命の頭虱が実は百足であったという話は、須佐之男命の巨大さ、強烈さを表現するためのものであり、虱そのものに焦点が当てられているわけではないが、虱が古代から身近にあって人々を悩ませてきたことは確かである。なお、堀越孝一は、『梁塵秘抄』の虱の歌から連想されるものとして、フランソワ・ラブレーの『ガルガンチュワ物語』（一五三四年）の一節を挙げている（『わが梁塵秘抄』図書新聞、二〇〇四年）。『ガルガンチュワ物語』第三十七章には、次のように見える。

その節起ったまぎれもないことは、ガルガンチュワが着物を着替え、櫛で頭髪をすいていると（その櫛というのは百間ほどの大きさで、逞しい象牙をそっくりそのまま植えこんだ代物だったが）、一櫛かく度毎に、ヴェードの森の城を崩した時に頭髪のなかに撃ちこまれた七箱以上もの数の砲弾が、ばらばら落ちてきたことだった。これを見て父王グラングゥジエは、てっきり虱だと思ったので、こう言った。——やれやれ、息子、そちはモンテーギュ学寮の鶺《はしたかしらみ》虱を、ここまで持ってきよったのか？

（渡辺一夫訳・岩波文庫）

櫛の歯に梳かれて頭から落ちてくる虱の姿は、古今東西を問わず、やや滑稽味を帯びて描かれている。ガルガンチュワは巨人であり、虱と思われたものが実は砲弾だったという表現は、頭に百足が這う須佐之男命の描き方と通うところがある。

虱を養う僧

『徒然草』第九十七段は、本体を損なう寄生物の物尽くしであり、その筆頭に「体に虱あり。家に鼠あり。」と、虱が挙がっている。人間に寄生し損害を与える物として忌み嫌われてきた虱であるが、平安時代末期成立の『今昔物語集』巻十三の第二十三話には、虱に食われることも厭わない僧が登場する（本話の出典は、長久四年〔一〇四三〕頃書かれた『法華験記《ほっけげんき》』下・八十八）。

筑前の国の蓮照《れんしょう》聖人は、道心の深い人で、昼夜『法華経』を読誦していた。人を哀れむ心も深く、裸の人を見れば自らの衣を脱いで与え、飢えた人を見れば自らの食物を与えた。また諸虫を哀れんで、多くの蚤・虱を集めて自分の身に付けて飼っていた。蚊や虻も払わず、蜂（『法華験記』では蜹《だに》）や蛭が喰い付いてもそのままにして身を食わせた。とうとう、虻が聖人の身体に卵を産みつけ、その跡が大きく腫れてひどく痛んだ。周囲の人は治療を勧めたが、聖人は、灸をすえたり薬を塗ったりしたら虻の子が死んでしまうと言い、治療を拒否してひたすら痛みに耐え、『法華経』を読んでいた。ある夜、夢の中に気高い僧が現れ、蓮照をほめて傷を撫でた。目が覚めると傷口から虻の子が飛び散り、傷はたちまちに癒えて少しの痛みも残らなかった。

この説話における虱は、蚤や虻、蚊、蜂（蜹）、蛭などと並んで、人を刺し、血を吸う害虫として捉えられているに過ぎず、説話の中心はそうした虫にも憐みの心をもって接し、殺すことをしない蓮照の尊さにある。同じように、虱に憐みの目を向けた僧に、書写山の性空《しょうくう》がいる。鎌倉時代初期の説話集『古《こ》事談《じだん》』巻三・九十六によれば、対面中の客が懐中の虱をとってひねりつぶしたのを見て、性空は「なぜそのように虱を殺すのか」と大いに悲嘆した。客は恥じて退散したという。もっとも『今昔物語集』巻十二の第三十四話によると、性空聖人は『法華経』読誦の徳により、「身に蟣《きさき》（虱の卵）虱《しらみ》近づかず」というから、虱に身を食われることもなく、当然それをひねりつぶすこともなかったのであろう。このように、虱にまで及ぶ慈悲の心を持った聖人たちの逸話が語られる一方、中世説話の中には虱に意地の悪い仕打ちをしたために、手ひどいしっぺ返しを受けた男の話も見出される。

虱の報復

建長六年（一二五四）成立の『古今著聞集』六九六話は、次のような話である。ある田舎人が、京に上り、宿で日向ぼっこをしていたところ、首のあたりが痒いのでさぐってみると、大きな虱が食い付いていた。男はこれといった理由もなく、小刀で柱を少し削り、その中に虱を押し込めて動かないように覆い、田舎に帰った。次の年、京に上って同じ宿に泊まり、昨年のことを思い出して柱の削ったところを開けて見ると、虱がやせ細ってまだそこにいた。死んでいないのを不思議に思って自分の腕に置いたところ、少しずつ身動きをして、腕に食い付いた。ひどく痒かったが、未だ生きていたのが不憫で、さらに血を吸わせた上で払い捨てた。その虱に食われたところは、やがて腫れ上がって無数の瘡になってしまった。あれこれ治療をしたけれども効き目がなく、とうとうその瘡が悪化して男は死んでしまった。この話は、「これは去年よりへしつめられてすぐしたる思ひ通りて、かく侍りけるにや。あからさまにも、あどなき事をばすまじき事なり。」と結ばれる。すなわち、去年から柱の中に押し込められていた恨みを晴らそうという虱の一念によって男は死んだのであろうか、と推測し、かりそめにも子どもっぽいいたずらなどしてはならないという教訓でまとめられているのである。動作が緩慢で見つけられればすぐつかまる虱は、無力に見えて、血を吸うという性格は底知れぬ不気味さも感じさせる。この説話からは、極めて小さな虫であるものの、だからこそ余計に恐ろしい虱の執念が、ひしひしと伝わってこよう。

室町時代後期に成立した短編物語である御伽草子《おとぎぞうし》『白身房《はくしんぼう》』は、別名『千手観音物語』ともいう。虱は足の数の多いところから千手観音とも呼ばれたためである。梗概は以下の通り。

御伽草子『白身房』

鎌倉建長寺僧堂の乾《いぬい》の角に八十四、五歳になる虱が一匹、座禅を組んで暮らしていた。ある日、虱は寺の美しい喝食《かっしき》（有髪の少年の行者）を見初める。乱れる恋心をおさえきれず、腰の辺りに食い付いたが、すぐに払いのけられる。叶わぬ恋をきっかけに、この世の無常を感じて発心した虱は、白身房と名乗って修行の旅に出る。富士山のふもとで出会った行脚の僧と虱は仏法問答を交わし、和歌を詠み合った。なかなか勝負はつかず、虱に臨終の時が迫る。やがて虱は、僧の引導によって往生の素懐を遂げたのであった。

虱と僧の取り合わせは、すでに見た『今昔物語集』の蓮照、『古事談』の性空の逸話を想起させるが、蓮照や性空が虱に慈悲の心を向けるのに対し、御伽草子『白身房』の僧と虱は丁々発止のやりとりをしている。たとえば次のごとくである。

世の中の虱を食らふ物もがなわが身の痒さ思ひ知らせん
（世の中に虱を食う物があればいいのに。人間の身の痒さを思い知らせてやりたい。）

世の中に人をもひねる物もがなわが身の痛さ思ひ知らせん
（世の中に人をひねりつぶす物があればいいのに。虱の身の痛さを思い知らせてやりたい。）

世の中にたへて虱のなかりせば人の心はのどけからまし

（世の中に虱が全くいなかったなら人の心はまことにのどかであったろうに。）

人にただ爪の甲だになかりせば虱の心のどけからまし

（人に爪の甲さえなかったなら虱の心はまことにのどかであったろうに。）

虱めが盗くらひの身の果ては爪の上こそ墓どころなれ

（虱めの盗み食いの身の果てとして、爪の上こそ墓所であるぞ。）

虱ほど出家を好む物はあらじ殺されながらほつしとぞなる

（虱ほど出家を好むものはない。殺される時「ホッシ」と音をたててつぶされながら法師となるのだ。）

最後の虱の歌で、虱自身が「出家を好む」と言っているように、僧と虱は対立しながらも親近性のある存在と考えられよう。なお、この歌の「ほつし」は虱をつぶす擬音語と「法師」の掛詞になっているものと思われる。太田《おおた》全斎《ぜんさい》（一七五九〜一八二九）編の辞書『俚諺集覧《りげんしゅうらん》』の「ぽッしり」の項には「物をつぶす声又ポッチリとも云」として『白身房』の「虱ほど……」の歌を挙げていることが参考になる。

さらに、中世の天台宗談義所内では、『法華経』序品の注釈に関連して、虱の登場する道歌（教訓を詠んだ和歌）が伝承されており、『法華経直談鈔《じきだんしょう》』には、「座禅スル衾《フスマ》ノ下ノ瘠虱《ヤセシラミ》空ト思フモ障《サハリ》ナリケリ」と見える。これは建長寺の僧堂で座禅を組んでいた白身房の姿を彷彿させるものであり、中野真麻理が指摘するように、こうした道歌の伝承と、御伽草子『白身房』成立の過程とは深く関わっていたであろう（『一乗拾玉抄の研究』第五章「虱の歌」臨川書店、一九九八年）。

再び『梁塵秘抄』へ

虱は人の血を吸う害虫であるが、聖人が慈悲心を発揮する対象になり、虱自身が発心する物語も生まれてきた。こうした虱の中世的背景を考えると、冒頭に掲げた虱の今様が、「天降る」「命終はる」といった語を用いていることも、滑稽味を出すための強引な選択ではなく、自然な連想に基づいていたであろうことが推測される。あたかも神仏のように天から地上に下りてきた虱の死は、経典にある「命終《みょうじゅう》」を訓読した形で表現された。のびのびとしたおかしみの中に、後の道歌につながる宗教性の萌芽をも見出し得るのである。

4 俵藤太の百足退治

俵藤太の武勇譚

前節で見たように、『古事記』において、大穴牟遅神（大国主神）は、須佐之男命の頭にわく虱ならぬ百足をとらされる。その前にも大穴牟遅神は蜂と百足のいる室に押し込められるという試練を乗り越えていた。百足は人を刺す恐ろしい虫として忌み嫌われていたが、百足退治で最もよく知られているのは、俵《たわらのとう》藤太《だ》秀郷《ひでさと》が近江三上山の大百足を退治する武勇譚であろう。室町時代前期までに成立した御伽草子『俵藤太物語』は、前半が百足退治譚および龍宮訪問譚、後半が将門討伐譚となっている。前半の梗概は次の通り。

朱雀院の御代、近江国瀬田の橋に二十丈の大蛇が出現し、人々の往来を妨げていた。俵藤太秀郷は、平然と大蛇の背を踏みつけて橋を渡り、下野国への旅を続ける。その夜、宿に泊まっている秀郷のもとに、美しい女房が訪ねてきた。それは、昼間踏みつけられた大蛇の化身であり、秀郷の武勇に感心した

百足を射る俵藤太
（『甦る絵巻・絵本　チェスター・ビーティーライブラリィ所蔵　俵藤太物語絵巻』勉誠出版，2006年）

大蛇が、仇敵の大百足退治を依頼しに来たのであった。承知した秀郷は五人張りの弓と三本の矢を持って瀬田に向かう。琵琶湖のほとりから三上山を見ていると二三千の松明をともし、百千万の雷が響くような音をさせて、山が動くように揺れ動きながら近づいて来るものがある。それは恐ろしい百足の化物であった。秀郷はじっと待ち受け、化物が矢の届くところまで近づいてきた時、眉間めがけて矢を放った。しかし、鉄の板を射るような音が聞こえて、矢は跳ね返されてしまう。二本目の矢も同じで、百足の体に刺さることはなかった。三本の矢のうち、二本まで射損じた秀郷は、最後の矢の矢尻に唾をはきかけて、八幡大菩薩に祈念しながら矢を放った。この度は手ごたえがあって、二三千と見えた松明も一度に消え、百千万の雷と思われた音も鳴りやんだ。唾は百足にとって毒であるために、三本目の矢は眉間に突き刺さったのである。急所を射られた化物は牛鬼（牛の頭を持つ地獄の鬼）のような顔をしており、二三千と見えた松明は足であった。倒した大百足をさらにずたずたに切り刻み、琵琵琶湖に流してから秀郷は宿所に帰った。翌日の夜、例の女房がまたやって来て、百足退治の礼に、切れども尽きぬ反物、取れども尽きぬ米俵、食物の尽きぬ赤銅の鍋を置いていく。無尽の米俵をもらったために、秀郷は俵藤太と呼ばれるようになったのである。しばらくして、また女房が現れ、秀郷を龍宮に招いて饗応する。秀郷は龍王から、黄金細工の鎧と太刀、赤銅の釣鐘を賜る。鎧と太刀は武士の重宝として相伝し、釣鐘は三井寺に奉納した。三井寺では盛大な鐘供養が行われ、多くの人々がつめかけた。

『太平記』巻十五「三井寺合戦 幷《ならびに》 当寺撞鐘《つきがね》事付俵藤太事」に同様の話があり『俵藤太物語』前半は、『太平記』の影響を受けているものと考えられている。

蛇と百足

俵藤太は大蛇（すなわち龍神）からの依頼で百足を退治する。大蛇の化身である女房は、龍蛇の一族が、百足にたびたび食われて苦しめられていたこと、何とかして百足を滅ぼしたいと思ってはかりごとを巡らすもののなかなか成就できず、人間の助けを借りたいと思って、適任者を探していたことを訴える。このように、百足と敵対する蛇が、人に助力を願う話は、『今昔物語集』巻二十六の第九話にもある。梗概は次の通り。

加賀国の人が七人、船に乗って沖に漕ぎ出し、釣りをしていた。すると突然の暴風により、大きな島に流れ着く。上陸してみると、一人の若者が現れ、食事の世話をしてくれる。暴風を吹かせて七人を呼び寄せたのは自分であると説明した上で、明日、沖の島から敵がやって来て、生きるか死ぬかの勝負になるから、合図をしたらある限りの矢を射て、ぜひ自分を助けてほしいと言う。釣り人たちが承知して待っていたところ、火のように光りながら海を泳いできたのは十丈ばかりある百足であった。向かい合うのは同じく十丈ほどある蛇。昨日の若者は大蛇の化身だったのである。百足と蛇は互いに目をぎらぎらさせて睨み合い、やがて激しく食い合って血みどろになる。百足は多くの足で蛇を押さえつけるので、常に優勢である。蛇の合図を受けて、七人の釣り人たちは一斉に百足に対して矢を射かけ、太刀で切り殺した。蛇は姿を消し、昨日の若い男が、怪我を負った姿で現れる。敵もいなくなった豊かなこの島で暮らすことを勧められた七人は、いったん加賀国に帰って、家族を伴い島に戻る。田畑を作って豊かに暮らし、今も島にはその子孫が満ち足りた生活を送っているということだ。

長い肢体を持つという共通点がありながら、足の多い百足と足のない蛇という対照が際立つ両者は、凄惨な闘いを繰り広げる妖怪同士として、組み合わされるのにふさわしいといえよう。

なお、蛇と百足の足の数をめぐって、無住《むじゅう》（一二二六〜一三一二）著『沙石集《しゃせきしゅう》』には次のような話が見える。

百足と山神と蛇とはよく知った仲であって、山に住んでいたが、百足が山神に言うには、「私は百本の足があるが、余分だと思ったことはない。汝は足一つではたやすく歩けないだろう。九十九本の足を付けるべきだ」と。山神は「私は一本足で何の不足もない。汝こそ、九十九本の足を切り捨てよ」と言う。蛇は「私は一本も百本もないが、腹で歩くのに問題はない。百本も一本も足など捨てよ」と言った。

これを受けて、無住は、人はどのようであっても、とにかく世の中はわたっていけるものだ、おのおのが自分の位置でやっていけばよいのだとまとめている。人生訓の譬え話になっているが、ここでの百足と蛇とは、敵対関係ではなく、ともに山に住む「知音《ちいん》」（知り合い）として描かれている。

『梁塵秘抄』の藤太巫女

『梁塵秘抄』今様には巫女がしばしば歌われているが、具体的な名前が出てくるのは次に挙げる三二四番歌（四一四にも重出）一例のみである。

鈴はさや振る藤太巫女《とうたみこ》　目より上《かみ》にぞ鈴は振る　ゆらゆらと振り上げて　目より下《しも》にて鈴振れば
懈怠《けたい》なりとて　ゆゆし　神腹立ちたまふ　（三一四）

この「藤太巫女」については、現在、未詳とされている。早くに折口信夫が「俵藤太に関連して三上山の百足を射たという伝えは分布が広いが、ああいう信仰を伝えた巫女に藤太巫女があったと想像する。近江の三上山の信仰を宣伝したのだろう」（『折口信夫全集　ノート編第十八巻』中央公論社、一九七二年）と述べたが、『梁塵秘抄』の注釈史ではほとんど言及されない。『俵藤太物語』の百足退治・龍宮行伝説の典拠は、先にもふれた『太平記』巻十五で、さらにこの原拠は、源顕兼《あきかね》（一一六〇～一二一五）編『古事談』の粟津冠者《あわづのかんじゃ》伝説にあると言われる。『古事談』巻五・三十四では、粟津冠者と号す「武勇なる者」が、龍王の敵の大蛇を矢で射て退散させ、龍宮の鐘を与えられることになっている。ただし、龍とはすなわち蛇と見なし得るから、龍の敵を大蛇とするのは不審である。いずれにせよ、『古事談』の説話から俵藤太秀郷の百足退治譚が生まれたとすると、この伝説は鎌倉中期以降に形成されたと考えられるところだが、一方で、それぞれがすでに独立して行われていた伝説を採録したとの見方も可能であり、とすると、『梁塵秘抄』の藤太巫女が俵藤太の百足退治や龍宮行の伝説を伝えたのではないかとする折口説も検討に値するだろう。というのも、『梁塵秘抄』三一四番歌前後の歌の配列を見ていると、その背後に俵藤太の影が見え隠れするように思われるからだ。

藤太巫女と俵藤太秀郷

折口信夫が説くように、「藤太巫女」が直接に秀郷の伝承を担ったものかどうか、実証するのは困難である。しかし、子孫の繁栄によって秀郷の英雄化はますます進んでいたから、「藤太」の名前から秀郷が連想されるのはごく自然なことであったと思われる。今様の流行期、秀郷の子孫で注目を集めていた人物として、西行や足利又太郎忠綱《あしかがのまたたろうただつな》がいる。西行は、秀郷九代の後胤であり、自他ともにそれを強く意識していたらしい。藤原頼長《よりなが》の日記『台記《たいき》』永治二年（一一四二）三月十五日条では、西行は「重代勇士」と呼ばれているし、『吾妻鏡』文治二年（一一八六）八月十五日条によれば、源頼朝から兵法について問われた西行は、遁世の折に「秀郷朝臣以来九代嫡家相承兵法」を焼いてしまったと語る。足利又太郎忠綱は、秀郷の十世の孫。『平家物語』では宇治の橋合戦の際、「昔朝敵将門をほろぼし、勧賞かうぶッし俵藤太秀郷に十代、足利太郎俊綱が子」と名乗っている（巻四・宮御最期）。このように、西行や忠綱を介在させることによって、秀郷は人々の記憶の中によみがえっていたと考えられるから、「藤太巫女」という名称から、俵藤太秀郷を連想することは十分あり得たであろう。

俵藤太秀郷と近江

『太平記』『俵藤太物語』は、秀郷が俵藤太と呼ばれるようになった由来について、百足退治の礼として龍神から米の尽きることのない俵をもらったためと語る。もちろんこれは付会説であって、もともと俵藤太は田原藤太であり、田原は地名と見る点、異論はないようである。早く平安時代末期成立の『今昔物語集』巻二十五の第五話にも、「田原藤太秀郷」と見える。この田原の地がどこにあるかについては、諸説あり、有力なのは下野と近江である。下野は秀郷の本拠地だが、近江田原には別業を置いたとされ（『大日本史』）、秀郷一族との関わりも深い（『宇治田原町史』第一巻、一九八〇年）。少なくとも後世の伝承上は、秀郷と近江は違和感なく結びついているのである。

『梁塵秘抄』の配列

以上の考察をふまえて、『梁塵秘抄』を改めて眺めてみよう。三二四番歌前後の歌を挙げると以下の通り。

山の調めは桜人《さくらびと》　海の調めは波の音　また島巡るよな　巫《きね》が集《つど》ひは中の宮　厳粧遣戸《けさうやりど》はここぞかし（三二三）

鈴はさや振る藤太巫女（以下略）（三二四）

近江にをかしき歌枕　老曽《おいそ》　轟《とどろき》　蒲生野《がまふの》　布施の池　安吉《あき》の橋　伊香具野《いかごの》　余吾の湖《うみ》の　滋賀の浦に　新羅《しらぎ》が建てたりし持仏堂の金《かね》の柱（三二五）

これより東《ひんがし》は何とかや　関山　関寺　大津の三井の颪《おろし》　山颪　石田殿　粟津　石山　国分や　瀬田の橋　千の松原　竹生島（三二六）

武者を好まば小胡簶《こやなぐひ》　狩を好まば綾藺笠《あやゐがさ》　捲《まく》り上げて　梓《あづさ》の真弓を肩に掛け　軍《いくさ》遊びをよ　軍神《いくさがみ》（三二七）

このうち、三二三番歌と三二四番歌は巫女を歌う点で並べられ、三二五番歌と三二六番歌は近江の地名を列挙するという共通点で並べられている。三二四番歌の「藤太巫女」から俵藤太秀郷を連想することが可能であれば、次に近江の地名を列挙した歌が置かれている必然性が理解される。しかも、秀郷が大蛇に出会ったとされる瀬田の橋、その異名とされる轟、また龍神からおくられた鐘を寄進したという三井寺などの名が両歌に含まれる。次の三二七番歌には武者が登場し、秀郷との連想関係は、より直接的になる。にわかには見えない糸であるが、『梁塵秘抄』三二四番歌から三二七番歌をゆるやかに結ぶ連想の糸として、秀郷を置くことは、『梁塵秘抄』の編者や、これを書物として享受し得た知識階級においては可能なことであったと思われる。

5　毘沙門天と百足

前節で見たように、百足は平和を乱す恐ろしい存在であり、勇者によって完膚なきまでに打ちのめされる運命にあったが、一方、勇者を守り人々に福を与える毘沙門天の使いとして、尊ばれる一面をも持っていた。

毘沙門天の使い

毘沙門天は、持国天・広目天・増長天とあわせて四天王の一体であり、四天王の一つとしては多聞天と呼ばれることが多い。毘沙門天という呼び名は、多くの場合、独尊として修法の本尊になる際のものである。中国から日本に伝えられた早い時期には、毘沙門天は国家守護の神であり、仏教の守護神であった。国家守護の性格には、怨敵退散の武神としての機能が伴い、やがて、軍神《いくさがみ》として武者の信仰を集めることになる。一方、室町時代にはいわゆる七福神（大黒・恵比須・毘沙門・弁天・布袋・福禄寿・寿老人）が成立し、毘沙門天は福の神としての役割を担うようにもなった。

狂言「毘沙門」には福神としての毘沙門天が取り上げられるが、作品終末部で、毘沙門天は百足に乗って登場する。梗概は次の通り。

初寅の日に連れだって鞍馬に詣でた二人の参詣人が通夜をしたところ、毘沙門天から「福ありの実」（ありの実は梨のこと。梨が「無し」に通じるのを忌んで「有り」と逆にした）を授かる。二人は、その実を取り合い、連歌で勝負をつけようとする。一人が出した上の句「毘沙門の福ありの実と聞くからに」に対し、もう一人は、「くらまぎれにてむかで食いけり」と付けた。付け句は「暗闇にまぎれて」の意の「くらまぎれ」に「鞍馬」を入れ込み、「(皮を)剝かないで」の意の「むかで」に「百足」を掛けたものだ。やがて御殿の内から本尊の毘沙門天が、「こがねの鎧に御鉾を横たえ、百足に乗じて」出現する。毘沙門天は二人の連歌をめでて、毘沙門天の由来を語り、宝を与えるのであった。ここに見える連歌に類似するものは、すでに、建長六年(一二五四)成立の説話集『古今著聞集』に現れている。

鞍馬寺の別当・石泉法印祐性が「篠《すず》」(細い筍《たけのこ》)をたくさんもらい、それをある人のもとに遣わした。それにつけて送った和歌は、

このすずは鞍馬の福にて候ふぞされればとてまたむかで召すなよ

というものであった(六四一話)。「この筍は、鞍馬の福ですよ。だからといって剝かないで召し上がるようなことはなさらないように」といった意味で、この和歌の「むかで」にも先の連歌と同じく「剝かで」と「百足」が掛けられている。鞍馬毘沙門天と百足の関わりは、従って鎌倉時代前半までさかのぼれることになるが、室町時代の記録には、いっそう明らかに、鞍馬との関連で百足を尊ぶ記事が見出される。伏見宮貞成《さだふさ》の日記『看聞日記《かんもんにっき》』永享九年(一四三七)八月二十日条には、

抑鞍馬月詣今日代官参。〈与次郎。〉下向之時於貴船有百足。取之さんせう浹枝ニ乗之。ちとも不動。やすくとられて長途はたらかす持参。御福之条勿論。則帳台之内安置。月詣信仰。預御利生之間随喜無極。

と見える（〈　〉内は割注）。貞成は、毎月、代官に鞍馬詣をさせていたが、今日、代官の与次郎が帰ってくる時に、貴船で百足を見つけたので、山椒で挟み枝に乗せて運んできた。逃げる気配もなく、長い帰り道の間もじっとしていたという。貞成は、毘沙門天の「御福」であるとして、百足を帳台の内に安置した。日頃の信心によって利生を得たことを「随喜極まり無し」と、大いに喜んでいる。また、足利将軍の侍僧役であった季瓊真蘂《きけいしんずい》が記した公用日記『蔭涼軒日録《いんりょうけんにちろく》』長禄三年（一四五九）十月二十八日条には、

暁来有瑞夢也。使人詣于鞍馬山也〈但有百足瑞也〉

とあり（〈　〉内は割注）、百足の瑞夢を見たために、人を遣って鞍馬詣をさせている。

なぜ百足が毘沙門天の使いなのか？

少なくとも鎌倉時代以降、百足と毘沙門天が深く関わっていることは間違いないが、その理由ははっきりしない。鞍馬のような陰湿の山には百足がいるからであり、また蛇を弁天の神使とするのと同じく、人に嫌われなければ金はたまらぬとする俗信によるもの（金井清光「福神狂言の形成」『七福神信仰事典』戎光祥出版、一九九八年）とする説や、毘沙門天は鉱夫を神格化したものであり、百足は地質的な鉱床（鉱脈）をいったものだからである（若尾五雄「百足と金工」『日本民俗学』第八十五号、一九七三年五月）とする説がある。後者の説については、同様の方向性で、百足は鉱物を採取するために掘り進んだ穴から連想されたもので、もともと鉱山・鍛冶の神であった毘沙門天の使いとしてふさわしい（西村千穂「毘沙門天と福」『福神信仰』雄山閣出版、一九八七年）、百足が金属神であり

鍛冶神だからである（細矢藤策「大蛇と百足の神戦譚」『國學院雜誌』第一〇四巻第九号、二〇〇三年九月）などとするものもある。先の狂言「毘沙門」では「こがねの鎧」に身を固めた毘沙門天の姿が描写されていたし、『今昔物語集』巻十七の第四十四話には、比叡山の僧が、鞍馬詣の帰途に逢った童と契り、童が産み残していった黄金によって豊かになったことが語られ、これを毘沙門天の霊験とする。また、古活字本『平治物語』や『義経記』には、牛若丸を奥州に連れてゆく金商人《こがねあきうど》（砂金類を売買する商人）吉次《きちじ》が登場するが、吉次は鞍馬毘沙門天信仰の篤い人物である。このように、毘沙門天と鉱石・金属との関わりをたどることは可能であるが、百足と金属との関わりについては、民俗事例の指摘はあるものの、中世の文字資料には、今のところ見出せない。ただし、御伽草子『俵藤太物語』の百足については、矢で射ても、鉄の板を射たような音を立てるだけでびくともしないといった描写がなされており、鎧で覆われたような百足の姿から、金属を連想するのは自然なこととも思われる。先に挙げた若尾論文は、百足が金工に関係する理由の一つとして、百足のお足（銭）が多いということを挙げている。現在では、福神としての毘沙門天をお足が多い（お金がたまる）百足と結びつける言説にもしばしば出会うが、なぜ？の答えを出すことはなかなか難しい。

なお、八幡神の神徳を述べた書『八幡愚童訓《はちまんぐどうくん》』続群書類従本（一三〇一～〇四年頃成立）には、次のような話が見える。

淀に住む夫婦が石清水八幡宮に参ったところ、宝殿の中から大きな百足が這い出てきた。「福ノ種ナリ」と仰いで、袖に包んで宿所に帰り、深く崇めたところ、神の恩があったためか、方々から大名がやってきて問丸《といまる》（物資の保管、運送、中継ぎ取引などを行った業者）となり、淀第一の金持ちになった。ここでは、百足は、八幡神の使いと捉えられているらしく、毘沙門天を離れ、富をもたらす虫として尊重されている。

百足の指物

さらに下って戦国時代、戦陣での目印として、百足文様の指物をさしていた一団がいる。甲斐・信濃に勢力圏を築いた武田信玄《たけだしんげん》（一五二一～七三）の使番《つかいばん》十二人である。彼らは、戦の折に、信玄の伝令役となって軍団を統率した。慶長（一五九六～）年間から元和の初め（一六一五～）にかけて成立した軍記『甲陽軍鑑《こうようぐんかん》』によると、白地に墨で百足が描かれたもののほか、黒地に朱の百足、黒地に金の百足、青地に金の百足など、それぞれの好みによって指物が作られたらしい。再び、なぜ百足なのか？　という問いが出てくるところであるが、その答えは毘沙門天の使いであるから、という点に落ち着くであろう。もちろん、百足そのものの猛々しさも武士にとっては望ましい性質であろうが、軍神・毘沙門天の眷属であることが最も重要な側面だと思われる。

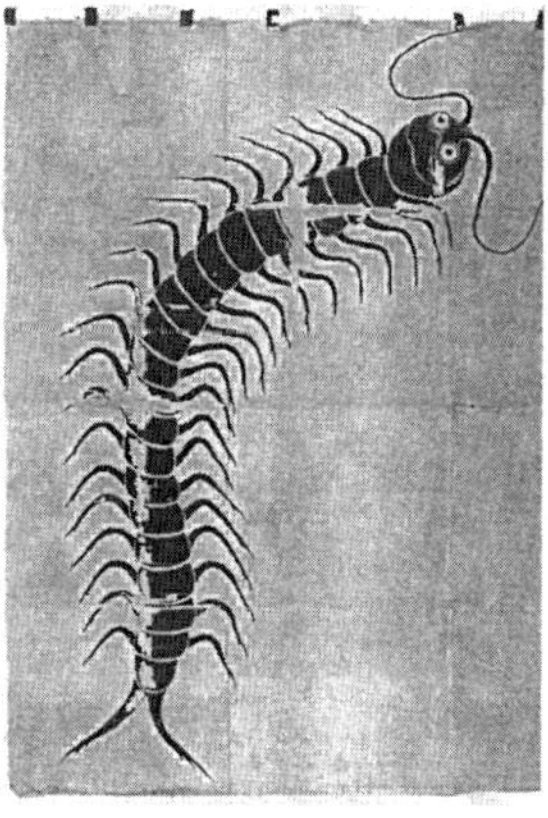

百足文様の指物
（『歴史群像　83』2007年6月）

毘沙門天の生まれ変わりたち

勇猛な武将はしばしば毘沙門天の化身とされた。

源平合戦においてめざましい功績をあげながら、報いられることなく悲劇の生涯を閉じた源義経（一一五九～八九）は、室町後期に成立した御伽草子『天狗の内裏』において、「毘沙門の御再誕の若君」と言われている。能「鞍馬天狗」では、義経の幼名について「毘沙門の沙の字をかたどり　おん名をも沙那王殿《しゃなわうどの》と付け申す」とし、義経と毘沙門天との関わりが強調されている（ただし、『義経記』では、毘盧遮那仏《びるしゃなぶつ》に由来するらしい「遮那王」の字を宛てている）。

また、南北朝期の武将で後醍醐天皇と結んだ楠木正成（?～一三三六）は、西源院本『太平記』巻三「笠置臨幸の事」に、「その母若かりし時、志貴の毘沙門に参って夢想を感じて儲けたる子にて候ふとて、幼名を多聞とは申し候ふなり」と語られる。正成は、母が信貴山朝護孫子寺《しぎさんちょうごそんしじ》（本尊は毘沙門天）に参って授かった子であり、故に幼名を多聞にしたというのである。

さらに、室町時代の武将・山名持豊《もちとよ》（一四〇四～七三）も、毘沙門天の化身と言われた。一休宗純《いっきゅうそうじゅん》（一三九四～一四八一）は、「山名金吾《きんご》鞍馬毘沙門化身」（金吾は官名で、衛門府の長官・次官をいう）と題した漢詩を作っている（『狂雲集』）。

鞍馬多門赤面顔　　鞍馬の多門《たもん》、赤面顔《しゃくめんがん》
利生接物人間現　　利生接物《りしょうせつもつ》、人間《じんかん》に現ず
開方便門真実相　　方便の門を開く　真実の相
業属修羅名属山　　業《ぎょう》は修羅に属し、名は山に属す

詩の内容は、「鞍馬の多聞天は赤い顔をしておられ、一切衆生に利益を与えるため、人々の間に出現なさった。真実の姿が人の仮の姿を借りて方便の門を開いたのだ。その行いはあたかも阿修羅のごとく剛勇であり、名を山名という」といったところであるが、一休は、赤面の鞍馬毘沙門天に、赤ら顔で修

羅場を進む持豊の姿を重ねている。持豊は嘉吉二年（一四四二）から三年の間に出家したと考えられており、宗全《そうぜん》と称した。応仁・文明の乱を題材にした軍記『応仁別記』には、宗全の邸に何者かが射入れた矢に「ウテナクバヤメヤ山名ノ赤入道　手ヅメニ成レバ御所ヲ頼ミヌ」の歌が付けられていたことが見え、「赤入道」の呼び名が広く浸透していたことがわかる。甲冑を身に付け、忿怒の相で表される武力の神・毘沙門天は、嘉吉の乱で赤松氏討伐の主力となり、応仁・文明の乱では西軍の主将として、東軍の主将・細川勝元と激しく戦い、大乱の終結を見ることなく死没した宗全を重ねるのにふさわしいものであったのだろう。

戦国期の越後の武将で、武田信玄としばしば戦った上杉謙信（一五三〇〜七八）は、毘沙門天信仰が篤く、家の旗印にも毘沙門の「毘」の字を記していた。幕末から明治にかけて書かれた『名将言行録』には、次のような逸話が見える。

ある時、隣国に一揆が起こり、間者（スパイ）を送りこむにあたり、その者に「神文《しんもん》」（契約した内容の遵守を神仏に誓い、違反した場合は神仏の罰を受けることを記した文書）を書かせることになった。謙信は、「急ぐことであり、毘沙門堂まで連れて行けばそれだけ遅くなる。即刻自分の前で神文を書かせよ」と命じた。しかし老臣らは例に違うと言って従わなかった。すると、謙信は笑って次のように言った。

我あればこそ毘沙門も用ひらるべけれ。我なくば毘沙門もありはせじ。我毘沙門を百度拝せば、毘沙門も我を五十度か、三十度拝せらるべし。我をば毘沙門と思ひて、我前にて神文させよ。

これを聞いた老臣たちは、納得して謙信の言に従い、例の者に起請文を書かせたのであった。不遜とも思われる言葉であるが、謙信は、自らの篤い信心が毘沙門天に通じていることを確信していたのであろう。

泥足毘沙門天立像
（『戦国時代展』読売新聞社，2016年）

現在、山形県法音寺には謙信の守り本尊という泥足毘沙門天立像がある。もとは、謙信の居城・春日山城本丸北側にあった毘沙門堂の本尊で、次のような逸話を持つ。

ある時、護摩壇に向かって足跡が残っていた。それは毘沙門天が戦場に出て謙信を加勢した証であると理解され、それからこの像を泥足毘沙門天の名前で呼ぶようになったのである。

『甲陽軍鑑』によれば、信玄も毘沙門天に帰依し、自らに背いた長子・義信を滅ぼした後、その邸跡に田舎には稀なる立派な毘沙門堂を建立したという。

毘沙門天を深く信仰した彼らにとっては、百足もまた、縁起の良い守り神であったに違いない。

6 蚊のまつ毛

蚊のまつ毛の落ちる音

蜂、虱、百足と続いた刺す虫の最後に蚊を取り上げたい。都会生活を営む現代人にとっては、蜂や虱や百足に刺されることが日常茶飯事とはいい難い。しかし、ひと夏に一度も蚊に刺されない人はまずいないであろう。蚊はごく小さな虫であるが、人につきまとってくるのはひどくうるさく煩わしい。『枕草子』の「にくきもの」の段には、

> ねぶたしと思ひて臥したるに、蚊の細声《ほそごゑ》にわびしげに名のりて、顔のほどに飛びありく。羽風さへその身のほどにあるこそいとにくけれ。

とある。プーンと羽音をたてるのを、「細声にわびしげに名のり」（細いかすかな声で心細そうに名のり）と表現し、蚊の小さな身体相応に羽風までもがあるのこそ、ひどく憎らしいという。煩わしい蚊の様子が巧みに表現されている。

『枕草子』の「大蔵卿ばかり耳とき人はなし」の段には、蚊の微小さを引き合いに出して、人物に対する驚嘆を示す表現も見られる。

ある時、清少納言が、新任の中将として宿直していた藤原成信《なりのぶ》と話をしていたところ、そばにいた女房が「この中将に、扇の絵のことを言いなさい」とささやくので、清少納言は「今かの君の立ちたまひなむにを」（そのうちに、あのお方がお立ちになってしまったら、その時にね）と耳打ちした。「かの君」とは遠くにいた大蔵卿（大蔵省の長官）藤原正光《まさみつ》である。耳打ちされた女房は、清少納言の言葉を聞きとることができず、「何ですって」と聞き返すのに、遠くの正光は聞きつけて、「にくし。さのたまはば、今日は立たじ」（憎らしいこと。そうおっしゃるのなら、今日は座を立つまいよ）と冗談を言った。どうして聞きつけたのかと、清少納言は驚き、「大蔵卿ばかり耳とき人はなし。まことに蚊のまつ毛の落つるをも聞きつけたまひつべうこそありしか」（大蔵卿ほど耳が鋭い人はない。本当に蚊のまつ毛の落ちる時の音までお聞きつけになりそうであったよ）と評している。「蚊のまつ毛が落ちる音」というのは、ごく微細な音の譬えであるが、清少納言の独創的な表現か、故事があるのかはっきりしない。いずれにしても、耳ざといことを表すのにいい得て妙である。

藤原正光と今様

「蚊のまつ毛の落ちる音まで聞きつける」と評された藤原正光（九五七～一〇一四）は兼通の六男で、藤原道長の姉詮子に皇太后宮権亮として、また道長の娘・彰子には中宮亮として仕えた。正光は初期の今様記事に、わずかながら顔を出す人物である。

『紫式部日記』寛弘五年（一〇〇八）五月二十一日の記事には、土御門殿（中宮彰子の里邸）での法華三十講結願の日、法会の後に舟遊びがなされたことが見えるが、その中に次のような一節がある。

事果てて、殿上人舟に乗りて、みな漕ぎつづきてあそぶ。（中略）月おぼろにさし出でて、若やかなる君達、今様歌うたふも、舟に乗りおほせたるを、若うをかしく聞こゆるに、大蔵卿の、おほなおほなまじりて、さすがに、声うち添へむもつつましきにや、しのびやかにてゐたるうしろでの、をかしう見ゆれば、御簾のうちの人もみそかに笑ふ。「舟の中《うち》にや老いをばかこつらん」といひたるを、聞きつけたまへるにや、大夫《だいぶ》、「徐福文成誑誕《じょふくぶんせいきやうたん》多し」とうち誦じたまふ声も、さまも、こよなう今めかしく見ゆ。「池の浮草」とうたひて、笛など吹きあはせたる、暁がたの風のけはひさへぞ、心ことなる。

朧月の中、舟に乗った若い殿方たちは、「今様歌」を歌っている。大蔵卿・藤原正光は、やっとのことで同じ舟に乗ったが、今様歌唱に加わるのはさすがに躊躇されるらしい。遠慮がちにそっと座っている後姿が見えるので、御簾の中にいる女房たちもひそかに笑っている。「舟の中で老いの身を嘆いているのでしょうか」と紫式部が言ったのを、中宮大夫・藤原斉信《ただのぶ》（九六七～一〇三五）が聞きつけたらしく、「徐福文成誑誕多し」と吟誦なさる声も様子も、格段に華やいで現代風に見える。殿方たちは「池の浮草」と歌って笛などを吹き合わせている。夜明け方の風の趣までもがいつもと違って特別な感じである。

正光は、寛弘五年当時五十二歳。自他ともに、「今様歌」を歌うには年を取り過ぎだと認めている格好である。「今様」とはそもそも、当世風、現代風の意の普通名詞であり、当世風の流行歌謡という意味で、『紫式部日記』では「今様歌」と呼ばれている。「今様歌」の早い例は、この『紫式部日記』や『枕草子』に見えるが、その後、白河院政期には、「歌」がとれた「今様」という言葉だけで流行歌謡を指すようになる。

流行歌謡はいつの世も、若者の歌うものであって、分別ある大人が歌うことはやや躊躇される。正光も、内心歌いたくてうずうずしているのであろうが、さすがに自制しているようである。紫式部の言葉「舟の中《うち》にや老いをばかこつらん」は、『白氏文集』巻三「海漫漫《かいまんまん》」の詩の一句「童男丱女舟中《どうだんくわんぢよしうちゆう》に老ゆ」をふまえたもの。原詩は、秦の始皇帝（紀元前二五九〜紀元前二一〇）の命を受けた道士・徐福が、不老不死の薬を求めて蓬萊山に向かったが、随行した童男、丱女（幼女）が舟中で老いてしまったという故事を取り上げている。斉信は、紫式部の言葉を受けて、すぐに、「海漫漫」の「童男丱女舟中に老ゆ」に続く句「徐福文成誑誕多し」を誦したのである。文成は、漢の武帝（紀元前一五九〜紀元前八七）に仙道を勧めた道士であり、「誑誕」は、嘘、でたらめの意。興味深いのは、「徐福文成誑誕多し」（徐福、文成は嘘ばかりだ）と吟じた斉信が、「今めかし」（今風である）と評されていることである。斉信はこの年、四十二歳。当時としては若いとはいえないが、老い人として今様歌唱にはふさわしくないと見なされ、ひっそりと座っている正光と、それを揶揄するかのように漢詩を朗詠する現代風で若々しい斉信の対照が際立つ。

藤原斉信の美貌

『枕草子』には、斉信の輝くばかりの容姿を描写した章段がある（「返る年の二月二十余日」）。時は長徳二年（九九六）二月の終わり、斉信は三十歳、清少納言もほぼ同年齢と考えられる。斉信は前年、清少納言についての根も葉もないうわさ話を信じ込み、彼女をひどく嫌っている様子であった。やがて誤解がとけ、斉信からは手紙が届く。初めて対面した時の斉信の装束は、艶のある桜襲《さくらがさね》（表が白、裏が赤または紫）の華やかな直衣《のうし》（高貴な人々の平服）で、浅い紫色の指貫《さしぬき》（裾を括った袴）には藤の折枝の模様が絢爛豪華に織り出されている。直衣の下に着ている衣の紅の色や、砧《きぬた》で打った光沢なども輝くばかりである。

せばき縁に、片つ方は下《しも》ながら、すこし簾《す》のもと近う寄りゐたまへるぞ、まことに絵にかき、物語のめでたき事に言ひたる、これにこそはとぞ見えたる。

狭い縁に片足は縁から下におろしたままで、上半身は少し簾《すだれ》のもと近くに寄って座っていらっしゃる様子の素敵なことといったらこの上ない。絵に描いたり、物語の中ですばらしいこととして言ったりしているのが、まさしくこれに違いない！　というふうに見える、と述べるのである。自らの教養には相当の自信を持ち、時に自賛譚を長々と記して、紫式部には「したり顔にいみじうはべりける人」（得意顔をして偉そうにしていた人）（『紫式部日記』）と批判される清少納言であるが、あまりに美しい斉信に対面した時は、女としての容姿にコンプレックスを抱かざるを得なかったようで、斉信が清少納言のところから出て行くのを、「外《と》より見む人は、をかしく、内にいかなる人あらむと思ひぬべし。奥の方《かた》より見出だされたらむうしろこそ、外《と》にさる人やとおぼゆまじけれ」（外から見る人があったら、その人は、内側にどんな美人がいるのだろうと思うに違いない。反対に、奥の方から見られているとしたら、私の後ろ姿からは、外にそんなすばらしい男性がいようとは、思いも寄らないだろう）と記している。

清少納言が絶賛した時から十二年ほど経って、紫式部と当意即妙なやりとりをした斉信は相変わらず「今めかし」い。「今様歌」を歌いたくても歌えない正光と、「今様」（現代的）でスタイリッシュな雰囲気をまとっている斉信は対照的である。蚊のまつ毛の落ちる音さえ聞きとる耳のよさでも、流行歌謡歌唱には実年齢や見た目（？）など、さまざまなハードルがあるらしい。

清少納言によってごく小さな音を表現するために使われた蚊のまつ毛は、視覚的な小ささの比喩にもなっている。中国戦国時代の思想家・列子の著作とされる『列子』湯問第五には次のような記述が見られる。宇宙には人間の常識では想像もできないような事実の存在する可能性を述べる箇所である。

蚊のまつ毛に巣くう

江浦《かうほ》の間に、麼虫《ばちゆう》を生ず。其の名を焦螟《せうめい》と曰ふ。羣飛《ぐんひ》して蚊の睫《まつげ》に集まるも、相触れず、栖宿《せいしゆく》して去来するも、蚊覚《さと》らず。

川の水ぎわの辺りに、ごく小さな虫がわく。その名を焦螟という。群がり飛んで、蚊のまつ毛に集まって来るが、一向に触れた感じがせず、まつ毛に住みついて行ったり来たりするが、蚊の方では一向に気が付かない。焦螟という微小な虫の説明として、蚊のまつ毛に巣くっているのに、蚊には気づかれない、という極端な表現をとっているのである。先に見た『枕草子』の表現は、この『列子』の記事を基にしたとする説もある。『列子』の方は、蚊よりもさらに小さな虫が登場していて、くらくらするようなミクロコスモスが広がる。

また、平安時代の私撰集『古今和歌六帖』には、微小さの比喩として、「蚊の蕨」が登場する。

蚊の蕨《まゆ》に国郡《くにこほり》をば建てつとも人の心をいかが頼まん
（恋・二二一二・在原滋春）

蚊の繭に国土を建設するなどという不可能なことが成就したとしても、人の愛情をどうして頼みにできるでしょう、といった意味で、蚊の繭はごく小さなものの譬えであり、そこに国土を建設するより難しいのが、恋人の愛情を信じることだと詠む。蚊にまつわるものは視覚的にも聴覚的にも微細であることが大前提であり、文芸に現れる蚊はほとんど常に微小なものの譬えとなっている。

7　蚊との闘い

前節で見てきたように、文芸において、蚊そのものに焦点の当たることは極めて稀だが、室町時代の狂言に、「蚊相撲」という一曲がある。江州守山（滋賀県守山市。東海道の宿駅）の蚊の精が、相撲取となって都へ上り、人と取り組んで思う存分血を吸おうと考える奇想天外な曲だ。微小なはずの蚊が、人間の中でも、ことさらに大きな体格を求められる相撲取を目指すところには、いっそうのギャップがあって笑いを誘う。狂言「蚊相撲」の梗概は以下の通りである。

狂言「蚊相撲」

狂言「蚊相撲」
（『能・狂言図典』小学館，1999年）

　都に相撲がはやるため、相撲取を抱えようと考えた大名は、太郎冠者に相撲取を探して

くるよう命じる。一方、江州守山に住む蚊は、相撲取になって人間に近づき、思う存分血を吸おうと考えて街道までやって来る。そこで、人の姿をした蚊の精と太郎冠者が出会い、冠者は、蚊の精を大名のもとに連れ帰る。大名は、試しに相撲を取るが、手合わせをした途端、プーンと言って襲ってくる蚊の精に刺されて、目を回す。江州守山という生国を聞いて、その正体を悟った大名は、もう一度勝負を挑む。この度は太郎冠者に扇であおがせて蚊の精の嘴を引きぬき、打ち倒して勝つ。主従が去った後、蚊の精は袖を広げ、嘴をぬかれたのでプーンと言えず、フーと言いながらよろよろと退場する。蚊の精は、ウソフキと呼ばれる、口をすぼめて突き出した狂言面を付け、その口に紙で作った細長い嘴を差し込んでいる。巨大な蚊として、袖を翻して飛ぶ姿が奇抜で、観客を大いに沸かせる。『枕草子』にも記されていたように、ごく小さなものながら、人を悩ませるのは憎らしく、大名も「蚊の精などに負くるというは、残念なことじゃなあ」（大蔵流山本東本）と悔しがり、再度勝負を挑んで、蚊を打ち負かすのであった。ただし、和泉流では、大名自身が団扇を手に二度目の勝負を挑むも、結局負けてしまい、蚊の精が去った後、腹いせに冠者を倒して退場する。人の敵として、ひどく憎らしい蚊であるが、人間界においては権威者として存在する大名の鼻も明かしたいという、庶民の微妙な願望が、それぞれの結末の違いに表れているといえようか。

守山と蚊

それにしても、なぜ、「蚊相撲」の蚊の生国が守山なのであろうか。時代は下るが、万治末年（～一六六二）頃刊行された『東海道名所記』には、次のような記述が見える。

馬方どもの語りしは、近江の国は昔より相撲とる者多くて、石部草津の両の宿より出合ひて相撲を取るに、草津方には、鏡・武佐・守山より集まり、石部方には、甲賀横田柑子袋《かうじぶくろ》のあたりより集まり、たがひに歯がみをしてとるほどに、石部方とり勝つこともあり、草津方とり勝つこともあり。

すなわち、近江は相撲の盛んな土地柄であり、守山は特に相撲取を輩出する地の一つであったらしい。従って相撲と守山とが結びつくことは、ひとまず了解され、大名が「江州守山は相撲所と聞いた」と言うのも理解できる。しかし、大名が「江州守山は蚊の名所」と確信を持って言い立てるのはどうしたことであろうか。江戸時代の狂言師・大蔵虎光《とらみつ》（一七八四～一八四二）が、狂言各曲に注を施した『狂言不《ふ》審紙《しんがみ》』にも、

近江国野洲郡守山。
古今　しら露も時雨もいたくもる山は
　　　下葉残らず色づきにけり　　貫之
其外多しといへ共、蚊の事は見ゑず。昔守山より蚊の精出たると言事、猶尋べし。

とあって、守山と蚊の関わりは不明で、今後も尋ねなければならないとしている。そもそも明確な根拠はなく、その荒唐無稽さがおもしろいのだともいえようが、虎光に倣って、なお、尋ねたいところだ。

素朴な言語遊戯的要素としては、「山」と「蚊」の親近性が挙げられるだろうか。「守山」は宿駅の名であって、実際の山ではないが、「山」の名によって、いかにも蚊が出そうな感じではある。一条兼良

（一四〇二〜八一）編の『連珠合璧集《れんじゅがっぺきしゅう》』は、連歌において寄合《よりあい》（句と句とを結びつける働きをする一定の言葉や素材）となる語を挙げた寄合集であるが、その中に、

蚊トアラバ、山をおふ　まつげ　柱

と見える。生活上の実感だけでなく、文芸上も、「蚊」と「山」が関連づけられていることが確認できる。ちなみに、寄合語として並んでいる「まつげ」は、前節でふれた、微小なものの譬えとしてある「蚊のまつ毛」から出たものと思われる。また「柱」が寄合語になるのは、当然ながら、「蚊柱」（夏の夕暮れ、雄の蚊の群れが縦に長く柱状になって飛び交う現象）による。ただし、和歌や連歌における「蚊柱」の用例は少なく、早い例として指摘されるのは、藤原定家（一一六二〜一二四一）の次の一首である。

草ふかきしづのふせやの蚊柱にいとふ煙をたてそふるかな（『拾遺愚草《しゅういぐそう》』七七七）

身分の低い者の、草に埋もれた粗末な小屋の辺りに立つ蚊柱と、その駆除のために焚く蚊遣火の煙を詠んだものだ。

「守山」と蚊の関係に戻ろう。「山」と「蚊」の関わりだけでなく、さらに、「もり」の音から「森」を連想すると、定家の和歌に「草ふかき」とあったように、うっそうとした場所に多くの藪蚊がひそんでいる様子が浮かんでくる。狂言台本の一つ、大蔵虎明《とらあきら》本の「蚊相撲」では、「守山」が「森山」と表記

されている箇所もあり、連想の余地は大いにあるだろう。

先に挙げた『狂言不審紙』で、虎光が引用していた貫之詠は、「守山のほとりにて詠める」の詞書で、『古今和歌集』秋下に収められている。白露も時雨もひどく漏り落ちる、その「漏る」という名の「守山」では（木の先だけでなく）下の方の葉まですべて残りなく色づいたことだ、という意。木の葉は、露や時雨によって色づくとされたので、それらが甚だしく漏れてくることによって、下葉までもが紅葉すると詠んでいる。「守山」の「もり」に「漏り」を掛けることは、『梁塵秘抄』にも例が見られる。

山の様がるは　雨山守山しぶく山　鳴らねど鈴鹿山　播磨の明石のこなたなる潮垂山こそ様がる山なれ（四三〇）

風変わりな山の名を並べた物尽くし今様で、間に、「鈴」の名を持つのに鳴らない「鈴鹿山」を挟み、「雨」「漏る」「しぶく」「潮垂れ」と水に関わる言葉を重ねた言葉遊びによって構成されている。「守山」から「漏る」が連想されるとすると、湿度の高い場所として、蚊の生育にはますます都合がよい。「守山」が「蚊の名所」とされた直接的な根拠は、現段階では不明とせざるを得ないが、「森山」「漏り山」との掛詞から導き出される一面もあり、それに気づいた享受者は言語遊戯的な連想をそれぞれに楽しんだのではなかろうか。

蚊遣火

狂言「蚊相撲」で、蚊に刺された大名が、「身内がしくしくとすると思うたれば、目がくるくるともうた」と言って、ふらふらと倒れそうになる演技はいかにも大げさではあるが、二〇一六年七月、日本で死者の出たことが大きく報道されたデング熱のように、ウイルスを持った蚊が媒介する感染症もあり、蚊に刺されることを軽く考えることはできない。「ビル&メリンダ・ゲイツ財団」によると二〇一五年に蚊で命を落とした人は世界で八十三万人。ほかのどんな動物よりも多い。地球温暖化の影響で蚊の生息域が拡大しており、デング熱危険種が日本に定着する可能性もあるとされる（『朝日新聞』二〇二〇年五月二十一日夕刊）。

古くから蚊への対策は行われてきたが、その一つが、定家の和歌にも詠まれた「煙をたて」ること、つまり蚊遣火を焚くことである。早く、『万葉集』に、

あしひきの山田守《やまだも》る翁《をぢ》置く蚊火《かひ》の下焦《したこが》れのみ我《あ》が恋ひ居《を》らく

（巻十一・二六四九）

とある。山田の番をする翁が置く蚊遣火の下燃えのように、くすぶってばかりいて私は恋い焦がれることよ、といった意味で、「蚊火」が炎を燃えあがらせることもなく、くすぶっている様子を、心の底で恋い焦がれている様子に譬えた歌である。また、『万葉集』には「鹿火《かひ》」の語も見える。

朝霞鹿火屋《かひや》が下《した》に鳴くかはづ声だに聞かば我《あれ》恋ひめやも

（巻十・二二六五）

霞のように漂う鹿火を焚く小屋の陰で鳴く蛙のように、声だけでも聴けたならば、私はこんなにも満たされない思いで恋しく思うものか、という恋歌である。くすぶっている「鹿火」が忍ぶ恋の暗示にな

っていると考えられるが、比喩の中で使われているに過ぎず、その上、比喩の中心は「鳴く蛙」にあって、ここでは「鹿火」の実態はほとんど問題にならない。漢字から考えれば、田畑を荒らしに来る猪や鹿を追い払うためにくすべる火と解することができるが、「蚊火」と同じ意味であって「鹿」の漢字を借りただけとも解せる。反対に、先に挙げた二六四九番歌が、「蚊火」ではなく「鹿火」である可能性も否定できない。「蚊火」でも「鹿火」でも、人に害をなす生き物を遠ざけるためにくすべる火であるので、実態はほぼ同じであろうが、漢字の違いを重くとれば、排除すべき目標が異なることになる。藤原俊成（一一一四〜一二〇四）は、その歌論書『古来風躰抄《こらいふうていしょう》』で、二二六五番歌の「鹿火」を取り上げ、鹿や猪が早苗を踏んだり、食べたりすることを防ぐために焚くとし、同時に夜には蚊遣火の役目も果たすと説明している。

平安時代以降も和歌における「蚊遣火」は、『万葉集』と同様、炎を表に見せずにくすぶって煙ばかり立てる様子を捉えて、忍ぶ恋の比喩とすることがほとんどである。

夏なれば宿にふすぶる蚊遣火のいつまでわが身下燃えをせむ

（『古今和歌集』恋一・五〇〇・よみ人知らず）

蚊遣火は物思ふ人の心かも夏の夜すがら下に燃ゆらん

（『拾遺和歌集』恋二・七六九・大中臣能宣《よしのぶ》）

蚊遣火を実際どのように焚いたのかについては、議論があり、源俊頼《としより》（一〇五五？〜一一二九？）の歌論書『俊頼髄脳』には大きく二説が紹介されている。一説は、蚊は煙に弱いので、人に近寄らせないために、家の門口で火をくすぶらせるというもの、もう一つは、一般に虫は明かりに寄って来るので、戸外で火を燃やし、その明かりに集めることで、家の中に蚊を入れないというものである。俊頼は、煙によって蚊を外に出す説の方がすぐれているとして、前者を支持している。和歌をたしなむ貴族階級の人々が、蚊遣火を実際に見る機会はほとんどなかったからこそ、こうした議論が出てくるのであろう。和歌作者が実物を知らない可能性も高いが、たとえば、藤原為頼《ためより》（?～九九八）の家集『為頼集』には、「蚊遣火にやあらん、をり過ぎたる煙の立ちければ」の詞書で、「夏はてて秋までくゆる蚊遣火は昔いかなることかありけん」（三六）の一首が見え、実態についてのある程度の知識をもって、秋の蚊遣火は、時期を過ぎた「煙」だといっているようだ。

赤々と火を燃やすというより、炎の上がらない「下燃え」で、煙をくすぶらせるのが蚊遣火であるから、火明かりに蚊を寄せるという説には従い難く、俊頼の結論は妥当なものだといえる。それにしても、「蚊遣火は夏に焚くものだから、家の中では暑くてたまらないので、戸外で燃やすという説もあり、これも道理だ」など、大真面目に論じているのがおもしろい。実生活上のみならず、歌学上においても人を悩ませてきた、さてもやっかいな蚊である。

時代は下るが、芭蕉の弟子嵐蘭《らんらん》（一六五九～九三）の俳文に「焼蚊辞」（蚊を焼く辞）がある（『風俗文選』所収）。蚊帳の中の蚊を焼く時に、蚊を諭すという奇抜な着想の作品で、結びの部分は以下のごとくである。

汝がふるまふを見るに、帳をたるゝ時は、其翩々《そのへんぺん》の間をうかゞひ、垂《た》れをはつて、縦横《じゆうわう》の透間《すきま》をたづね、すべて小破の所をもとめ、人のしりへにつきて入らむとはかる。嗚呼跖蹻《ああせきけう》が徒《と》にはあらじ。すべて汝がおこなふ処《ところ》、猛《たけ》き事もなく、たのしむ事もなし。あはれなるかたにも、やさしきかたにもあらず。たゞにくむべきものの甚《はなは》だしき也。

蚊、蚊、帳中の蚊、汝をやくに辞をもてす。汝此《この》ことばをきく時は、我が手に死すともみづからたれりとせよ。

子や啼かむ其子の母も蚊の喰はむ

お前の振る舞う様子を見るに、蚊帳を吊るそうとする時は、その翻る間をうかがい、吊るし終わると縦横のすきまを探し、すべてほんの少しの破れ目を求め、人のうしろについて入ろうと企てる。ああ、盗跖《とうせき》・荘蹻《そうきょう》のような中国で名高い大盗人の類ではない（姑息な小盗人だ）。すべてお前のなすところは、勇猛であることもなく、楽しいこともない。趣のあることでも、優美なことでもない。ただひたすら憎らしいだけだ。蚊よ、蚊よ、蚊帳の中の蚊よ、お前を焼くのに辞（漢文の一形態）をもってするのだ。お前がこのことばを聞く時は、私の手にかかって死んでも、自ら満足に思うべきである。

蚊を擬人化し、ちょっとした隙をついて人の血を盗むコソ泥（？）に譬えて、しつこくつきまとってくることへの不快感を滑稽に表現している。最後に添えられた句は、山上憶良が宴会から退出する時に詠んだ歌「憶良らは今は罷らむ子泣くらむそれその母も我《あ》を待つらむそ」（私、憶良めは、今は失礼いたしましょう。今頃、子が泣いているでしょう、さあ、その母親も私を待っているでしょうから）（『万葉集』巻三・三三七）をふまえたもの。嵐蘭の句からは、幼い子と母の、蚊に悩まされる様子が目に浮かぶようだが、すぐに連想されるのは、歌舞伎「東海道四谷怪談」の一シーンであろう。体調のすぐれない岩を責め立てて、夫・伊右衛門は、金目の物を探し回る。質草に岩の着物を取り上げただけでは足りず、目を付けたのは蚊帳であった。これがなければ幼い子が蚊に刺される、と泣いてすがる岩を、伊右衛門は突き飛ばし、蚊帳を奪って出ていく。「焼蚊辞」の滑稽飄逸な趣とは対照的に、蚊に悩まされる母子の苦しみが伊右衛門の薄情さを浮き彫りにし、凄惨といってもよいようなむごたらしい印象が残る。

ちなみに、現在も使われている除虫菊を原料とした日本の蚊取り線香は、一八九〇年に初めて発売された。最初は棒状だったが、一八九五年には長く燃える渦巻き型が誕生した。二〇一七年三月七日、蚊取り線香は、日本化学会が科学に関する貴重な歴史資料を認定する化学遺産に選ばれている（『日本経済新聞』二〇一七年三月八日）。

第三章　中国文芸と鳴く虫・跳ねる虫——機織虫・蟋蟀・稲子麿

1　機織虫の織る衣

『梁塵秘抄』の機織虫

『梁塵秘抄』に取り上げられる虫は、これまでに見てきた蟷螂や蝸牛、虱のほか、蝶、蛍、蜻蛉など鳴かない虫が多い。伝統的な和歌に取り上げられる虫が、蟬やキリギリス、コオロギ、鈴虫、松虫など、夏から秋にかけて鳴く虫たちであることと対照的である。本章でまず取り上げるのは、『梁塵秘抄』の中では珍しい、鳴く虫・機織《はたおり》である。

極楽浄土の東門《とうもん》に　機織《はたお》る虫こそ桁《けた》に住め　西方浄土の灯火《ともしび》に　念仏の衣ぞ急ぎ織る　（二八六）

この今様に歌われる「機織る虫」は「機織《はたおり》」「機織虫《はたおりむし》」「機織女《はたおりめ》」とも称され、今のキリギリスの古称という。源　順《みなもとのしたがう》の編んだ辞書『和名類聚抄《わみょうるいじゅうしょう》』（九三一～三五年成立）巻十九に「促織〈和名波太於里米〉」

といい（〈 〉内は割注）、新井白石著『東雅《とうが》』（一七一九年脱稿）巻二十は「古にハタヲリメといひしものは、今俗にキリ〴〵スといふ、これ也」とする。ギーッチョン、ギーッチョンというキリギリスの鳴き声を、機織りの音に聞きなした呼称であろう。

和歌に詠まれた機織虫

和歌に詠まれた機織虫の早い例は、寛平四年（八九二）頃、宇多天皇の母后班子女王の居所で催された「寛平御時后宮歌合《かんぴょうのおおんときのきさいのみやうたあわせ》」の次の一首である。

雁がねは風を寒みやはたおりめ管《くだ》まく音のきりきりとする

同じ歌の上二句が、『新撰万葉集』（八九三年撰）や『古今和歌六帖』（九七六〜八二年頃成立）では「雁がねの羽風を寒み」となっており、この形の方が、意味が通りやすい。「雁の羽風が寒いので、機織虫は管（糸繰り車に挟んで糸を巻きつける小さな軸）を巻く音のようにキリキリと鳴くことだ」といった内容で、機織虫の鳴き声は「きりきり」と表現される。時代は下るが、能「松虫」に、「面白や　千草《ちぐさ》にすだく虫の音《ね》の　機織る音《おと》の　きりはたりちやう　きりはたりちやう」とあって、ここでは機織虫の鳴き声（すなわち機を織る音）が「きりはたりちやう」と表現されている。

さて、その後、平安時代を通して詠まれた機織虫の和歌は、「機織」との縁語関係から、「糸」「錦」「衣」「綾」「経緯《たてぬき》」（縦糸と横糸）などの語を含むことが多い。たとえば、紀貫之が、承平七年（九三七）の右大臣藤原恒佐《つねすけ》屏風歌に詠んだ「秋くれば機織る虫のあるなへに唐錦《からにしき》にも見ゆる野辺かな」（秋になると、機織る虫があるのに応じて、唐錦にも見える野辺の景色であることよ）（『拾遺和歌集』秋・一八〇）は、機織虫が鳴くのを、唐錦を織ると捉えたものである。「錦」は、和歌の中では紅葉の譬えになることが多いが、ここでは秋の野の花々を錦と見立てているらしい。和泉式部（九七〇?～一〇三六?）の和歌、

ささがにの巣がく糸をや秋の野に機織る虫の経緯《たてぬき》にする　（『和泉式部集』一四七・虫）
（蜘蛛が巣をかける糸を、秋の野で機を織るという機織虫は、縦糸・横糸に使うのでしょうか）

は、機織虫が蜘蛛の糸で布を織るという見立て。『肥後集』（一一〇一年頃成立）中の、

糸萩の露をなみだに貫《ぬ》きつつや機織る虫の秋はなくらん　（一一四）
（糸萩の露を涙の玉としてつらぬきながら機織虫は秋に鳴（泣）いているのだろうか）

は、「糸」「貫く」「機織」が縁語、露が涙に見立てられている。このように、秋の野の情景を、織物との連想関係で美麗に詠む例が多いが、さらに、今様の流行した時代になると、「急ぐ」という語が目立つようになる。早い例は源俊頼《としより》（一〇五五?～一一二九?）で、以下、俊恵《しゅんえ》（一一一三～?）、藤原隆季《たかすえ》（一一二七～一一八五）、殷富門院大輔《いんぷもんいんのたいふ》（一一三〇?～一二〇〇?）と続く。

彦星の御衣《みけし》の綾《あや》を急ぐとや機織る虫の今宵しも鳴く　（俊頼『散木奇歌集《さんぼくきかしゅう》』三七九）
秋のうちと誰に契りて宮城野に機織る虫の急ぐなるらん　（俊恵『林葉和歌集』四一五）

竜田姫花の錦の唐衣《からきぬ》を急ぐか虫の夜も機織る　（隆季『久安百首』五四六）

虫の音も思ひ思ひに急ぐなり機織るあればつづりさせてふ　（『殷富門院大輔集』五六）

これらの和歌においては、機織虫は急いで衣を織っているのであるが、その対象を彦星の衣や竜田姫（秋をつかさどる女神）の衣と指定し、秋の季節感を重ねて表現する場合もある。殷富門院大輔の和歌では、機織虫のほかに「つづりさせ」と鳴く虫がいて、それが、思い思いに「急いでいる」と捉える。「つづりさせ（綴り刺せ）」とは、きれをつなぎ合わせて縫えという意。『古今和歌集』の在原棟梁《むねやな》詠に、

秋風にほころびぬらし藤袴つづりさせてふきりぎりす鳴く　（雑体・一〇二〇）

（秋風につぼみがほころび開くというが、なるほど綻びて縫い目が解けてしまったようだ、藤袴よ。「綴り刺せ」とコオロギが鳴いている）

とあるように、きりぎりす（今のコオロギ）の鳴き声の聞きなしである。

機織虫の名前には、「織る」という動詞が含まれるため、その動作を早く行うという意味で、「急ぐ」の語と結びつきやすいのはよく理解できよう。「蟋蟀《きりぎりす》」「松虫」「鈴虫」など、秋の鳴く虫の和歌において「急ぐ」の語が共に詠まれることはごくわずかである。もともと、機を織ると捉えられる機織虫は、擬人化されやすい虫であるが、さらに、今様の時代には、機織りを「急ぐ」と、より積極的に擬人化されるようになった。冒頭に掲げた今様も、その同時代的な表現をもって、機織虫が「念仏の衣」を「急ぎ織

る」と歌ったのである。何気ない表現のようであるが、機織虫を詠む和歌の流れの中で、院政期になって出てきた新しい表現を取り上げている点は、まさに「今様」（現代風）といえるだろう。

院政期の和歌において、機織虫は、彦星の衣や竜田姫の衣を急ぎ織っていると詠まれた。天上の星を擬人化した貴公子や秋の女神の身を飾る華麗な織物が想像される。

極楽浄土の東門

一方、『梁塵秘抄』の機織虫が必死に織っているのは「念仏の衣」である。ギーッチョンの鳴き声は、機織りの音でもあり、また念仏の声とも捉えられているらしい。「唐衣」「綾」「錦」などの伝統的な和歌の表現を裏切って、ここに「念仏の衣」が出て来るのは、機織虫の住んでいるのが秋の野ではなく、「極楽浄土の東門」の桁（柱の上部に水平方向に渡した材）だからである。

『梁塵秘抄』の中には、「極楽浄土の東門」の歌われた今様がもう一首見られる。「極楽歌」六首の中の一首である。

　極楽浄土の東門は　難波《なには》の海にぞむかへたる　転法輪所《てんぽうりんしょ》の西門《さいもん》に　念仏する人参れとて（一七六）

口語訳すれば、「極楽浄土の東門は、難波の海に向けられている。釈迦が説法した四天王寺の西門に、念仏する人よ、参れという次第で」といったところである。「難波の海」は現在の大阪湾。現在、四天王寺（大阪市天王寺区）から海は見えないが、かつての海はもっと内陸部まで入り込んでいた。

この今様の典拠と考えられる『聖徳太子伝暦《しょうとくたいしでんりゃく》』（九一七年成立か）は、四天王寺について「斯《こ》の処は昔、釈迦如来転法輪所。（中略）宝塔金堂は極楽土東門の中心に相当たる」（推古天皇元年）と記す。これをふまえた今様は、具体的な「難波の海」の地名を出し、極楽浄土の東門と、四天王寺の西門がその海をはさんで向き合っていることを歌う。「向かへたる」という語について、諸注は特に注意を払わず、「難波の海に向かっている」と解しているが、そうであれば、「向かふ」は四段活用の自動詞ということになり、本文は「向かひたる」とあるべきところだ。しかし、「向かへたる」の「向かふ」は下二段活用の他動詞で、たとえば「川のかたに車向かへ、榻立てさせて」(『蜻蛉日記』安和元年)のように、向くようにさせる、向かわせるという意味になる。当該今様で考えると、極楽の東門を難波の海に向くようにさせるということで、主語としては、極楽世界の住人たる仏菩薩が想定されよう。同じ極楽歌の中に、

極楽浄土の宮殿は　瑠璃《るり》の瓦を青く葺《ふ》き　真珠の垂木《たるき》を造り並《な》め　瑪瑙《めなう》の扉《とぼそ》を押し開き(一七八)

の一首があり、この今様においても、「葺き」「造り並め」「押し開き」の主語が明示されていない。これらは、大いなる存在によって極楽がそのような状態になっているということを表しているのではないだろうか。安元二年(一一七六)九月、四天王寺に参詣した後白河院に澄憲《ちょうけん》が述べた説法にも、「昔此の地何《いか》なる事か有りし　尺迦如来転法輪処　今正に何《いづ》れの方にか向かへし　極楽土東門の中心に当たる」(『転法輪抄』安元二年九月天王寺御逆修旨趣)とあって、後半は「四天王寺はどの方向に向けられているのか、それは極楽の東門の中心に当たる(方向である)」と解せる(原文は漢文だが、「向」に「ムカヘシ」と振り仮名がある)。このように、四天王寺と極楽との位置関係においては、人あるいは超越者の力によって両者が向かい合わせられているという感覚が流れているように思われ、「向かへたる」の語にも注意を払って

おきたい。

四天王寺西門の位置づけ

以上、見てきたように、四天王寺の西門は、極楽浄土の東門と向かい合っている、という考え方の一方で、四天王寺の西門は、極楽浄土の東門そのものだ、とする考え方もあった。

『高野山御参詣記』永承三年（一〇四八）十月十九日条には、藤原頼通の四天王寺参詣についての記事が見える。頼通は、晩頭に四天王寺に参り、「西大門」に到着する。続いて「是に於いて御手水を召し、先づ西方を礼し給ふ、古人の伝ふる所、極楽の東門に当たると云々」とある。頼通は西門で手水を使い、身を清めた上で西方を礼拝したのである。「古くからの伝えでここは極楽の東門に当たるという」との引用は、西門で身を清め、礼拝した頼通の行動の理由になっており、四天王寺の西門＝極楽浄土の東門という考え方の存在を示しているのではないだろうか。時代は下るが、観世元雅《もとまさ》（一四〇〇?〜一四三二）作の能「弱法師《よろぼし》」に、四天王寺の西門を「（極楽の）東門」と重ねている例が見られる。日想観（西に向かい日没を見て極楽浄土を観想すること）を勧められたシテ（盲目の俊徳丸《しゅんとくまる》）は、「心あてなる日に向かひて、東門を拝み南無阿弥陀仏」といい、ワキ（俊徳丸の父・通俊《みちとし》）に「や、東門とは謂《いは》れなや、ここは西門、石の鳥居よ」と不審がられる。シテはそれを受けて「あらおろかや天王寺の、西門を出でて極楽の東門に向かふは僻事《ひがごと》か」と言い、この説明では四天王寺の西門と極楽の東門は一応別の門であると読めるが、両者の距離はかなり近い感覚であろう。

2　四天王寺西門信仰と機織虫

四天王寺西門の機織虫

前節で見てきたように、極楽浄土の東門と四天王寺の西門の位置関係については、両者を向かい合っていると捉える（すなわち間に難波の海をはさんで一定の距離があるとする）把握と、両者は一体化しており、四天王寺の西門はすなわち極楽浄土の東門そのものであるとする把握があった。『梁塵秘抄』の二首の今様は、一七六番歌「極楽浄土の東門は　難波《なには》の海にぞむかへたる　転法輪所の西門に　念仏する人参れとて」が前者の把握により、二八六番歌「極楽浄土の東門に　機織る虫こそ桁に住め　西方浄土の灯火に　念仏の衣ぞ急ぎ織る」が後者の把握によっているらしい。つまり、「極楽浄土の東門」の指すものは、一七六番歌では遥かな極楽浄土の東門であり、二八六番歌では現実の四天王寺の西門ということになる。一七六番歌は極楽の宮殿や蓮の池を歌う「極楽歌」の中に配列されているため、初句には（四天王寺の西門とはひとまず切り離して）遥かな極楽世界を提示したと見てよいだろう。二八六番歌は四天王寺で現実の機織虫の声を聞いて、この虫は西方浄土から照らされる灯火で念仏の衣を急ぎ織っているのだと捉えてみせたところがおもしろい歌のように思われる。我らが機織虫はかくして四天王寺の西門で声を限りに鳴いているのであるが、そもそも、四天王寺の西門とはいかなる場所なのであろうか。

四天王寺信仰の変遷

『梁塵秘抄』一七六番歌・二八六番歌の二首では四天王寺の中でも特に西門に焦点が当てられているが、そもそも、一般的に、一つの寺の中心が「門」だというのは不思議なことのように思われる。前節で引用した『聖徳太子伝暦』には、四天王寺の「宝塔金堂は極楽土東門の中心に相当たる」とあった。つまり、極楽浄土の東門と正対しているのは、「西門」ではなく、「宝塔」「金堂」のはずであった。ところが、四天王寺の場合、すでに多くの指摘があるように、古代末から中世にかけて、金堂・宝塔、聖霊院を中心とする四天王寺内から、西門へ、さらに西門の外・鳥居の内へと、信仰の中心が西へ西へ移動してゆくのである。『相模集《さがみしゅう》』には、

寛弘の御時ばかりにや、天王寺の歌とて人々よむをりがありしに、西大門

極楽に向かふ心はへだてなき西のかどよりゆかむとぞ思ふ　（一）

とあって、寛弘（一〇〇四～一二）頃、すなわち、十一世紀の初めには、金堂・宝塔だけでなく西門に対する特別な関心が生まれていたことがわかる。ちなみに相模が同じ時詠んだ歌の題材は、西大門のほかは、亀井、船塔、仏舎利、弓、拝みの石、黒駒、池の蓮である。相模より数十歳年上の赤染衛門《あかぞめえもん》（九五七？～一〇四一？）も、

西大門にて、月のいとあかかりしに

ここにして光を待たむ極楽に向かふと聞きし門に来にけり　（『赤染衛門集』五三〇）

の一首を詠んでいる。同じ時に詠んだ歌はほかに、聖霊院、舎利、亀井、塔などを題材にしている。

鳥羽院の四天王寺西門信仰

さて、古代末から盛んになってきた四天王寺の西門信仰において、先行研究が注意する重要な人物は例外なく鳥羽院（一一〇三〜五六）である。鳥羽院は十一度に及ぶ天王寺詣をしており、特に西門周辺での迎講《むかえこう》（念仏行者の臨終に際して、阿弥陀如来が諸仏とともに極楽から来迎するさまを演じる法会）や念仏に熱心であった。

よく引かれる記事であるが、藤原頼長《よりなが》の日記『台記《たいき》』久安三年（一一四七）九月十三日条によると、鳥羽院は西門で出雲聖人と呼ばれる念仏僧の迎講を見て、目に涙を浮かべるほど感動している。そして、暗くなるに及んで、西門から直接「念仏所」へ移動した。『台記』の記主・頼長は久安四年五月十四日、この聖人と「言談」し、「其の説正直に非ず、怪と為すに足る」と記す。どうも胡散臭くて信用できないといった感想を抱いており、こうした冷淡な態度は鳥羽院とは対照的である。また、院は、西門の外側に南北に二つ並んでいた念仏堂のほかに、念仏三昧院という新たな念仏堂を建立し、久安五年十一月十二日に落成供養が行われている（『本朝文集』巻六十「天王寺念仏三昧院供養御願文」藤原永範）。このように、鳥羽院の頃から西門がますます注目されるようになってゆくことを背景に置くと、当然予想されることではあるが、『梁塵秘抄』今様は、まさに今様の、新しい信仰を救い上げているといい得るのである。

四天王寺西門と芸能

これまでの歴史的宗教的な視点からの考察においては、あまり注目されていないようだが、これら四天王寺の念仏堂が、今様を含む歌謡や管絃の場にもなっていたことは、大変興味深い。『台記』久安三年九月十四日条によると、行法の終わった後、鳥羽院の命により、念仏所で管絃の遊びが行われた。笛を源資賢《すけかた》（実は院が自ら吹くことが多かった）、笙を藤原頼長、琵琶を信西《しんぜい》、箏を覚暹《かくせん》が担当して、さまざまな曲を演奏している。その中には催馬楽《さいばら》「安名尊《あなたふと》」「妹与《いもと》我《あれ》」「伊勢海《いせのうみ》」「更衣《ころもがへ》」「我門《わがかど》」「浅水《あさむづ》」、風俗歌《ふぞくうた》「鴛鴦《をし》」が含まれており、そのほかにも多くの催馬楽が歌われたという。さらに、資賢は朗詠、今様、風俗など多くの歌謡を歌い、覚暹、信西は興に乗って、琵琶の秘曲・揚真操《ようしんそう》を演奏するに及んでいる。この記事は『古今著聞集《ここんちょもんじゅう》』二八二話にも収録されて著名であるが、鳥羽院が自ら朗詠を披露し、また資賢を「催馬楽之長者也」とほめたたえたのも、この時のことであった。たとえばこうした折は、四天王寺に焦点を当てた今様が歌われた場としてふさわしいものと考えられよう。

また、源頼政《よりまさ》（一一〇四〜八〇）の家集には、天王寺詣をめぐる藤原為業《ためなり》（寂念《じゃくねん》）との十四首に及ぶ贈答歌があり、注目される。頼政が、ちょうど秋の彼岸の頃、四天王寺に参詣すると、すでに詣でていた為業や殷富門院大輔から和歌が贈られてくる。為業と頼政とのやりとりの中には、「極楽のかどむかひ」「西のかど」など、四天王寺の西門と極楽の東門とのつながりを意識した表現が見られる。為業は、先に都に帰り、四天王寺にいる頼政に三首の和歌を贈ってきたが、その詞書によると、四天王寺の念仏堂で、「ことぢ」や「きりじ」という「歌うたひ」（歌謡にすぐれた者。女性芸能者か）によってさまざまな歌謡や読経が披露されたことや、為業が「興に入りて」、催馬楽「我門」を歌ったことが知られる。先に挙げた『台記』の記事とあわせて、芸能の尽くされる空間としての念仏堂の様子がよく伝わる。さらに興味深いのは、ここで催馬楽「我門」が歌われていることで、この曲は、前掲の『台記』久安三年九月十四日条にも見えていた。「我門」の詞章は、

我が門に　我が門に　上裳《うはも》の裾《すそ》濡れ　下裳《したも》の裾濡れ　朝菜《あさな》摘み　夕菜《ゆふな》摘み　朝菜摘み

朝菜摘み　夕菜摘み　我が名を　知らまくほしからば　御園生《みそのふ》の　御園生の
御園生の　御園生の　菖蒲《あやめ》の郡《こほり》の　大領《だいりやう》の　愛娘《まなむすめ》と言へ　弟娘《おとむすめ》と言へ

というもので、野遊びの求愛場面を表現しており、極楽を願う信仰とは関わりがないが、「門」という一点で、四天王寺の西門とつながっており、折にあう選曲でもあったといえる。

浄土詣りの遊び

四天王寺西門をめぐる芸能的な事柄として、もう一つ、注目されるものに「浄土詣りの遊び」がある。これは、『一遍聖絵《いっぺんひじりえ》』や『聖徳太子絵伝』に見える西門信仰の一つであるが、複数の男女が目隠しをして、西門から鳥居の方に向かっている図柄の解釈に関わるものである。この目隠しの男女を、入水を企てる念仏行者であるとし、補陀落渡海《ふだらくとかい》（観音菩薩の住む補陀落山に参るため、南方の海から小船に乗って、南へと漕ぎ出して行くこと）と同様のすさまじい自殺行と見る論があるが、すでに奈良国立博物館編『聖徳太子絵伝』（東京美術、一九六九年、解説は上田英次・菊竹淳一）で指摘され、それを受けて梅谷繁樹が詳細に論じているように（「四天王寺西門信仰をめぐって」『仏教文学』第三号、一九七九年三月）、この図柄は、西大門から目隠しをしたまま鳥居の下をくぐると極楽往生が疑いないという占いを表していると見た方がよいと思われる。これらの論考では、鎌倉末期に成立した『上宮太子《じょうぐうたいし》拾遺記《しゅういき》』第三に、「浄土詣事」として、「慈鎮和尚哥云。我寺ノ浄土マイリノ遊コソ戯ナカラ実トナリケレ」と見える記事が引用され、これが、目隠しの図絵のモチーフを詠んだものと解されている。現代の『聖徳太子絵伝』の絵解きにおいて、この占いの説明がなされている事例も紹介されており、また、『一遍聖絵』における表現の分析（目隠しをしている三人の人物は浄衣を着用していない、三人に対する人々の注目

浄土詣りの遊び

（『日本絵巻大成別巻　一遍上人絵伝』中央公論社，1978 年）

の度合いはさほどでなく、壮絶な自殺行を見送るとは考えられないのどやかな雰囲気が漂っている、鳥居へのコースを大きくはずれた女性に後方の見物人が声をかけ、女性はあわてて手を大きく広げている、など）からも、梅谷論に従いたい。極楽へ赴くため、天王寺から船で難波の海に漕ぎ出し、沖で入水する例は多く見られ（『拾遺往生伝』下・沙門永快、『後拾遺往生伝』下・上人行範、『発心集』巻三ノ六、『散木奇歌集』一三八四詞書など）、先にふれた補陀落渡海を思い起こさせはするが、入水が目的であれば、陸地から目隠しをして延々歩いて行く必然性は見出せないだろう。ただし、先に述べたような占いがいつから行われるようになったかは定かでなく、目隠しの図柄として残っているものは鎌倉時代を遡れないとされている。

前述の慈鎮和尚（慈円）の歌は、建保七年（一二一九）正月の四天王寺百首の中の一首で、『拾玉集』では「わが寺の浄土まゐりの遊びこそあさきものからまことなりけれ」となっている。浄土詣りの占いの出現と『梁塵秘抄』今様成立との先後関係は微妙なところであるが、四天王寺西門をこのような「あそび」を胚胎する空間として捉えると、それは今様が関心を寄せる信仰のあり方――遊び戯れも成仏への道になるのだ、といった――とも重なってきて興味深い。すなわち、音楽が演奏され、「浄土詣りの遊び」が行われるような四天王寺西門周辺の空間は、実際に今様が歌われる場であり、今様の詞章に歌われる場でもあって、機能と内容の両面から今様と親近性を持つ空間だといい得るのである。

後白河院の四天王寺信仰

先に見たように、鳥羽院は、四天王寺西門信仰を論じる上で鍵となる人物であったが、その皇子・後白河院の四天王寺参詣も十三度を数える。文治三年（一一八七）八月二十三日には四天王寺において権僧正公顕から伝法灌頂を受けているし（『玉葉』同日条）、文治五年には百日間の参籠をし、その間、政務は四天王寺で行われていた。西門のそばにあった念仏堂との関連でも、院は、安元二年（一一七六）、御所内に四天王寺の念仏堂を模した持仏堂を建てることを計画し（『玉葉』同年九月二十九日条）、安元三年に、その御堂供養を行っている（『玉葉』同年四月八日条）。

四天王寺西門を歌う今様は、鳥羽院の頃から盛んになってきた新しい信仰を捉えて成り立ったものと考えられるが、ますます高まりを見せていた四天王寺西門信仰に支えられて、『梁塵秘抄』が編まれる時に至っても、その今様の中には、これを歌い、聞く人々の「今」が強く反映され、実感をもって受け入れられ続けていたといえよう。

平安末期、四天王寺信仰の中心であって、芸能の尽くされる場であり、さらに周辺に三つもの念仏堂が建っていた西門は、今様に歌われる機織虫が「念仏の衣」を織りつつ鳴く場所として実にふさわしく、よく選ばれたものだったのである。

3　機織虫を愛した人々

機織虫の声

ギーッチョン、ギーッチョンという機織虫（今のキリギリス）の鳴き声は、聞きなしとしてのおもしろみはあるものの、純粋な音声としてはやや耳障りともいえる。王朝の和歌や物語の中において、その鳴き声が美的対象として取り上げられることは、鈴虫や蟋蟀《きりぎりす》（今のコオロギ）に比べると、かなり少ない。

一九八七年公開の映画『ラストエンペラー』（ベルナルド・ベルトルッチ監督）の冒頭近くに、興味深いシーンがある。清朝皇帝に指名された愛新覚羅溥儀《あいしんかくらふぎ》は、まだ三歳と幼く、即位式の折も事態を飲み込めないまま、平伏する臣下の間を歩き回る。すると一人の男が脇に抱えた壺型の容器から、リリリリ……というコオロギの鳴き声が聞こえてくる。駆け寄った溥儀の前で、男が蓋を開けると、そこにいるのは緑色で堂々とした機織虫であった。焦げ茶色で小さなコオロギは視覚的には機織虫に劣るが、鳴き声はずっと美しいとの判断による映画的虚構であろう。機織虫の声の劣位は、時代や場所によらず、一定の普遍性を持っているらしい。

しかし、機織虫の声を好んだ者も確かに存在した。花園左大臣源有仁《ありひと》（一一〇三〜四七）はその一人である。建長四年（一二五二）成立の説話集『十訓抄《じっきんしょう》』には、次のような話が見える。

秋のはじめ、有仁は南殿に出て、機織虫の声を愛でていた。日が暮れたので、「誰か格子をおろしに参れ」と人を呼ぶと、新参の侍がやって来た。この侍は名札の端書に「能は歌詠み」と書いていたため、有仁は「この機織虫の鳴くのが聞こえるか。一首詠じてみよ」と命じた。侍が「青柳の」と詠み出したため、お側にいた女房たちは、季節に合わないと思った様子で笑い出した。有仁は「最後まで聞かないで笑うことがあるか」とたしなめ、侍に先を言わせる。すると、侍は、「青柳の緑の糸をくりおきて夏へて秋は機織ぞ鳴く」と詠んだ。有仁はすっかり感心し、侍に萩の図柄を織り出した直垂《ひたたれ》を与えた。

侍の和歌は、「青柳の緑の糸を繰り置いて夏にそれを綜《へ》て秋に機を織るというわけで、今この秋に機織虫がしきりに鳴いていることよ」といった意味。「へて」に「経て」と「綜《へ》て」を掛けている。「綜《へ》て」（終止形は「綜《ふ》」）は、縦糸を引き延ばして機織にかけることをいう。「青柳」は春の景物で、現在の季節（初秋）に合わないため、女房たちは笑い出したのであるが、意表をつく第一句から、眼目となる「経て」と「綜《へ》て」の掛詞によって夏を経て秋に至るという季節の推移を詠み、青柳の「糸」と「機織」という縁語も用いた、技巧に優れた一首である。この説話の中心は、侍の和歌の才能にあるが、主人である有仁の風流心も大事な一要素といえよう。

源有仁と芸能

嘉応二年（一一七〇）頃に書かれた歴史物語『今鏡《いまかがみ》』によると、源有仁は光源氏にもなぞらえられるような見目麗しい人物で、音楽や漢詩、和歌に優れていた。そうした有仁の邸には管絃の名手や歌詠みも多く出入りしていたという（御子たち第八花のあるじ）。先の『十訓抄』の逸話もその一端を示していよう。同時期の説話集『古今著聞集』には、源有仁が、左大臣という高い身分としては異例ながら、今様を歌って乱舞したことが記されている（六二五話）。

保延三年（一一三七）九月二十三日、崇徳天皇は、鳥羽院の御所（仁和寺境内にある法金剛院）に行幸し、鳥羽院とその妃・待賢門院ともども十番の競馬《くらべうま》を御覧になった。二十四日には、競馬の続きと行幸に予定されていた諸行事が執り行われ、二十五日には管絃の遊びがあった。崇徳天皇が出御され、鳥羽院は簾中にいらっしゃった。有仁は琵琶を演奏した。盃酌数献の後、今様や神楽、朗詠などの謡物があった。かなり酔いも回った後、人々は、白薄様《しらうすよう》を歌って乱舞するに至る。本文には「摂籙《せつろく》・左大臣なども舞ひ給ひける、ためし少なく侍ることにや」とある。「摂籙」は摂政の意で、ここは関白の藤原忠通《ただみち》をさす。「左大臣」は有仁である。摂政や左大臣といった高い身分の者まで舞うというのはあまり例がないのではないか、としているから珍しい機会であったらしい。「白薄様」は五節《ごせち》に歌われる歌謡の一つ。五節とは、陰暦十一月の大嘗祭《だいじょうさい》、新嘗祭《にいなめさい》の際に、五節舞姫《ごせちのまいひめ》の舞楽を中心として行われる公式行事で、丑の日から辰の日にかけて続く。丑の日には、五節帳台試《ごせちのちょうだいのこころみ》（常寧殿《じょうねいでん》での五節舞の試演）があり、寅の日に五《ご》節淵酔《せちのえんずい》（清涼殿《せいりょうでん》で行われる宴会）と五節御前試《ごせちのおまえのこころみ》（清涼殿での五節舞の試演）がある。卯の日は新嘗祭の当日で、天皇がその年に収穫された新穀を神々に供え、自身も食する。天皇の即位後初めての場合を大嘗祭という。当日にはまた童女御覧《わらわごらん》（五節舞姫の付き添いの童女を天皇が御覧になる行事）がある。最後の辰の日、豊明節会《とよのあかりのせちえ》の夜に五節舞が演じられる。「白薄様」は、五節淵酔で歌われる、乱拍子《らんびょうし》と呼ばれる今様の一つであった（『五節間郢曲事《ごせちのかんえいきょくのこと》』）。乱拍子は、一般の今様よりもテンポが早く、リズムに乗って歌われたものらしく、この「白薄様」の後、人々が乱舞へとなだれ込んでいったのもうなずける。「白薄様」の歌詞は次の通り。

白薄様、濃染紫《こぜんじ》の紙、巻上《まきあげ》の筆、ともゑかいたる筆の軸　やれことうとう

「白い薄い紙、濃い紫に染めた紙、軸を糸で美しく巻いた筆、巴《ともえ》模様を描いた筆の軸、ヤレコトウトウ」といった、文具尽くしのような内容である。有仁はその場にいる人々とともに、この乱拍子を歌い、酔いのうちに激しく舞ったのであった。

ファッションリーダーとしての源有仁　音楽や文芸の才能に恵まれた有仁は、ことのほかに「衣紋《えもん》」（衣服の制、着用の作法など）を好んだ。『今鏡』には、鳥羽院と有仁がファッションを牽引していったさまが記される。

この頃こそ、錆烏帽子《さびえぼし》、きらめき烏帽子なども、折々変はりて侍るめれ。（中略）鳥羽院、この花園の大臣有仁、大方も、御見目とりどりに、姿もえもいはずおはします上に、細かに沙汰せさせ給ひて、世のさがになりて、肩当《かたあて》、腰当《こしあて》、烏帽子止《とどめ》、冠止《かぶりとどめ》などせぬ人なし。またさせでも叶ふべきやうもなし。冠、烏帽子の尻は雲を穿ちたれば、ささずば落ちぬべきなるべし。

（御子たち第八花のあるじ）

当時、錆烏帽子（強く張ってしわを多くつけた烏帽子）やきらめき烏帽子（漆を塗ってよく光る烏帽子）など、折々に流行が変化した。鳥羽院と有仁は、それぞれ美しい容姿に恵まれており、服飾について細かに判定をする。当時は肩当や腰当（角張らせるために衣の裏の肩の部分や腰の部分につける布）、烏帽子止や冠止

（烏帽子や冠の後ろに挿す串）などをしない人はいない。冠や烏帽子の頂は、雲に届くほどとてつもなく高くしてあるため、何も挿さなければ頭から落ちてしまうのである。

このごろ京に流行るもの

さて、『梁塵秘抄』には、「このごろ京《みやこ》に流行《はや》るもの」という初句を持つ歌が二首収められている。そのうちの一首は男性の装束について歌った次の今様である。

このごろ京に流行るもの　肩当　腰当　烏帽子止　襟《えり》の竪《た》つ型《かた》鋳烏帽子　布打《ぬのうち》の下《した》の袴《はかま》　四幅《よの》の指《さし》貫《ぬき》

（三六八）

ここに歌われる素材は、先の『今鏡』の記述とかなり重なっている。最終句の「四幅の指貫」は普通八幅・六幅（「幅」は布の幅を表す単位で約三十センチメートル）の布で仕立てていたところを四幅で仕立てた、細身で丈の短い指貫。指貫は裾を括るようにした袴である。全体として歌われているのは、上衣、袴ともに当て布をつけて張らせたり、烏帽子に漆を塗ったりして、硬くこわばらせた強装《こわしょうぞく》束の様子である。先に見たように、ゆったりと柔らかな萎装《なえしょうぞく》束から強装束への移行は、鳥羽院や有仁らを中心に進められたものであり、まさに流行歌謡の素材としてふさわしい最先端のファッションであった。

いささかこじつけめくが、衣紋の道に強い関心を寄せていた有仁は、衣を織るような声で鳴く機織虫に、つい心惹かれたのかも知れない。コオロギや鈴虫の鳴き声に比べ、相対的に硬い感じのする機織虫の声を愛するという嗜好は、強装束への傾倒とほのかに通じているようにも思われる。

機織虫模様の衣

本書でたびたびふれてきた短編物語「虫めづる姫君」において、この姫君の、唯一の装束描写が、「練色《ねりいろ》の綾《あや》の袿《うちぎ》一襲《かさね》、はたおりめの小袿一襲、白き袴《はかま》を好みて、着たまへり」というものである。練色（白っぽい薄黄色）の上衣の上に、機織虫の模様の衣を着用し、白い袴を好んで着ていたという。練色は年配の女性が着用するもので、年若い女性らしくない。また白い袴は男物で、若い女性は紅色を着用するのが常である。そして、機織虫模様の小袿という突飛な装束が示される。中世の服飾模様として、蝶以外の虫が取り上げられることはほとんどなく、「姫君の虫好みの性格を示し、かつ珍しい図柄」（稲賀敬二校注・訳　新編日本古典文学全集『堤中納言物語』小学館、二〇〇〇年）と評される通りだが、文飾としては、「機織」と「袿」との縁語関係も見逃せない。機織虫の織った袿に機織虫の文様が織り出されているといった言語遊戯を前提とする表現ではあるが、機織虫の模様の着物を着て、毛虫の観察に余念のない姫君の姿は微笑ましい。彼女もまた、機織虫を愛した一人であった。

4　蟋蟀は鉦鼓の名人

呼称の変遷

前節まで「機織虫」の話をしてきたが、あえてキリギリスと記さず「機織虫」で通したのには、理由がある。古語で「きりぎりす」というと、それは今のコオロギを指すと考えられるため、「機織虫」を「きりぎりす」と表現すると、古語のそれか現代語のそれか、混乱をきたすからである。改めて整理すると、本章第1節にも一部引いたが、新井白石著『東雅』巻二十に「古にハタヲリメといひしものは、今俗にキリ〴〵スといふ、これ也。古にコホロギといひしものは、今俗にイトヾといふ、これ也。古にキリ〴〵スといひしものは、今俗にコホロギといふ、これ也」とあり、これによれば、ギーッチョンと鳴く緑の虫はハタヲリメからキリギリスへと呼称が変わり、リリリリ……と鳴く黒褐色の虫はキリギリスからコホロギへと呼称が変わった。そして、体が湾曲し、後脚と触角が特に長い褐色の虫はコホロギからイトドへと呼称が変わったという。イトドは、現在はカマドウマと呼ばれる。カマドウマは成虫になっても翅を持たないため、コオロギやキリギリスのように前翅をこすりあわせて音を出すことがなく、鳴かない虫である。

雅語と俗語

「こほろぎ」の名は、中古・中世の古典文学の中には、ほとんど出て来ない。『和名類聚抄』巻十九に「蜻蛚」の和名を「古保呂木」としており、「こほろぎ」という語が平安時代に存在したことは確かである。南朝梁の蕭統《しょうとう》（五〇一〜三一）が編んだ詩文集『文選《もんぜん》』の李善《りぜん》（?〜六八九）の注には「蟋蟀、虫名、俗に之を蜻蛚と謂ふ」とあり、『和名類聚抄』は、その「蟋蟀」の和名を「木里木里須」とする。ここからすると、前掲の『東雅』のように、「キリギリス」から「コホロギ」へ、時代による直線的変化が起こったのではなく、今のコオロギを、古語では「きりぎりす」とも、俗に「こほろぎ」とも呼んだことになる。すなわち、吉海直人が述べているように「きりぎりす」が雅語（歌語）であり、「こほろぎ」が俗語（非歌語）（『百人一首の新考察——定家の撰歌意識を探る』世界思想社、一九九三年）と考えるのが穏当なようにも思われる。そうはいうものの、「こほろぎ」の確かな用例は、中世後期にならないと見出すことができない（『万葉集』に「蟋蟀」が七例見えるが、訓みは「きりぎりす」「こほろぎ」の両説がある）。慶長二年（一五九七）までには成立していたと考えられる御伽草子『猿源氏草子《さるげんじそうし》』

に、「蒔絵《まきえ》の盤《ばん》にこほろぎの盃《さかづき》をすゑて」とある「こほろぎの盃」が黒褐色の漆の盃を意味するらしいことから、この頃には、今のコオロギが「こほろぎ」と呼ばれていたと考えられるが、それ以前には、今のコオロギを指す俗語としての「こほろぎ」の確実な例が見出せないのである。なお、狂言「今参《いままいり》」には、細く長い脛を「こほろぎ脛《ずね》」といった例が見える。

カマドウマとの関係

『東雅』は、「こほろぎ」がイトド（カマドウマ）の古名であるとしていたが、この説は、根拠が不十分で、俄かには従い難い。たとえば、江戸時代初期〜前期成立とされる御伽草子『こほろぎ物語』の「こほろぎ」は、肌寒い晩秋に「色も黒し、せもかがみ」という姿で登場し、壁や流しのもとで夕暮れから夜半まで鳴くとあるので、鳴かないカマドウマではなく、今のコオロギであるといえる。黒色という描写から、今のキリギリスでもない。

以上、まとめると、今のコオロギは、中古・中世には、俗語で「こほろぎ」と呼ばれた可能性はあるものの、文学作品においては、ほとんど常に「きりぎりす」と表現された。江戸時代初期以降、現在と一致する「こほろぎ」の呼び名が一般化したと思われる。たとえば、江戸時代初期〜中期成立とされる御伽草子『虫妹背物語《むしいもせ》』の中で、玉虫姫に恋の橋渡しをする「こうろぎの局」が登場し、一方、姫に恋して破れた「きりぎりすの紀伊守」も出てくることから、遅くとも江戸時代中期には、両者は同物異名ではなく、別々の虫として、現在と同じように把握されていたらしい。なお、今のキリギリスの古称は「はたおり（め・むし）」であり、「はたおり」から「キリギリス」へ呼称が変化した時期と、「きりぎりす」から「コオロギ」へ呼称が変化（一本化）した時期は同じ江戸時代前期から中期頃ということになろう。用例の分布傾向からは、一応、このような名称の移行が想定できるが、しかし、それでは説明のつかない場合もある。江戸時代初期に成ったとされる『虫の庭訓《ていきん》』は、多くの虫の歌を列記した物語で、三十匹余りの虫の歌が記され、それぞれに虫の挿絵があしらわれている。この中には「こうろぎ」「機織」「きりぎりす」が登場し、「こうろぎ」の挿絵は今のコオロギ、「機織」の挿絵は今のキリギリスのように見える。「きりぎりす」の挿絵は、同書の挿絵の鈴虫に似ており、それを少し細長くしたような形である。つまり、三者はそれぞれ別の虫として描かれているのであって、「きりぎりす」は今のコオロギでもなく、今のキリギリスでもない。謎は深まるばかりだが、『梁塵秘抄』に見える「きりぎりす」は、その鳴き声の描写から、今のコオロギと考えてよさそうである。

蟋蟀は鉦鼓の
鉦鼓のよき上手

さて、コオロギの登場する『梁塵秘抄』今様は、茨の若木の下で繰り広げられる、楽しげな動物たちの奏楽を歌う。

『虫の庭訓』より「こうろぎ」

『虫の庭訓』より「機織」

『虫の庭訓』より「きりぎりす」
（３点ともに『奈良絵本絵巻集　11』早稲田大学出版部，1988 年）

茨小木《うばらこぎ》の下にこそ　鼬《いたち》が笛吹き猿奏《かな》で　かい奏で　稲子麿《いなごまろ》賞で拍子《はうし》つく　さてきりぎりすは鉦鼓《しやうご》の鉦鼓のよき上手《じやうず》（三九二）

ここで取り上げられるのは、鼬が笛を吹き、猿が舞い、ショウリョウバッタが拍子を打つ姿。そして、「きりぎりす」すなわちコオロギは鉦鼓の上手だという。鉦鼓は雅楽の打楽器で、皿形の鉦を木製の枠に吊るし、二本の桴で打つ。雅楽の打ち物の中で唯一の金属製の楽器であり、その音色は際立つ。リリリリ……というコオロギの鳴き声は一種金属的な響きを持つため、この鉦鼓に譬えられたのだろう。コオロギの鳴き声は、伝統的な和歌の中にも多く詠まれるが、こうした具体的な比喩に出会うことはまずない。

和歌の中のコオロギ

中古・中世の和歌において、コオロギは「きりぎりす」の名でしばしば詠まれている。秋の夜に鳴くコオロギの声を捉え、季節の寂寥感、聴き手の孤独感を詠むものが多い。その声は恨みや悲しみ、あわれさといった感情を掻き立てるものであり、晩秋の寒さに「弱る」「枯れる」といった表現で、いっそうの哀愁を漂わせる例も多く見られる。

わがごとく物やかなしききりぎりす草のやどりに声絶えず鳴く（『後撰和歌集』秋上・二五八・紀貫之）

きりぎりす夜寒に秋のなるままに弱るか声の遠ざかり行く（『新古今和歌集』秋下・四七二・西行）

きりぎりす恨むる声も庭の荻のすゑこす風も秋ふけにけり（『後鳥羽院集』五二一）

かれゆくきりぎりすの声をききて
風寒みいく夜も経ぬに虫の音の霜より先に枯れにけるかな（『玉葉和歌集』秋下・八〇九・具平親王）

また、壁や床と取り合わせた詠歌も多い。

きりぎりす壁の中にぞ声はする蓬が杣に風や寒けき（『久安百首』一一四〇・上西門院兵衛）
きりぎりす壁の中なる声ゆゑにむすびさしつる夜半の夢かな（『重家集』三六・虫声驚夢）
秋深くなりにけらしなきりぎりすゆかのあたりに声きこゆなり（『千載和歌集』秋下・三三二・花山院）
霜さゆるおどろのゆかのきりぎりす心ぼそくも鳴きよわるかな（『散木奇歌集』四二八）

前者――壁とコオロギの取り合わせ――は、古代中国における儒家経典《じゅかけいてん》『礼記《らいき》』（月令）の季夏之月（六月）の「蟋蟀居壁」によるものであろう。『礼記』には「壁に居る」とだけ記され、「中」の語はない。和歌（連歌）においても、

きりぎりすのいと近う鳴くを聞きて、人
壁近く鳴くきりぎりすかな
と言ひしかば、また東面《おもて》にありし人

夢にても寝ることかたき秋の夜に
きりぎりす夜深き声に夢さめて壁のあたりはいこそ寝られね

（『相模集』一八一）

（『待賢門院堀河集』三七・きりぎりす）

のように「壁近く」「壁のあたり」といった表現が見える。寛平五年（八九三）九月菅原道真編とされる『新撰万葉集』には、

秋来たり暁暮《あけくれ》吾《わ》が声を報ず　蟋蟀《しっしゅつ》高く低く壁の下に鳴く

（九〇）

蟋蟀壁の中に夕べを通して鳴く　芸人乱れたる床《とこ》に夜を明かして侘《わ》ぶ

（三四六）

とあり、「壁の下」「壁の中」の表現が見える。『源氏物語』には「きりぎりす」の例が二例見えるが（夕顔巻・総角巻）、ともに「壁の中のきりぎりす」の形である。コオロギの声が「壁の中」から聞こえるというのは、姿は見えないコオロギの声の、微妙な反響を繊細に捉えた巧みな表現と思われるが、日本ではぐくまれた『新撰万葉集』『源氏物語』の表現が、後の和歌にも影響を与えたものであろうか（『新撰万葉集』の漢詩は菅原道真（八四五〜九〇三）、あるいは源当時《まさとき》（八六八〜九二一）の作とされる）。

さて、後者——床とコオロギの取り合わせ——は、春秋時代（紀元前七七〇〜紀元前四七六）に編集された中国最古の詩歌集『詩経《しきょう》』（豳風《ひんぷう》・七月）に、「七月野に在《あ》り　八月宇《う》に在り　九月戸《こ》に在り　十月には蟋蟀我が牀下《しょうか》に入《い》る」とあるのによる。コオロギは、七月には野原にいるが、寒さが近づくと次第に人

家に近寄ってきて、八月には軒の下におり、九月には戸口のところまで来るようになり、十月には床の下にまで入って来るというのである。「牀下」を、和歌では「枕の下」と表現することもあり、「床（ゆか・とこ）」の例よりもむしろ「枕」の例の方が多い。

きりぎりす夜寒になるを告げ顔に枕のもとに来つつ鳴くなり　（『山家集』四五五）

露ふかきあはれをおもへきりぎりす枕のしたの秋の夕暮　（『拾玉集』一六八五・寄虫恋）

以上、見てきたように、和歌におけるコオロギの鳴き声は、孤独に寝覚めがちな人のごく近く、壁のそばや床の下で、晩秋の夜の寂しさを強調するものとして響いていた。

鉦鼓の名人として華やかな合奏に加わっている『梁塵秘抄』の楽しげなコオロギは、伝統的な和歌の中で刻々と弱っていく哀れなコオロギとは、対照的な姿で立ち現れているのである。

5　古き筆、蟋蟀となる

コオロギの声の聞きなし——子　ろ　子　ろ

前節で見てきたように、コオロギは、物悲しい季節の中で人の哀しみをかきたてるように鳴く虫であるが、その鳴き声が具体的に描写されることは少ない。下って、正徳二年（一七一二）序の百科事典『和漢三才図会《わかんさんさいずえ》』は、蟋蟀の鳴き声を「古呂呂牟古呂呂牟」と描写し、その「精美」なる声は松虫に劣らないという。ここでの「古呂呂牟《ころろん》」は擬音語とし

て捉えられるが、この音に意味を持たせた例も見出される。文政五年(一八二二)序の『八十浦之玉《やそうらのたま》』に、

わがごとくつま恋ふるかもこほろぎのころころとしも夜もすがら鳴く　(三八五・平千秋・寄虫)

と見え、コオロギの鳴き声が「ころころ」と表現されるが、この「ころ」には「子ろ」の意が掛けられているようだ。すなわち、単なる音の描写としてだけではなく、意味を持つ語として聞きなされている。「子ろ」は上代東国方言で、「子ら」と同じく、相手を親しみを込めて呼ぶ語。『万葉集』巻十四・東歌には、

烏とふ大をそ鳥のまさでにも来まさぬ君をころくとそ鳴く　(三五二一)
(烏というとんまな鳥めが、よくもまあ、来ない君なのに、ころく——愛しい人が来る——と鳴くよ)

という歌が見え、ここでは、烏の鳴き声を「ころく(子ろ来)」と聞きなしている。『八十浦之玉』の千秋詠も、同様に解釈できよう。試みに訳せば「私と同じように妻を恋しく思っているのだなあ、コオロギがころころ(いとしいお前よ、いとしいお前よ)と夜もすがら鳴いて(泣いて)いるよ」といったところ。関根栄一作詞・芥川也寸志作曲の童謡「こおろぎ」には「こおろぎ　ころころりん」の一節が見え、こおろぎの鳴き声としての「ころころ」は、現代人にとっても馴染み深いが、「ころころ」に「子ろ子ろ」と愛する人への呼びかけを聞きとったならば、コオロギの精一杯の歌がいっそう健気な、いとおしいもの

として響いてこよう。

コオロギの声の聞きなし
――綴り刺せ

平安時代から見られるコオロギの声の聞きなしとしては、本章第1節で紹介したように、「綴《つづ》り刺《さ》せ」（きれをつなぎ合わせて縫え）というものがある。

からころもたつたの山にあやしくもつづりさせてふきりぎりすかな　（『家持集』二五三）

きりぎりすつづりさせてふ鳴くなればむらぎぬもたるわれはききいれず　（『家持集』二五四）

秋風にほころびぬらし藤袴つづりさせてふきりぎりす鳴く
（『古今和歌集』雑体・一〇二〇・在原棟梁）

きりぎりすつづりさせてふいかにしてさむけきとこの上を知るらん　（『教長集』四六八・床下蟋蟀）

「唐衣」「たつ（裁つ）」「疋絹《むらぎぬ》（二疋《ひとむら》の絹。疋《むら》は巻物にした布帛などを数える単位）」「袴」など、衣と関わる語と詠まれ、この点は、先に取り上げた機織虫（キリギリス）と共通する。中国では、コオロギの鳴き声を「快織《クワイジー》！快織《クワイジー》！」（早く機を織って寒さに備えよ！）と聞きなし、そこからこの虫を「促織《そくしょく》」とも呼ぶようになったという（瀬川千秋『闘蟋《とうしつ》――中国のコオロギ文化』大修館書店、二〇〇二年）。瀬川によれば、『文《もん》選《ぜん》』「古詩十九首」の第七首に「明月皎《けう》として夜《よる》光り　促織東壁《とうへき》に鳴く」と見えるのが「促織」の最も早い例とのこと。日本においては、『和名類聚抄』巻十九に、「蟋蟀」の和名を「木里木里須」とし、「促織」の和名を「波太於里米」とするから、これによれば「促織」は機織虫（今のキリギリス）であって、蟋蟀（コオロギ）の異称ではない。しかし、「促織」は、ツヅリサセと鳴くコオロギにも、ギーッチョンと鳴くギリギリスにもふさわしい名称であるため、後の辞書や本草学書などには混乱も見られる。

古い筆とコオロギ

ここまでコオロギの鳴き声を追ってきたが、その姿に関連して、中世には実に不思議な言説が存在した。古い筆がコオロギになるというのである。貞治五年（一三六六）頃成立した頓阿《とんあ》の歌集『続草庵集《ぞくそうあんしゅう》』に、次のような連歌が見える。

古き筆きりぎりすとや成りぬらん
　壁のうちにぞ書《ふみ》は納めし

前節で見たようにコオロギは壁と縁が深く、また、当然ながら筆は書と関連が深いから、上の句と下の句は緊密なつながりを持っている。文明八年（一四七六）春以前に成立した一条兼良編『連珠合璧集《れんじゅがっぺきしゅう》』は、連歌寄合《よりあい》（連歌で句と句を結びつける働きをする言葉や素材）を記したもので、コオロギに関しては、次のような記述が見える。

蛬《きりぎりす》　トアラバ、壁の中　ふる筆　つづりさせ　いたくな鳴きそ　長思《ながきおもひ》　蓬が杣
ゆかのあたり　蓬生の月　霜夜の小席《さむしろ》

ここにも、古筆がコオロギと関連する語として取り上げられている。すでに、順徳院（一一九七〜一二四二）が晩年に著した歌学書『八雲《やくも》御抄《みしょう》』巻三に、「蛬　蟋蟀。壁中に有。又筆化為之」と見えるから、

筆が化してコオロギになるという考え方は、鎌倉時代には知られていた。このことから、コオロギを「筆つ虫」ともいう。中世の用例は少ないが、南北朝時代前後、遅くとも永享十年（一四三八）までには成立したとされる『秘蔵抄《ひぞうしょう》』に、次のような記述が見える。

筆登虫
ふでつむし秋も今はと浅茅生にかたおろしなる声弱るなり
筆登虫は蛬を云ふなり、古筆のなるなり

ここに引用されている和歌は、弱り行く鳴き声を捉えて晩秋の寂しさを強調するという、コオロギの一般的な詠み方であるが、「ふでつむし」というコオロギの異名のみならず、「かたおろし」という珍しい用語を含んでいる点でも注目される。「かたおろし」は、古代歌謡の歌曲名または歌い方の名称で、『古事記』や『琴歌譜《きんかふ》』、神楽歌《かぐらうた》、東遊歌《あずまあそびうた》の中に「片下」「片降」「片折」「加太於呂之」などの表記で用例が見られる。一首の歌を、本《もと》と末《すえ》とに分かれて歌う場合、その一方の調子を下げて歌う時にいうかとの推測がなされている。時代が下って、平安時代の流行歌謡・今様の一種としても、「片下」の名が見える。実態は不明であるが、名称からすれば、調子の下がるところに特徴があったものだろうか。「ふでつむし」の和歌は、コオロギの鳴き声が「かたおろし」の調子で――だんだん低くなって――弱っていくと描写しているのであろう。また、新しい筆を初めて使うことを、筆おろしというので、「かたおろし」の「おろし」と「筆」とは関連のある語である。縁語や掛詞を駆使した言語遊戯的な側面の強い和歌といえよう。なお、筆おろしと聞いて顔を赤らめた方もあるやも知れぬが、そちらの意味が生じるのは、江戸時代もかなり下ってからで、当該和歌の解釈には関わらない。

『秘蔵抄』の「ふでつむし」の和歌は、由阿《ゆあ》の撰んだ『六華和歌集』（一三六四年以後成立）にもとられており、そこでは曾禰好忠《そねのよしただ》（九三〇？〜一〇〇三？）の作とされている。本歌が好忠の歌だとすると、「筆つ虫」の用例は平安時代まで遡ることになる。好忠は和歌の伝統の枠にはまらない新奇な用語、語法を用い、反貴族的な田園のことばや耳なれない草木の名などを織り交ぜることも多いため、こうした和歌を詠んだ可能性は十分考えられるが、『六華和歌集』の作者名は典拠が不明で、好忠詠と断定するのはやはり躊躇される。

さて、『八雲御抄』の「又筆化為之」について、従来、出典は未詳とされてきたが、江戸時代の考証随筆を手掛かりに、一応の脈絡をたどることができる。享和二年（一八〇二）成立、慈延《じえん》著の随筆『隣女晤《りんじょご》言《げん》』は『続草庵集』の連歌を引き、「古き筆蟋蟀と成る」の出典に関して、桜井元茂《もとしげ》の説を紹介している。桜井元茂が著した『草庵集』の注釈『草庵集難註《なんちゅう》』によれば、『捜神記《そうしんき》』に「田朽葦為蛬」とあり、朽ちた葦がコオロギに成るというのが本来で、この「葦」の字を「筆」の字に見誤ったのだろうという。しかし、慈延自身はこの説には反対で、『秘蔵抄』を引きつつ、「古き筆蟋蟀と成る」ということは、昔からすでに言われているのだから、「葦」の字を「筆」の字に見誤ったのではない、と結論づけている。

一方、文政三年（一八二〇）起筆、天保八年（一八三七）にまでわたって執筆された山崎美成《よししげ》著の随筆『海録《かいろく》』は、「朽葦為蛬」の記述を重く見て、「筆」は「葦」の誤りで、「筆つ虫」は本来、「葦つ虫」ではないか、としている。『海録』は「筆つむしのこと、隣女晤言にみえたり」としながら、その結論には従っておらず、『隣女晤言』が否定した桜井元茂の説の方に同意しているのである。

『秘蔵抄』に「古き筆蟋蟀と成る」ということが見えるのは確かだが、その段階ですでに、「葦」を「筆」に誤っていた可能性が高いのではないだろうか。腐草が蛍に成る、雀が蛤に成る、などの変化《へんげ》は中国の書に典拠を持つことが多く、とすると、『捜神記』の記述は看過できないものと思われる。宝暦九年（一七五九）米仲《べいちゅう》編の俳諧書『靫随筆《うつぼずいひつ》』には、本人の「ふし折れの芦や其まきりぎりす」の句が載り、そこに「朽たる蘆はきりぎりすになるといふ也」とのみ注が付されている。この注は、『捜神記』の記述と重なるものであり、米仲はこの変化について、出典に忠実な理解を持っていたことがわかる。一方で、ほかの者には句の意味が通じないだろうと判断していたからこそ注を付したのであろう。

変化の色々

『捜神記』は東晋（三一七〜四二〇）の干宝《かんぼう》の作で、神怪霊異の話を多く収める。問題の記述を確認しておこう。

> 腐草の蛍と為《な》るや、朽葦の蛬と為るや、稲の蛩《か》と為るや、麦の胡蝶と為るや、羽翼焉《これ》に生じ、眼目焉に成り、心智焉に在り。此《こ》れ無知化《くわ》して有知と為るに自《よ》りて、気易《か》はるなり。

腐った草が蛍になり、朽ちた葦がコオロギになり、稲がコクゾウ虫になり、麦が蝶になる場合は、ここで羽が生え、目が出来上がり、心や智恵が備わる。これは無知が変化して有知となったことによって気が入れ替わったものである、という内容で、ここに挙げられているのは、いずれも植物が虫に変化する例である。『捜神記』は、さらに続けて、鶴の鹿と為るや、萑の蝦《か》と為るや、其の血気を失はずして、形性変ずるなり。

とする。鶴が鹿となること、コオロギがガマ蛙となることは、その血気は失わないまま、形と属性が変わったのだという。この二例は鳥、獣、虫などの間で、動物が動物に変化する例であり、先の、植物から動物への変化とは異なるレベルのものだ。ここでは、コオロギがガマ蛙に変化するものとして登場する。朽ちた葦、あるいは古筆から変化したり、ガマ蛙へ変化したり、我らがコオロギは大忙しである。

俳諧の筆つ虫

以上、見てきたように、朽ちた葦がコオロギに変化するという中国由来の言説は、日本に入った時（あるいは入ってから早い時期）に、古き筆がコオロギになると誤り伝えられたらしい。そこで、「筆つ虫」の異名も生じることになった。『秘蔵抄』にコオロギの異名として見えた「筆つ虫」の名は、伝好忠歌以外、和歌の用例は見当たらず、歌語として広く用いられたとはいい難いが、江戸時代の俳諧の中には散見する。

壁下地《したぢ》いつかきそめて筆つ虫　（『崑山集《こんざんしゅう》』）
ぬり込めし壁の文字《もんじ》か筆つ虫　（真昌『崑山集』）
落書《らくがき》をせんとや壁に筆つ虫　（休和『続山井《ぞくやまのい》』）

「筆つ虫」の語は出て来なくても、コオロギと筆の関係を意識した句も見られる。

朝な朝な手習すすむきりぎりす　（芭蕉『入日記《いりにっき》』）
古筆の軸に残れりきりぎりす　（之道『己《おの》が光《ひかり》』）

誤解から生じたとしても、「筆つ虫」とは、不思議な趣のある、魅力的な名前だ。「葦つ虫」では、さまにならないように思う。

6　闘う蟋蟀

人に生まれ変わるコオロギ

前節で見てきたように、『捜神記』の中では、朽ちた葦がコオロギになったり、コオロギがガマ蛙になったりすることが語られていたが、平安時代末期に成立した『今昔物語集』には、コオロギが人に生まれ変わった話が見える（巻十四の第十五話）。

昔、越中の国に海蓮《かいれん》という僧がいた。若い時から法華経を習って、日夜読誦していたので、序品から観音品まで二十五品については暗記して唱えていた。残りの三品について、何とか覚えようとするものの、どうしても覚えられない。ある日見た夢に、菩薩の姿をした人がやって来て、海蓮に次のように告げた。お前がこの三品を暗記できないのは、前世からの因縁によるのだ。お前は前生では蟋蟀の身で、僧房の壁にへばりついていた。その房に僧がいて、法華経を唱えていた。蟋蟀のお前が経を聞いている間に、その僧は序品から観音品までを唱え終わった。そこで湯を浴びて休もうとした僧が壁に寄り掛かったので、蟋蟀は押しつぶされて死んでしまった。法華経の二十五品を聞いた功徳によって蟋蟀から人間へ生まれ変わり、僧となって法華経を読誦しているのである。しかし三品を聞いていないので、その三品を暗記することができないのだ。そういう前生の報いをよく思い浮かべて、法華経読誦につとめ、仏果を得るよう心掛けなさい、と。ことの由来を知った海蓮は、その後、ますます心をこめて法華経を読誦し、一生懸命に修行した。天禄元年という年に亡くなったという。

海蓮は伝未詳であるが、話末の記述によれば、天禄元年（九七〇）に亡くなっているから、平安時代前期の僧らしい。この話の出典は長久年間（一〇四〇～四四）に成立した『法華験記《ほっけげんき》』であり、こちらでは、海蓮は天徳元年（九五七）に亡くなったとされている。海蓮の前生が蟋蟀である必然性は読み取りにくいが、「壁ニ付テ経ヲ聞」き、僧に気づかれずに「被圧殺《おしころさ》レ」る小さな生物として、コオロギはふさわしいものであろう。本章第4節で引いた、『礼記』（月令）の「蟋蟀居壁」から発想されたものと思われる。

闘蟋の遊び

中国には闘蟋《とうしつ》という遊びがある。コオロギの雄同士が、雌や縄張りをめぐって激しく闘う性質を利用したもので、しばしば大金を賭けて勝ち負けを競った。唐代・天宝年間（七四二～五五）には、宮廷ではやり出し、宋代（九六〇～一二七九）には民間にも伝わって、虫や虫の飼育道具を専門に商うものも出現した。その後、連綿と遊びつがれてきた闘蟋は、一九〇〇年代半ばに途絶する。満州事変、上海事変、国共内戦と戦乱が続き、コオロギどころではなくなってしまったのだ。文化大革命の際には、四旧（旧思想・旧文化・旧風俗・旧習慣）として排除の対象になった。しかし、人々の生活が向上し始めた一九八〇年代には、闘蟋は息を吹き返し、現在まで続いている。賭博は政府によって厳しく禁じられているので、建前としては風流清雅なコオロギ遊びだけが行われているはずだが、地下では大規模なコオロギ賭博も行われており、警察による手入れも大掛かりになっている（瀬川千秋

『闘蟋《とうしつ》——中国のコオロギ文化』大修館書店、二〇〇二年)。

一九九九年公開の中国映画『こころの湯』(張揚監督)は下町の銭湯「清水池」を営む父と二人の息子たちの物語であるが、この昔ながらの銭湯では、吸玉治療や理髪、垢すり、マッサージなどが受けられる。人々はそうしたサービスを受けるほか、将棋をさしたり、ラジオを聞いたり、思い思いに過ごしている。中でも闘蟋に興じる二人の老人のやりとりは人情の機微をうつして興味深い。闘蟋の勝負に負けた一人が、相手に「餌には何をやっているのか」と問いただす。「普通の餌だ」という答えには当然、納得できない。「アリの卵をやっているな?」「やっていない」「いや、おかしい、強すぎる」「言いがかりだ」「興奮剤を与えたら、オリンピックなら四年は出場停止だ。コーチも一年は停止だぞ」「負け方が汚い」と二人は大喧嘩になる。それ以来、銭湯で会っても口も聞かないが、お互いどこかで相手を気にしている。一方が「新しい蟋蟀を買ったから見てみないか」とおずおず誘うのをもう一方が意地になって断ったり、一方の飼っていた蟋蟀が倒れた壁の下敷きになって死んだことを人づてに聞いてもう一方がひどく心配したり、古典落語の「笠碁」を髣髴とさせるような様子である。やがて二人は仲直りをするが、開発の波がおしよせ、「清水池」は取り壊されることになった。闘蟋に夢中になっていた老人の一人は、取り壊しの迫る「清水池」の湯船につかりながら、決意したように「もう蟋蟀の飼育はやめる」と言う。理由を問われて、「蟋蟀は大地の気を離れては生きていけない。ここを立ち退いて高層アパートに住むようになったら蟋蟀はみんな死んでしまうから」と答える。地域開発と都市化によって失われるものの大きさが胸に迫り、しみじみと悲しい。このように、現代において闘蟋は、古き良き時代の象徴として捉えられることもあるようだ。

中国ではこのように盛んに行われている闘蟋であるが、日本で広く行われた形跡はない。日本では、もっぱら声を愛でる虫として捉えられており、短絡的にまとめてはならないと思うものの、国民性の違いが感じられて興味深い。ただし、昭和二十七年に書かれた大町文衛のエッセイには、志摩の波切と山口県で子どもたちがコオロギを闘わせる遊びのあったことが紹介されている（「コオロギをたずねて」臼井吉見・河盛好蔵編『生活の本5　自然との対話』文藝春秋、一九六八年）。また、加納康嗣は、昭和四十六年ごろに、志摩の布施田で子どもたちがやっていた闘コオロギの話を詳しく聞いたという（『鳴く虫文化誌――虫聴き名所と虫売り』HSK、二〇一一年）。大人が夢中になって、凝った飼育道具が作られたり、強い蟋蟀の飼育法が研究されたり、莫大な金銭が賭けられたりするような闘蟋ではないが、素朴な子どもの遊びとしては、日本でもその片鱗が見出せるようである。

角の折れたコオロギ

平安時代、宮廷の神事に用いられた神楽歌の一曲に、「蟋蟀《きりぎりす》」がある。神楽歌は、一曲につき、本歌と末歌があり、双方が掛け合いをするように歌われた。

本

蟋蟀の　妬《ねた》さ慨《うれた》さや　御園生《みそのふ》に参りて　木の根を掘り食《は》むで　おさまさ　角折《つのを》れぬ　おさまさ
角折れぬ

末

おさまさ　妬さ慨さ　御園生に参り来《き》て　木の根を掘り食むで　おさまさ　角折れぬ

「蟋蟀」を口語訳すれば、以下のようになろう。

（本）コオロギがいまいましがること、嘆くこと。ヤ、お屋敷の畑に参上して　木の根を掘って噛んで、オサマサ、角が折れてしまった。オサマサ、角が折れてしまった。

（末）オサマサ、いまいましがること、嘆くこと。お屋敷の畑に参上して　木の根を掘って噛んで、オサマサ、角が折れてしまった。

角の折れたコオロギが憎らしがったり、嘆いたりしている様子が、囃子詞を交え、滑稽味を帯びて表現されている。安政六年（一八五九）に成立した熊谷直好著の神楽歌注釈書『梁塵後抄《りょうじんこうしょう》』は「蟋蟀」を身分の低い者、「御園生」を高貴の場所と見て、身分の低い者が高貴の所へ出て失敗したことを傍から見て心を痛めている歌であるとするが、「御園生に」以下は蟋蟀のモノローグであって、いまいましく思っている事柄をコオロギ自身が語ったもの（小西甚一校注　日本古典文学大系『古代歌謡集』岩波書店、一九五七年）と見たい。歌全体の調子からしても、コオロギがむきになって訴えるところにおかしみがあるのであって、『梁塵後抄』が指摘するような第三者が心を痛めている歌とは捉えにくいからである。

さて、この神楽歌の中に示されている、コオロギの角の折れた原因は、「木の根を掘って噛んだ」ためであり、小西前掲書は「冬近くなってコオロギの角が折れ、みすぼらしいのを、木の根でも噛りそこなったのかと見立てたもので、単純な童謡にとっておきたい」とするが、実際のところ、木の根を噛りそこなったからといって、なぜ触角が折れるのか、「単純」には説明がつかない。もちろん、古典歌謡の歌詞に、常に合理的な説明がつくとは限らないが、あるいは、この歌謡の背景には、雌をめぐる雄同士の争いがあるのではないか。コオロギの生態を視野に入れると、「御園生」にいる特別に魅力的な雌をめぐっての、恋のさや当てを想像したくなるのである。「木の根を掘り食む」とは、雌に迫って行き、雄同士の争いになったことの比喩的な表現なのではないだろうか。神楽歌には、動物の様子を擬人化して恋の様相を歌う、次のような例も見られる。

葦原田《あしはらだ》の　稲搗蟹《いなつきがに》の　や　おのれさへ　嫁《よめ》を得ずとてや　捧《ささ》げてはおろし　や　おろしては捧げ　や　腕挙《かひなげ》をするや　（篠波《ささなみ》・末）

稲搗蟹は内湾や河口の砂泥の干潟に群棲する小形の蟹で、餌をとりながら両方のはさみを上下にゆるやかに動かす。その動きが米搗きに見立てられ、「米搗蟹《こめつきがに》」とも称される。その蟹に対して、「おまえまでが嫁を手に入れていないというためか、はさみをさし上げてはおろし、おろしてはさし上げ、腕を挙げて物乞いをするよ」と歌う一首は、蟹のはさみの上げ下ろしを、嫁欲しさの物乞いの動作と見ている。臼田甚五郎はさらに、男の自瀆行為を暗示していると指摘する（新編日本古典文学全集『神楽歌　催馬楽　梁塵秘抄　閑吟集』小学館、二〇〇〇年）。「篠波」に登場する、結婚相手を得られない情けない蟹の姿は、「蟋蟀」の中の恋に破れた角折れコオロギの姿にも重なってこよう。

以上、たどってきたように、神楽歌「蟋蟀」の背景には、闘うコオロギの姿が、わずかに垣間見えるのではなかろうか。

コオロギを囃す童謡

先に、子どもの遊びとしての闘蟋の事例にふれたが、伝承童謡の世界に目を向けると、コオロギを囃す歌は、基本的にその鳴き声を利用したものになっている。和歌において伝統的に表現されてきた「綴り刺せ」の聞きなしである。一例を挙げると次の通り（北原白秋編『日本伝承童謡集成』第二巻、三省堂、一九四九年）。

こおろぎ、ころころ、寒さが来るから、肩とって裾させ、裾とって肩させ　（茨城）
一升搗いても、姑んとこへ、二升搗いても、姑んとこへ　（静岡）
つんづれさせ、かんこさせ、早よ寒《さむ》なるに、寒なるに　（三重）
させ、ほせ、からかさ、ころ、ひとにかすな、からかさ、ころ　（奈良）
ちょちんつって、餅つけ、ちょちんつって、餅つけ　（奈良）

鳴き声の聞きなしをもって、コオロギに縫物を命じる形式が多いが、中には「傘を干せ」「餅（米）を搗け」と命じるものもある。童謡の中のコオロギは、勇ましい闘いよりも、家庭的な作業にいそしんでいるようである。

7　稲子麿は拍子つく

前節までのコオロギの話の出発点は、茨の若木の下で、繰り広げられる楽しげな動物たちの奏楽を歌った『梁塵秘抄』の次の一首であった。

稲子麿の今様と連歌

茨《うばら》小木《こぎ》の下にこそ　鼬《いたち》が笛吹き猿奏《かな》で　かい奏で　稲子麿《いなごまろ》賞《め》で拍子《はうし》つく　さてきりぎりすは鉦鼓《しやうご》の鉦鼓のよき上手《じやうず》　（三九二）

それぞれの担当は、鼬が笛、猿が舞、稲子麿が拍子、きりぎりす（コオロギ）が鉦鼓である。本節では、この今様の「稲子麿」を取り上げたい。

「稲子麿」は、虫の名前「稲子」に、男子の人名の一部を構成する「麿」を付けることによって、「稲子」を擬人化した表現である。

すでにたびたび登場している「虫めづる姫君」は、召し使う童の名について「例のやうなるはわびし」（平凡なのはつまらない）として、虫の名を付けている。そこには、「けら男《お》」「ひき麿《まろ》」「雨彦《あまびこ》」などと並んで「稲子麿」の名も見える。ちなみに、「けら」は「おけら」、「ひき」は「ひきがえる」、「あまびこ」は「やすで」のことである。

伝統的古典的な和歌において、「稲子麿」が詠まれることは稀だが、今様と関わりの深い歌人・源俊頼の歌集『散木奇歌集』には、次のような連歌が収録されている。

人々あまたぐして観音寺のかたへまかりけるに、ひきかへの牛のことの外に小さくやせて、え引かざりしかば、いぼうじりとつけて笑ふほどに、かたはらざまに倒《たふ》れぬべくよろぼへば、後《うしろ》ざまに歩《あゆ》ばせて倒すな、と人々あるを聞きて

殿義入寺

くび細しいぼじしりしてたちなほれ

つく

いなごまろびて溝に落ちるな

（一六〇九）

長い詞書は、「人々を大勢引き連れて観音寺の方へ行った時に、牛車の替えの牛がたいそう小さくやせていて、車を引くことができないので、「いぼうじり」とあだ名をつけて笑っていたところ、よろよろとして傍らに倒れそうになったので、「後ろの方に歩かせて、倒すな」と人々が騒いでいるのを聞いて」といった意味で、殿義入寺（「入寺」は僧侶の階級で、阿闍梨の下に位置する）から出された上の句の内容は、「首の細い、「いぼじしり」とあだ名されたやせ牛よ、お尻から踏ん張って立ち直れ」というようなもの。「いぼじしり」とは蟷螂の古名で、「しり」に「尻」が掛けられている。また、首と尻という、身体の部位を入れ込んだ面白さもある。なお、中世後半になると、やせ馬のことを「蟷螂《たうらう》」と称するようになり、たとえば、貞治六年（一三六七）に成立した往来物《おうらいもの》（手紙模範文例集）である『新札往来《しんさつおうらい》』には、「蟷螂一

疋牽進候」（蟷螂一疋牽《ひ》き進《まゐ》らせ候《さうら》ふ）と見える。早く『散木奇歌集』に見られた、やせた牛を「蟷螂」と呼ぶことは、普遍的な認識として、中世後半には一般化していったことが窺われる。

この上の句に、俊頼の付けた下の句は、「蟷螂」に対して「稲子麿」という虫を出し、「麿」に「転《まろ》びて」の「転」を掛けて、「ころんで溝に落ちるなよ」とやせ牛を励ましたものになっている。

ショウリョウバッタと拍子

『和名類聚抄』巻十九では「螽蟴〈以禰豆木古万呂〉」と「蚱蜢〈以奈古万呂〉」と「螇蚸〈波太波太〉」とを区別している。『東雅』巻二十によると、このイネツキコマロはイナゴ、イナゴマロはシヤウリヤウムシ（ショウリョウバッタ）、ハタハタはハタハタ（バッタ）であるという。これに従えば、今様の「稲子麿」はショウリョウバッタを指すものと思われる。ここではショウリョウバッタが「拍子つく」と歌われるが、何故、このような表現がなされたのかについての明瞭な発言は、管見の限り、西郷信綱が最初である。

だがそれにしてもこのイナゴマロを「拍子つく」と歌ったのはなぜか。ハウシは笏拍子のことだが、鼬が笛を吹き猿が舞いかなでるのと同様、ここにもそれ相応のいわれがなくてはならぬ。そこで思いあわされるのは、この虫の「首、社人ノ立烏帽子ヲ着ル状ニ似ル、故に俗ニ呼ンデ禰宜ト曰フ」（本朝食鑑）と見える点である。バッタをネギドノ・ネギムシという地方もある。イナゴマロが笏拍子を打つのは、この「禰宜」からの連想であり、そしてこれもなかなかつぼを射たものといえるのではなかろうか。両足を持つと首を俯すのでコメツキバッタの名があるのは、よく知られている。「拍子つく」はこの姿態にもとづくとも推測されるが、やはり、ネギからの連想だろう。

（『日本詩人選　梁塵秘抄』筑摩書房、一九七六年）

興味深い指摘ではあるがしかし、当該今様の鼬が笛を吹くという表現が、両手を顔の前に掲げる鼬の動作から生まれ、蟋蟀《きりぎりす》が鉦鼓の上手という表現が、リリリリ……という金属的な蟋蟀（今のコオロギ）の鳴き声から生まれたと考えられることからすると、禰宜という呼称の連想から笏拍子というのでは、稲子麿と拍子の関係が間接的に過ぎはしないか。動作あるいは鳴き声と楽器とが直接的に結びついて歌われている中で稲子麿だけが異質に感ぜられるのである。むしろ、西郷が指摘しているもう一方――後脚をそろえて持つと体を上下に動かすというショウリョウバッタの性質――をふまえた表現なのではないだろうか。榎克朗はおそらくこの西郷の指摘を受けて、「米搗蝗虫を捕らえて、その後脚をそろえて持つと、体で米を搗くような動作をするが、それを扇拍子に見立てたものであろう」（新潮日本古典集成）とする。榎は扇拍子（扇で手のひらを打って拍子をとる）と解するが、笛・鉦鼓と並ぶ楽器としては、諸注のように笏拍子と見てよいのではないか。

「禰宜」（ショウリョウバッタ）
（『日本庶民生活史料集成 28 和漢三才図会（一）』三一書房，1980 年）

もちろんショウリョウバッタの動きを見立てるので、扇であれ笏であれ、バッタはリズムを刻んでいるというところに重点があるのだろう。あるいは手に捕らえないまでも、ピョンピョンと飛びはねるさまを、拍子をとると見たものか。斎藤慎一郎はショウリョウバッタの後脚を捕らえて囃す伝承童謡を多数紹介している(『虫と遊ぶ――虫の方言誌』大修館書店、一九九六年)。そこには拍子をとるという見立ては採集されていないが、「ネギサン　ネギサン　太鼓たたいてごらん」(群馬県那須地方)という例がある。ショウリョウバッタの屈伸運動を太鼓という打楽器をたたく姿と見ており、今様との関わりからは注目される。そのほか、伝承童謡の例では、バッタやイナゴ、キリギリスの後脚を持って屈伸させながら歌う歌として、次のようなものがある(北原白秋編『日本伝承童謡集成』第二巻、三省堂、一九四九年)。

ばった、ばった、機織れ　(群馬)
いなご餅つけ、じじもばばも呼んで来い　(奈良)
米搗いたら放そ、米搗いたら放そ　(東京)

このように、バッタ類の動きは、機織りや米搗きなど一定のリズムを刻む作業と見做されていて興味深い。

ショウリョウバッタを飛ばす　ショウリョウバッタに関わる子どもの遊びとして、喜多村筠庭《いんてい》著の風俗関係百科事典『嬉遊笑覧《きゆうしょうらん》』(文政十三年〔一八三〇〕十月序)には、次のような記述が見える。

児戯に、土螽《ツチイナゴ》また蟿《シヤウレウバツタ》螽を糸につなぎて飛せて遊ぶ(中略)跳らせて襲羽を見るなり子どもの遊びに、ツチイナゴまたはショウリョウバッタを糸につないで飛ばすことがあるという。中略部分には、中国の書物『促織志』『金瓶梅』が引かれており、結びの文は、『促織志』の「飛則見其襲羽」を受けているものと思われる。襲羽《おそいば》は、一般に鳥の背中の部分の大きい羽をいい、狂言「雁礫《がんつぶて》」には、

雁はそちへやらうが、襲羽を一枚くれい、茶掃羽《ちゃはきはね》にしたい

とある（「茶掃羽」は、茶道で用いる鳥の羽で作った小さい箒）。『嬉遊笑覧』では、通常は、たたまれているバッタの後翅（前翅より面積が大きい）を襲羽といっているのであろうか。

稲子麿の和歌

稲子麿が和歌に詠まれることは稀で、先に挙げた『散木奇歌集』の連歌の例を除けば、江戸時代に下ってわずかな例が見出される程度である。

花みれば飛び立つ小野のいなごまろ人の子にこそかはらざりけれ（『桂園一枝《けいえんいっし》』九三一）

いなごまろうるさく出でて飛ぶ秋のひよりよろこび人豆を打つ（『志濃夫廼舎歌集《しのぶのやかしゅう》』四四）

ややたくる野辺の朝日をよろこびてそぞろ飛び立ついなごまろかな（『志濃夫廼舎歌集』八一）

『桂園一枝』は香川景樹（一七六八～一八四三）の歌集、『志濃夫廼舎歌集』は橘曙覧《あけみ》（一八一二～六八）の歌集であるが、いずれの和歌においても、「稲子麿」は「飛ぶ」「飛び立つ」の語とともに詠まれ、そ

「翠玉白菜」
（『特別展　台北国立故宮博物院　神品至宝』東京国立博物館，2014年）

の跳躍するさまに焦点が当てられている。また、『桂園一枝』の和歌では、人間の子と変わらないと表現されて、擬人化の傾向が顕著である。『志濃夫廼舎歌集』の二首には「よろこぶ」の語が含まれ、これらの和歌の稲子麿には、親しみやすくめでたい気分が流れていよう。

翠玉白菜

さらに時空を隔てることにはなるが、台北の国立故宮博物院で最も著名な所蔵品の一つに、清代（十八～十九世紀）に作られた「翠玉白菜」がある。翡翠を磨き、彫り上げた作品で、葉の上にはキリギリスと小振りなイナゴがとまっている。ここに造形されているのは、「禰宜」とも呼ばれる、ほっそりとしたショウリョウバッタではないが、バッタ類のイメージの一つとしてふれておきたい。なぜ、白菜を、しかもキリギリスやイナゴのとまった姿で作ったのかについて、現在有力なのは、白い白菜は純潔を、たくさん産卵する虫は多産を象徴するという説である。「翠玉白菜」が、光緒《こうしょ》帝に嫁いだ瑾妃《きんぴ》（一八七三～一九二四）の暮らした永和宮で発見されたことに鑑みると、先の説は納得のいくものであろう（川村佳男「コラム　翠玉白菜」『台北国立故宮博物院　神品至宝』東京国立博物館展覧会図録、二〇一四年）。

賑やかな群飛、多産、子どもの遊び相手といった面から明るくめでたいものとして捉えられた稲子麿は、今様の中でも、生き生きと拍子を打ち、動物たちの奏楽を牽引しているのであった。

8　嫉妬しない稲子麿

后と稲子は嫉妬せぬもの　前節で「稲子麿」の連歌を紹介したが、その作者である源俊頼は、自身の歌論書『俊頼髄脳』の中でも「稲子麿」にふれている。題材となった和歌は、村上天皇（九二六〜六七）と斎宮女御（九二九〜八五）の間の贈答歌である。

時しもあれ稲葉の風に波よれる子にさへ人の恨むべしやは
いかでかは稲葉もそよといはざらむ秋の都の外《ほか》に住む身は

『俊頼髄脳』の解説によると、斎宮女御が長岡（平安京遷都以前の長岡京の地）に住んでいた時、村上天皇が、「いつになったら内裏に帰参なさるのか」などと手紙を出された。斎宮女御からの返事にどのようなことが書かれていたかわからないが、折り返し天皇が女御に贈った和歌が、「時しもあれ」の一首であるという。この歌の意味は、故事がわからない人には理解できない、として、俊頼は次のように述べる。

后と、稲子といへる虫とは、物ねたみせぬものと、文《ふみ》に申したれば、この御返しに、物ねたみのけしきやありけむ、かく申させ給ひたりけるなり。稲子麿といふ虫は、田ゐの稲のいでくる時、この虫もいでくれば、稲子麿といへるは。虫の名とおぼしくて、稲葉の風に波よる子にとは詠ませ給へるを、御心をみて、我は后にもあらねば、などか、物ねたみもせざらむと、おぼしくて、秋の宮のほかなる身なれば、とは、詠ませ給へるなり。

すなわち、皇后と稲子という虫とは、嫉妬はしないものと書物に書いてある。斎宮女御からの返事には何か嫉妬めいたことが書いてあったために、天皇は「時しもあれ」の和歌をお詠みになったのだろう。稲子麿という虫は、稲の穂が出て来る時にこの虫も出て来るので、「稲子麿」というのではないか。この虫の名と思われるように「稲葉の風に波よる子に」とお詠みになったのだ。斎宮女御の方は、天皇の御心を知っても、自分は皇后の身分でもないのだから、どうして嫉妬せずにいられようかという気持ちを返歌で表現したのである。

この俊頼の解説に従って、先の贈答歌を口語訳すると、おおよそ次のようになろう。

ちょうど今の季節、稲葉が風に波立っている。その稲につく稲子は人を恨まないものなのに、貴女は私を恨むのでしょうか。（村上天皇）

どうしたって、稲葉がそよと揺れるように私の心が波立たないはずはありませんよ。秋の都に住めず、他所に暮らしている身としては。（斎宮女御）

ここで興味深いのは、「后と、稲子といへる虫とは、物ねたみせぬものと、文に申したれば」という俊頼の指摘である。

多産と嫉妬——『詩経』の螽斯

『俊頼髄脳』がふれる「文」とは何か、その典拠は未詳とされるが（新編日本古典文学全集『歌論集』小学館、二〇〇二年）、中国最古の詩集『詩経』所収の次の詩をふまえていると見てよいであろう。

螽斯《しゅうし》の羽《はね》　詵詵《しんしん》たり　爾《なんぢ》の子孫に宜《よろ》しく　振振《しんしん》たり
螽斯の羽　薨薨《こうこう》たり　爾の子孫に宜しく　縄縄《じょうじょう》たり
螽斯の羽　揖揖《しふしふ》たり　爾の子孫に宜しく　蟄蟄《しふしふ》たり

（国風・周南「螽斯」）

「螽斯」は、イナゴの一種、あるいはキリギリスとされる。螽斯が多く群れ集まって賑やかに羽ばたくさまと子孫が多く家が反映するさまを重ねてことほいだ詩である。一般的な賀詩として容易に理解できるが、詩序（各詩の前に付されている詩の由来を説明した序）には、

螽斯は、后妃の子孫の衆多なるなり。言ふこころは、螽斯の若く妬忌せざれば則ち子孫衆多なり。

とある。すなわち「螽斯」は后妃の子孫が多いことを讃えた詩であるとし、「この詩の言おうとしているのは、螽斯のように嫉妬の心を持たなければ、子孫に恵まれるということだ」というのである。ここで

は、螽斯が嫉妬の心を持たないことが前提になっている。それにしても、なぜ螽斯は嫉妬をしないのであろうか。これは、『詩経』の解釈学においても問題になっており、「螽斯はそれぞれの個体が天の気を受けて子孫を増やす、つまり雄雌の交わりがないから嫉妬の心も起こらない」とか、「螽斯が本当に嫉妬しないのではなく、螽斯の群居のさまを見た詩人が、そこから仲がよく嫉妬しないという性質を読み取ったに過ぎない」とか、「そもそも詩序の本来の語順では、螽斯にかかるのは「子孫衆多」だけであって、螽斯の多産を言っているに過ぎず、嫉妬するかしないかは后妃のみの問題である」とか、議論が噴出している（種村和史「イナゴはどうして嫉妬しないのか――詩経解釈学史点描」『慶應義塾大学日吉紀要　言語・文化・コミュニケーション』第三十五号、二〇〇五年九月）。

イナゴが嫉妬しない理由はともあれ、先の『俊頼髄脳』は『詩経』の「螽斯」詩序をふまえているらしい。正確にいえば、詩序は、「后は稲子のように物ねたみしなければ、子孫に恵まれる」としているだけなので、俊頼の書き方はやや勇み足であろう。しかし、「后と稲子は物ねたみせぬもの」という飛躍した要約は、天皇にとっては甚だ好都合である。

藤原忠通北の方の嫉妬

俊頼の没後四十年ほど経った頃に成立した歴史物語『今鏡』にも、『俊頼髄脳』と同様の、『詩経』をふまえた表現が見える。入道太政大臣・藤原忠通《ただみち》（一〇九七～一一六四）の北の方に関する記述である。

忠通は、好色な気質であって、多くの女性を寵愛し、北の方・宗子はひどく嫉妬したが、それぞれの女性たちに子どもがたくさんいた。宗子には男君は生まれず、それで余計に妬ましく思う心が深くなるためか、ほかの女性の産んだ男君は決してそばに寄せつけなかった。このような宗子について、『今鏡』

の語り手は次のように評している。

いなごなどいふ虫の心をすこし持たせ給はば、よく侍らまし。后などはかの虫のやうに妬む心なければ、御子《こ》も孫《むまご》も多く出で来給《きたま》ふとこそ申すなれ。関白摂政の北の方も同じことにこそおはすべかめれ。

（藤波の中第五浜千鳥）

すなわち、「いなごなどという虫の心を少しでも持っていらっしゃったならよかったでしょうに。后はいなごのように妬む心がないので、子孫が多く生まれると申すとか。関白や摂政の北の方も同じことでしょう」として、宗子は手厳しく批判されている。

宗子の出自と今様

宗子の父は大納言・宗通《むねみち》、母は修理大夫《すりのかみ》顕季《あきすえ》の娘で、同腹の兄弟に信通《のぶみち》・伊通《これみち》・季通《すえみち》・成通《なりみち》・重通《しげみち》がいる。彼らの多くが楽に優れ、宗子の周辺は音楽的に豊かな環境であった。

父・宗通は『神楽血脈《かぐらけちみゃく》』『鳳笙師伝相承《ほうしょうしでんそうしょう》』に名が見え、神楽を歌い、笙を演奏したようだ。母方の祖父・顕季は、樋爪にある別荘に遊女たちを呼び集めて今様の会を開くほどの今様好きであった（『梁塵秘抄口伝集』巻十）。

兄弟の中にも、今様を特に好んだ者がいた。伊通は、『梁塵秘抄口伝集』巻十に名が見え、今様の歌い手である姫牛《ひめうし》を「愛物《あいもつ》」とした。『古今著聞集』一六七話によると、伊通は、除目で中納言に任ぜられなかった恨みに堪えず、辞職した後、馬で「神崎の君」のもとを訪ねており、神崎になじみの遊女がいたらしいことが窺われる。この「神崎の君」は『今鏡』『古事談』『十訓抄』では「かね（金）」という名をもって記されている。「神崎のかね」という名は『梁塵秘抄口伝集』巻十に見えており、後白河院の母・待賢門院《たいけんもんいん》に召され局を与えられていたのを、後白河院が一晩おきに召しては今様を聞いていたことが記される。伊通の通った「神崎の君」と『梁塵秘抄口伝集』の「神崎のかね」はおそらく同一人物で、女院がかねを手元に置くようになった経緯には、女院院司であった伊通が関与していたのであろう（小川寿子「後白河院の「今様熱」と待賢門院璋子」『日本歌謡研究』第十九号、一九八〇年四月）。成通は、笛・蹴鞠・今様の名手として名高く、雲林院にて参籠の人の病を今様によって癒す（『古今著聞集』二六六話）、乳母の瘧を今様によって癒す（『十訓抄』巻十）といった説話が語られる（第五章第7節参照）。

このような環境の中で、宗子は、あるいは稲子麿の今様を耳にしたことがあるかも知れない。嫉妬しない稲子麿を少しは見習えばよいのに、と批判された宗子だが、美しい音楽に身近にふれて、今様の稲子麿のごとく、心で拍子をとるような機会もあっただろうか。

稲子麿の今様再び

前節冒頭に引用した、稲子麿の登場する『梁塵秘抄』今様は、広く流布したらしく、後深草院の女房・弁内侍《べんのないし》が著した『弁内侍日記』建長二年（一二五〇）十一月十九日の条、天皇の御前で披露された芸能尽しの中にも、「経定「むばらこきの下には、鼬笛吹く、猿奏づ」、ことに面白く聞えき」と見える。物語の中にも引かれており、平安時代後期に成った『狭衣物語《さごろもものがたり》』巻三には次のような場面がある。

この場面の主役は今姫君と呼ばれる笑われ役。貴族の隠し子であり、生みの母はすでにない。教養もなく思慮に欠け、ふるまいにも全く趣が感ぜられない。

今姫君を養女としてひきとった洞院の上は、姫君の幼稚を嘆き、彼女に琵琶を教えるよう、狭衣大将に依頼する。狭衣は今姫君のいる西の対を訪ね、姫君の琵琶を聞きたいと伝える。亡き母にかわって姫君の後見役となっている母代にすすめられ、今姫君は琵琶を弾きながら「鼬笛吹く、猿奏づ」と歌う。母代は姫君の演奏に感動し、体を大きく揺すりながら「稲子麿は拍子打つ。きりぎりすは」と続きを歌う。狭衣はあまりの滑稽さに日頃の物思いも忘れるほどであった。今姫君はただこの一曲しか弾くことができず、この「稲子麿」の繰り返しで二時間が経過してしまう始末。狭衣はただただあきれるばかりであった。

声を張り上げて歌うという今姫君のふるまいは、できる限り肉体の実感を隠蔽すべきであった王朝の女君のたしなみから、大きく逸脱したものであった。さらに虫獣の芸能尽くしの内容を持つ当該今様は、卑俗な今様の中でもいっそう品下れるものとして効果的に使われている。

稲子麿はこうして、本人（?）の預かり知らぬところで、女性のふるまい方を批判する際、何かと引き合いに出されてしまうのであった。

第四章　王朝物語から軍記物語へ飛び交う虫——蝶・蛍

1　はかない蝶・豪華な蝶

『梁塵秘抄』には蝶を歌った次の一首がある。めでたく無うもの尽くしの中で、蝶は花の園で舞うものとして、小鳥とともに登場する。

めでたく舞う蝶

よくよくめでたく舞ふものは　巫《かうなぎ》小楢葉《こならは》車《くるま》の筒《どう》とかや　やちくま侏儒舞《ひきまひ》手傀儡《てくぐつ》花の園《その》には蝶《てふ》小鳥

（三三〇）

三句目「やちくま」は「八千草《やちぐさ》」と読む説、「八玉《やつだま》」と読んで、多くの玉を扱う曲芸と見る説、「八千《やち》独楽《こま》」と読んで、多くの独楽を回す芸と見る説がある。「侏儒舞」（道化役の小人が演じる舞）「手傀儡」（手で人形を操り舞わす芸）と並んでいるところからすると、何らかの芸能を表す可能性が高い。結句に置か

れたのは、蝶と小鳥。本書第一章第1節で取り上げた、

をかしく舞ふものは　巫小楢葉車の筒とかや　平等院なる水車《みづぐるま》　囃《はや》せば舞ひ出《い》づる蟷螂《いぼうじり》　蝸牛《かたつぶり》（三三一）

も、結句に動物（虫）を置いており、二首には構成上の類似が見られる。蝶と小鳥は、蟷螂・蝸牛に比べると、外見上も優美であり、自由に飛翔するさまは「舞ふ」と表現されるのにふさわしいであろう。このように、花園に飛び交う蝶は、現代人の感覚からすれば、美しく優雅であって、賞美の対象としてなんら違和感のないものと思われるが、『万葉集』には蝶は詠まれず、中古・中世の和歌においても、生物としての蝶が正面から取り上げられ、愛でられることはほとんどなかった。その理由としては、現実の蝶は不吉なものとして忌避されたため（高橋文二『物語鎮魂論』桜楓社、一九九〇年）、蝶の表現するのは大括りにいえば「俗の世界」だったため（浅見徹「蝶と髪――歌に詠まれぬもの」吉井巖編『記紀万葉論叢』塙書房、一九九二年）、明確な季節感を告知する歌語として発達し得なかったため（冨永美香「中世の蝶――和歌を基点として」『富士論叢』第四十二巻第一号、一九九七年五月）といった諸論がある。理由はどうであれ、伝統的な和歌にはあまり詠まれない蝶を「舞ふ」ものとして取り上げ、特に重みのある結句に置いた点は、今様の新しさといえるだろう。

蝶の諸相

蝶については、文学や民俗学、あるいは服飾（文様）の面からさまざまに論じられている。

たとえば、吉田光邦は、蝶の呪性・神秘性に注目し、それが失われたところに浮薄な性格の比喩となる蝶が現れたとする。蝶の二面性を「羽化登仙する復活のしるし」「浮薄な性格をしめすもの」とまとめているが（「呪性の蝶」『日本の文様　蝶』光琳社出版、一九七一年）、こうした蝶の二面性は、はかない蝶と絢爛豪華な蝶、不吉な蝶と瑞兆としての蝶、宗教性を持つ蝶と俗なる蝶など、さまざまな観点に援用できるものと思われる。以下、先学の考察に導かれながら、蝶の諸相をたどり、『梁塵秘抄』の蝶の位置づけを考えてみたい。

はかない蝶

先に、蝶は和歌にあまり詠まれない素材であることにふれたが、数少ない用例の中で目立つのは、そのはかなさである。

百年《ももとせ》は花にやどりてすぐしてきこの世は蝶の夢にざりける　（『詞花和歌集』雑下・三七八・大江匡房）
ませに咲く花に睦れて飛ぶ蝶のうらやましくもはかなかりけり　（『山家集』一〇二六）
常夏《とこなつ》のあたりは風ものどかにて散りかふものは蝶の色々　（『夫木和歌抄』動物部・一三一三七・寂蓮）
たづねくるはかなき春もにほふらむ軒端の梅の花の初蝶　（『壬二集』二〇五九）
草枯れて飛びかふ蝶の見えぬかな咲き散る花や命なるらん　（『拾遺愚草』三九五）
蝶のゐし花はさながら霜がれてにほひぞのこる菊のまがきに　（『拾遺愚草員外』二八二）

秋や冬の蝶はもちろん、春や夏の蝶でも、「はかなし」の語と共に詠まれたり、散る花と重ねられたりして、無常観を漂わせている。

『詞花和歌集』の匡房詠には「蝶の夢」という表現が見えるが、これは、『荘子』内篇・斉物論の末尾の逸話による。

『荘子』胡蝶の夢

昔者《むかし》、荘周《そうしゅう》夢に胡蝶と為《な》る。栩栩然《くくぜん》として胡蝶なり。自《みずか》ら喩《たの》しみ志《こころ》に適《てき》するかな。周たるを知らざるなり。俄《にはか》にして覚《めざ》むれば、則ち蘧蘧然《きょきょぜん》として周なり。周の夢に胡蝶と為りしか、胡蝶の夢に周と為りしかを知らず。

昔、荘子が夢で蝶となった。ひらひらと飛んで楽しんだが、自分では荘子であることに気づかない。ふと目覚めると、驚いたことには自分は荘子である。いったい、荘子が夢で蝶になったのか、蝶が夢で荘子になったのか、わからない。

現実と夢の間に厳然たる区別はあるのか、と問う哲学的な寓話であるが、先に挙げた匡房詠は、はかないこの世を「蝶の夢」としている。このように、和歌においては、「胡蝶の夢」は無常の譬えとなることが一般的である。この故事の影響もあって、蝶のはかないイメージが定着していく。

絢爛豪華な蝶

蝶は、自然の中で、はかない命を散らすように飛び交う一方、観念の世界においては、永続的な繁栄を与えられ、華麗に舞うものとして捉えられていた。それをよく表すのは、舞楽の「胡蝶」であろう。背中に蝶の羽をつけ、山吹の花の枝を持った童四人によって舞われる華やかな一曲である。

王朝文学を代表する『源氏物語』の中にも、「胡蝶楽」が印象的に登場する。巻名もそのまま、胡蝶巻である。

右大臣家に圧迫され、須磨・明石での生活を余儀なくされた光源氏が都に戻り、新しい邸宅・六条院を完成させた後の、再びの栄華の象徴ともいえる舞楽が、「胡蝶」と「迦陵頻《かりょうびん》」であった。迦陵頻は、極楽浄土にいるとされる人面鳥で、大変に美しい声を持つという。その鳥が舞う姿をかたどったとされるのが舞楽の「迦陵頻」で、「鳥」「鳥舞《とりのまい》」とも呼ばれた。背中に鳥の羽をつけ、銅拍子《どびょうし》（小型のシンバル）を持った童四人によって舞われる。

光源氏三十六歳の春、六条院春の町で船楽があり、庭の池には中国風の装いの凝らされた龍頭鷁首の船が浮かべられ、絵のように美しい風景の中で、管絃の遊びは夜通し続いた。翌日、秋の町で中宮主催の季の御読経（春と秋、紫宸殿で四日間、大般若経を講ずる法会）が行われた。本来は宮中で行われる法会を六条院の中宮の町で催すのである。源氏の威勢はかくのごとくであった。中宮の町には、紫上からの供養の志として、「胡蝶」の装束、「迦陵頻」の装束を着けた女童八人が遣わされる。春の町から船で移動してきて花を供えた後、女童たちは舞を舞うが、それは軽やかで実に趣深い。「迦陵頻」の楽は、鶯や水鳥のさえずりの中に華やかに聞こえ、急の調べ（曲の終わりの早いテンポ）に変わって一曲が閉じられるのは、名残も尽きないお

舞楽「迦陵頻」
（小野亮哉監修・東儀信太郎代表執筆『雅楽事典』音楽之友社，1988 年）

もしろさである。「胡蝶」の舞は「迦陵頻」にまして軽やかに飛び立って、山吹の垣根のもと、咲きこぼれた花の陰に舞い入っていく。

ここでは鳥の声、咲きこぼれる花々といった自然と舞楽とが、あたかも一体となって、六条院の繁栄をことほいでいるかのようである。光源氏の揺るぎない栄華を彩るものとして、「胡蝶」の舞は「鳥」の舞とともに重要な役割を担っているのであった。

増賀上人の執心

「胡蝶楽」に憧れ、死の床にあって、この美しい舞への執着をあらわにした人物がいた。徹底して名利を厭い、隠世して多武峰《とうのみね》に住んだ増賀《ぞうが》（九一七〜一〇〇三）である。平安時代末期成立の『今昔物語集』巻十二の第三十三話「多武峰《たむのみねの》増賀《ぞうが》聖人語《しやうにんのこと》」は、さまざまな奇行で知られる増賀上人の一生を語る。彼の最後の奇行は、臨終の際に碁を打ち、さらに泥障《あおり》を懸けて「胡蝶楽」のまねごとをしたというものであった。

碁を打ち終わった増賀は、弟子たちに「搔き起せ」と命じる。そして、泥障を一式持ってくるよう言いつける。泥障とは、革製の馬具で、馬の両脇腹に垂らし、泥がはねて着物を汚すのを防ぐものである。左右二面で一式になる。弟子たちが泥障を持ってくると、増賀はそれを結んで自分の首に懸けるように指示した。弟子たちが増賀の首に泥障を懸けると、増賀は苦しさをこらえて左右の肱を広げ、「古泥障《ふるあふり》を纏《まとひ》てぞ舞ふ」と歌いながら二、三度舞い、それから泥障を取り外すように言った。泥障を外した弟子たちが、この奇異な行動の理由を尋ねると、増賀は次のように答えた。

若カリシ時、隣ノ房ニ小法師原《ばら》ノ多有《おほく》テ、咲《わら》ヒ喤《ののし》リシヲ臨《のぞ》キテ見シカバ、一人ノ小法師、泥障《あふり》ヲ頸ニ懸テ「胡蝶胡蝶トゾ人ハ云ヘドモ、古泥障ヲ纏テゾ舞フ」ト歌《うたひ》テ舞《まひ》シヲ好マシト思ヒシガ、年来《としごろ》ハ忘レタリツルニ、只今被思出《おもひいだされ》タレバ、其レ遂《とげ》ムト思テ乙《かな》デツル也。今ハ思フ事露《つゆ》無シ。

若い頃、隣の房で小法師たちが笑い騒いでいるのを覗いてみると、一人の小法師が泥障を首に懸け、歌い舞っていた。増賀はそれを好ましく思ったが、長年忘れていた。それが今になって思い出されたのだと話す。「胡蝶楽」は、世俗を厭ったはずの増賀をさえ、強く惹き付けていたらしい。

胡蝶の歌謡

幼少の増賀が聞いた胡蝶の歌謡は、いかにも、古泥障を付けて舞った小法師の即興であるように思われるが、『今様の濫觴《らんしょう》』と呼ばれる今様相承系図の中にも見えるため、一般に流布したものであったらしい。『今様の濫觴』は、さきくさという青墓《あおはか》（現在の岐阜県大垣市）の傀儡女《くぐつめ》（陸路の宿駅を本拠にする芸能者。今様伝搬者の中心をなした）について、次のような逸話を記す。

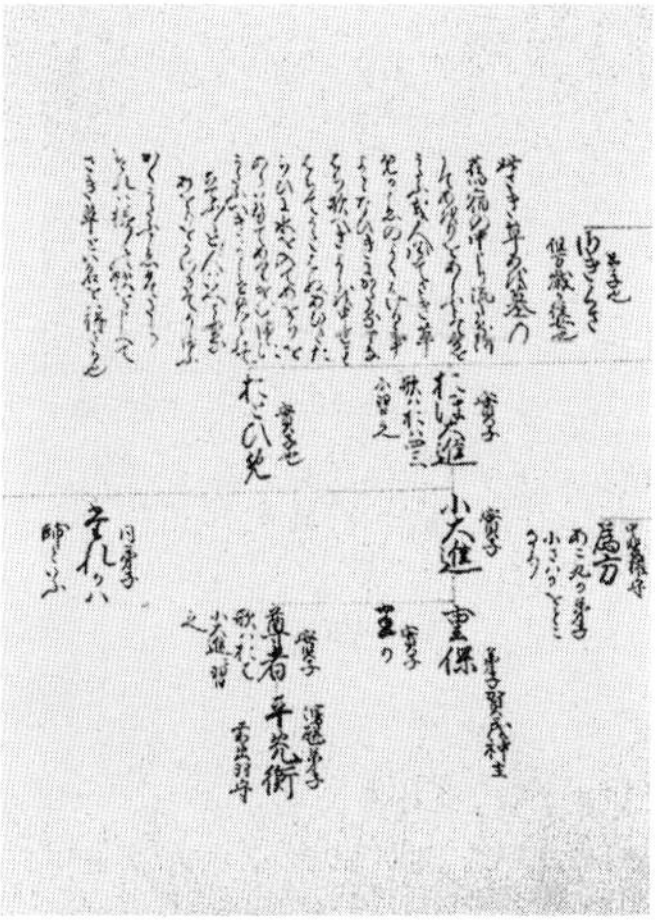

『今様の濫觴』（尊経閣文庫蔵）
（馬場光子『今様のこころとことば』三弥井書店，1987 年）

さきくさが、川で泥障を洗いながら歌を歌っていた。ある人がそれを聞き、その声の美しさを、なびき（傀儡女の名。今様の名手）に語った。なびきは自分の前で歌うように言ったが、さきくさは恥ずかしがって歌わない。そこで、たらいに水を入れ、泥障を洗わせて、前の通り歌うよう迫ったところ、さきくさが歌ったのが、「胡蝶胡蝶と人はいへど　古泥障をかづきてぞ舞ふ」という歌であった。その歌声が素晴らしかったので、なびきはさきくさにさまざまの歌を教え、さきくさは今様の名手として評価を得ることになった。

増賀の逸話においても、さきくさの逸話においても、小道具としての泥障が存在し、それによってこの歌謡の歌われた必然性は理解できるが、独立した一首として見ると、何やら不思議な歌である。「ども」あるいは「ど」という逆接の助動詞で結ばれているところから、上句と下句には、ある対照、対立の存在が想定される。下句の「古泥障」の「古」に注目すると、その反対概念はいうまでもなく「新」であり、上句に「新」の要素があり得るかどうか考える時、「胡蝶楽」の成立時期のことが思い合わされる。

胡蝶楽の成立

「胡蝶楽」の成立について、源順《みなもとのしたがう》の編んだ辞書『和名類聚抄』（九三一～三五年成立）巻四では、延喜八年（九〇八）、亭子院（宇多上皇の院号）の童《わらわ》相撲《ずもう》御覧の時、藤原忠房《ただふさ》が作ったとする。天福元年（一二三三）頃に成立した楽書『教訓抄』は、延喜六年（九〇六）八月、宇多法皇の童相撲御覧の時に作られたものと記し、前栽合に藤原忠房が作ったとする異説も紹介している。増賀は、長保五年（一〇〇三）に八十七歳で没しているから、延喜八年は増賀生誕の九年前、延喜六年は十一年前に当たる。とすると、増賀幼少の折、すでに成立していた「胡蝶胡蝶とぞ人は云へども……」の歌謡は、作られて間もない新作「胡蝶楽」を歌ったものと推定できるのではないだろうか。

なお、どの程度の期間をもって「新作」といい得るかは問題であるが、建長六年（一二五四）成立の説話集『古今著聞集《ここんちょもんじゅう》』三七一話には、この点に関して興味深い記事が見える。

延長六年閏七月六日、中の六条院にて童相撲の事ありけり。二十番果てて舞を奏す。左、蘇合《そかふ》、右、新鳥蘇《しんとりそ》。次で新作の胡蝶楽を奏しけり。

延長六年（九二八）は、「胡蝶楽」の成立時（延喜六年または八年）から二十年または二十二年経っている。現代の感覚では、二十年前の楽曲を新作とはいい難いが、このような認識からすると、増賀幼少の折にすでに歌われていた当該歌謡の成立時において、胡蝶楽は十分「新作」と意識され得るものであったといえよう。

この「胡蝶楽」は、先にふれたように、『源氏物語』胡蝶、『栄花物語』音楽などに取り上げられ、その人気のほどが窺われる。また、「胡蝶楽」に用いられる袍・指貫には、蝶の文様がつけられているが、蝶文は平安中期から鎌倉初期にかけて大いに流行したという（河原正彦「蝶の文様——和様意匠の成立と展開」『日本の文様　蝶』光琳社出版、一九七一年）。蝶文の流行と「胡蝶楽」の成立・評判は一連の流れの中に位置していたと思われるが、これらを視野に入れると、当該歌謡は当時の流行をいちはやく取り込み、その新しい「胡蝶楽」と「古泥障」を対立させること

舞楽「胡蝶」
（前掲『雅楽事典』）

で一首をなしたのではなかったか。加えて「胡蝶楽」は童によって舞われるものであるから、舞手の若さはそれ自体「古泥障」の古さと対照的である。さらに、「胡蝶」をもてはやしている「人」に対し、「古泥障」をかけて舞っているのは、歌謡詞章中にはあらわれていないが、当然「我」であるだろう。上句・下句には「人」と「我」の対立関係も考えられる。華やかで新しい「胡蝶」に対する古くみすぼらしい「古泥障」は、「我」にも重ね合わされ、歌われる場によっては、歌い手のさまざまな感慨が盛り込まれたであろう。

『今昔物語集』の説話の中で、増賀は八十を過ぎた老人であり、その彼が当該歌謡を歌いながら童舞である「胡蝶楽」を舞い、その背後に後から明かされるような昔の思い出が透かし見えているという構図の中で、歌謡中の「古泥障」の「古」という語は重層的な意味を持って機能しているといえよう。増賀が長年心に秘めていて、もう今は古ぼけてしまったあこがれが「古泥障」に象徴されているとも読めようか。

再び『梁塵秘抄』へ

本節冒頭に引用した『梁塵秘抄』の一首(三三〇)の結句、「蝶」「小鳥」は、蟷螂・蝸牛を結句に置く類歌(三三一)からして、第一義的には自然界の昆虫と鳥類を指すものと考えられるが、「胡蝶楽」および番舞《つがいまい》の「迦陵頻」の流行を背景に置くと、その舞楽のイメージも重なってくるように思われる。「やちくま侏儒舞手傀儡」が、先に述べたような猥雑さや滑稽味を持つ民間の雑芸を指しているところから、優雅な舞楽を対照させているとも読めるのではないだろうか。

2　瑞兆としての蝶・凶兆としての蝶

前節で取り上げた今様のほかに、『梁塵秘抄』にはもう一首、蝶の歌が収められている。中国の宮廷に思いを馳せ、その豪勢な美を讃えたものである。

黄金の蝶

大唐朝廷《だいたうみかど》はゆゆしとか　黄金《こがね》の真砂《まさご》は数知らず　閨には黄金の蝶遊ぶ　まてこく巌《いはほ》とかけはして

（四〇七）

結句については、「万劫巌《まんごふ》と桟橋《かけはし》と」と読む説（小西甚一・荒井源司・武石彰夫・上田設夫）、「万石巌《まんごく》と懸けはして」と読む説（志田延義）がある。前者は、庭に長い年月を経た巨大な巌を積み、桟道をつくって往来している様子と見、後者は万石の米を巌のように積み上げている様子と見ている。いずれにせよ、長寿あるいは莫大な富を感じさせる寿ぎの歌と捉えられる。共に歌われた黄金の蝶も、生物としての蝶ではなく、寝室にある家具あるいは寝具の飾りとしての蝶であろう。室内装飾にしろ、舞楽にしろ、蝶は中国風の香りをまとっており、それが絢爛豪華なイメージに繋がっているらしい。

瑞兆としての蝶

『梁塵秘抄』四〇七番歌に歌われた「唐」と「閨」と「蝶」から連想されるものに明《めい》皇蝶幸《こうちょうこう》説話がある。後唐の王仁裕《おうじんゆう》（八八〇〜九五六）編『開元天宝遺事《かいげんてんぽういじ》』に見える、明皇（玄宗皇帝）が後宮の女性たちの髪に花を挿させて蝶を放ち、その蝶が止まった女性のもとに行幸したという逸話である。美しい女性と蝶との関わりは深く、同じ書物に、玄宗皇帝の時代、長安一の美女と評判であった楚蓮香《それんこう》は、あまりに美しかったため、歩むたびに胡蝶がその香を慕って相従ったという逸話も収められている。

なお、『梁塵秘抄』四〇七番歌の「黄金の蝶」に関して、田中寛子は唐（六一八〜九〇七）の蘇鶚《そがく》著『杜《と》陽雑編《ようざっへん》』に見える逸話を引用している（「唐への憧憬――『梁塵秘抄』巻二、四句神歌、雑、四〇七歌の位置」『日本歌謡研究』第五十四号、二〇一四年十二月）。すなわち、唐の穆宗《ぼくそう》皇帝の後宮には、毎晩無数の金銀の蝶が現れ、牡丹の花に集まって来た。蝶のきらめく光はあたりを照らし、暁になると去っていく。人々が捕らえて網の中に入れ、夜が明けてから見ると、黄金と玉で作られた精巧な蝶であった。宮女たちは蝶の脚の部分をつないで首飾りにした。夜になると宝石箱の中から光が差してくる。箱を空けて見ると宝石の中には、化して蝶になろうとしているものがあった。

本説話の日本での流布が確かめられないこと、および、本話が不思議な出来事を語る怪異譚であって、唐へのまっすぐな賞賛の気分よりも、怪しさ、不気味さの気分を湛えているように思われることから、田中論のように、『梁塵秘抄』今様の背景に直接この説話を置くことは躊躇されるが、蝶が唐の宮廷のイメージと結びつく例としては重要なものといえる。

いずれにせよ、異国情緒にあふれ、美しい女性の回りを飛び戯れる蝶は、きらびやかなめでたいものであり、良きことを導くと考えるのは自然なことであろう。小山田与清が文化末年（〜一八一八）頃から弘化二年（一八四五）頃までのおよそ三十年間に読んだ書物から、興味ある記事を書き出した『松屋筆記《まつのやひっき》』に、『能改斎漫録《のうかいさいまんろく》』（南宋初期〔一一二七〜〕の呉曽《ごそう》の随筆集）を引き、「蝶入宅則嘉瑞」としている。家の中あるいは簾の中に蝶が入って来るのは瑞兆だというのである。

不吉な蝶

しかし、日本において、蝶はむしろ不吉なものであった。本書ではおなじみの「虫めづる姫君」には、

蝶はとらふれば、手にきりつきて、いとむつかしきものぞかし。また蝶はとらふれば瘧《わらはやみ》病せさすなり。あなゆゆしとも、ゆゆし。

と見える。毛虫観察に余念がない姫君を弁護する老女房が、蝶を愛でる隣の姫君をほめそやす若い女房たちを批判する言葉の一部である。すなわち、蝶はつかまえると、手に鱗粉がついて大変気持ちが悪いという。蝶をつかまえるとおこり病（マラリアに似た病）を患うとし、ああ気味が悪い、不吉だ、とかなり感情的になって言い募っている。これは、物語の中だけの虚構ではなく、蝶から不吉さを感じ取る当時の認識を反映したものと思われ、中世の記録の中には、群れて飛ぶ蝶を凶兆と見なす例が散見する。

叡山坂本の粉蝶雨の如く降る。高雄寺魔滅の時かくの如しと云々。

（『帝王編年記』治承二年〔一一七八〕八月）

去る比より黄蝶飛行す。殊に鶴岡宮に遍満す。是れ怪異なり。

黄蝶群れ飛ぶ。凡そ鎌倉中に充満す。是れ兵革の兆しなり。

（『吾妻鏡』文治二年〔一一八六〕五月一日）

（『吾妻鏡』宝治元年〔一二四七〕三月十七日）

これらによると、粉蝶《ふんちょう》（白蝶）や黄蝶が群れ飛ぶ怪異は、戦乱や没落の予兆とされている。古代ギリシャでは、蝶は人間の死霊と考えられ「プシュケ」（霊魂）と呼ばれたが（小西正泰『虫の文化誌』朝日新聞社、一九九二年）、同様の感覚が日本にもあったものだろうか。

さて、時代は下るが、建部綾足《たけべあやたり》（一七一九〜七四）の随筆『折々草《おりおりぐさ》』には「蝶に命《てこな》とられし武士の条」として、陸奥の人が語ったという次のような話が見える。

ある国の守に仕えていた武士は、生れながらに蝶を嫌い、春はよい季節だが、蝶の飛び回っているのが嫌で仕方がない、と言って、天気のよい日は家にとじこもっており、雨の日は花見にと出歩いていた。友人たちはこれを怪しみ、ある計画を立てる。さて、春雨が続く頃、友人たちは花を見ながら酒を飲もうと武士を誘い出した。皆がだんだん酔ってきたところで、その男をだまして一間に閉じ込め、蝶の三つ、四つ取り置いていたものを放ち入れた。男は大声を出して、許してくれ、と叫び、逃げ惑う足音が聞こえていたが、しばらくすると何の音もしなくなった。蝶嫌いが治ったのだろうと見てみると、男は仰向けに倒れて死んでいた。人々は驚いてかき起こし、薬を持って来いなどと騒いだが、手足はすっかり冷えきって、亡くなっていたのである。よく見ると、放った蝶は男の鼻の穴に入り込んでいて、これらも共に死んでしまっていた。

豪華な中国風のイメージが瑞兆としての蝶となって現れる一方、前節で取り上げた和歌の蝶や『荘子』胡蝶の夢から導かれる蝶のはかなさは、死と結びつき、不吉なイメージを強めていったらしい。そして日本における蝶のイメージは後者が主流になってゆくのである。

3　神秘の蝶の二面性

前節では、死や霊魂の象徴となる蝶についてふれたが、その延長線上に置くことができるものとして、能「胡蝶」がある。能「胡蝶」は観世小次郎信光《かんぜこじろうのぶみつ》（一四三五〜一五一六）の作。梗概は次の通りである。

能「胡蝶」と輪廻転生

京一条大宮の古宮で梅花を眺める旅の僧の前に女が現れる。自らを胡蝶の精と明かし、春夏秋に咲くさまざまな花と戯れることができるのに、早春に咲く梅の花にだけは縁のないことを嘆く。そして、旅の僧の読経によって成仏したいと頼んで消え去る。その夜、僧が回向をすると夢の中に胡蝶の精が現れ、法華経読誦のおかげで成仏し、梅花に戯れることもできるようになったと喜んで、舞を舞う。やがてその姿は霞に紛れて消えてしまった。

虫類成仏を描くこの能で、冬には死んでしまう胡蝶は、梅花に縁がないことを嘆いている。しかし、そもそも胡蝶が見たことのないはずの梅花の存在を何故知っているのだろうか。この点について、細川涼一は、「胡蝶の精が会えるはずのない梅花の存在を既視体験（デジャ・ヴュ）として知っているのは、劇構成からいっても、この胡蝶の前世が人間の女性だったからであり、それが前シテで胡蝶の精が里女として登場することの理由であろう」と述べている（『逸脱の日本中世——狂気・倒錯・魔の世界』ＪＩＣＣ出版局、一九九三年）。

蝶に生まれ変わった大江佐国

細川論が指摘するように、能「胡蝶」の背景には、花に執心を持った人が畜生道に堕ちて蝶に生まれ変わるというような輪廻転生譚があったものと思われる。

たとえば鴨長明（一一五五?～一二一六）が編んだ仏教説話集『発心集《ほっしんしゅう》』巻一には、「佐国《すけくに》、華を愛し、蝶となる事　付六波羅寺幸仙《かうせん》、橘木《きつぼく》を愛する事」と題された、次のような説話がある。

ある人が円宗寺の法華八講に参った時、待ち時間があったため、寺の近くの人の家を借りようと、庭に入って行った。そこには見事な木々が植えられており、さまざまな花がたくさん咲いている。そして数多くの蝶が飛び交っていた。この様子を珍しく思って家の主人に問うたところ、主人は次のように語った。花を多く植えているのには、理由がある。すなわち、自分は大江佐国という、人に知られた学者の子であるが、亡父佐国は生前、深く花を愛し、折につけ花をもてあそんでいた。そしてまた、その志を「六十余国見れども未だ飽かず。他生《たしゃう》にも定めて花を愛する人たらん」（日本中の花を見てきたが、未だ飽きることはない。生まれ変わってもきっと花を愛する人になるだろう）との詩にも作ったため、この世を去る時の執着になったのではないか、と自分は心配していた。すると、ある人が、父が蝶に生まれ変わっている夢を見た、と語ったので、罪深く思えて、それならばこれらの花に迷ってくることもあろうかと、心の及ぶ限り花を植え、さらに花だけでは不十分なので、甘葛《あまずら》の蜜などをも毎朝注いでいるのだ、と。

ここでは、平安後期の漢詩人・大江佐国が花に執着するあまり、蝶に生まれ変わったという転生譚が語られている。もとよりこれは、佐国自身の告白として述べられているものではなく、ある人が見た夢を佐国の子が聞き、その転生を事実として認定したに過ぎない。しかし、標題から見ると、長明は明らかに、佐国の蝶への転生を事実とした上で本説話を採録している。続く幸仙の説話は、道心が深かったにも関わらず、橘の木を愛し、その執心によって死後に蛇となり、その木の下に住んだというもの。妄執によって畜生道に堕ち、それぞれ蝶、蛇になった二人の話が並べられているのである。

『往生要集』畜生道の虫類

寛和元年（九八五）、源信によって記された『往生要集』は念仏往生についての入門書であり、広く流布した。特に末法という意識の高まりと相まって中世における影響は甚大であった。この『往生要集』では、まず、地獄・餓鬼・畜生・阿修羅・人・天の六道について説かれているが、畜生道に関してはその中がさらに三つに分類されている。すなわち、禽類（鳥類）、獣類、虫類の三つである。『往生要集』を参照すると、『発心集』説話の佐国や幸仙は、畜生道の中でも最下位に位置する虫類に生まれ変わってしまったのであった。

再び能「胡蝶」へ

佐国は、花への執心から畜生道に堕ちて、蝶に生まれ変わったが、畜生道に生まれている能「胡蝶」の主人公は、花に縁を結ぶことによって執心を晴らし、畜生道を離れて成仏する。執心による虫類への転生譚と、執心を晴らすことによる虫類成仏譚という対照的な話のようであるが、能「胡蝶」の蝶の前世が人間であったと考えると、人↓虫↓仏と、連続し得る話でもある。すなわち、中世の能の鑑賞者は、哀れな虫の成仏譚として自らとは距離を置き、いわば他人事として「胡蝶」を観たのではなく、自らも堕ち得る畜生道からの離脱譚として、自身の救済を重ねるような切実な思いを抱いて観ていたといえるのではないか。

ちなみに、『往生要集』で虫類の例にあがっているのは、げじげじ、虱、蚤、蛇、と虫の中でも最も忌避されるものであって、ここに蝶は含まれていない。能「胡蝶」の主人公は、はかなげな見た目も美しく、成仏を喜んで舞うにふさわしい虫として、よく選ばれたものといえよう。

このように、仏教——具体的には法華経の功徳——によって救われる存在であった蝶は、一方で、宗教性を帯びた尊い存在として認識されることもあった。

蝶の変態と仏性

永正九年（一五一二）成立、豊原統秋《むねあき》著の楽書『體源抄《たいげんしょう》』には、「虫之記」と題された文章が収められている。山里の私宅の壁の虫を見て、信心をすすめるためにこれを書いたという。その内容は以下のようなものである。

三月二十日、桜の花も散り果てた頃、緑の虫が家の壁にじっとしていた。なぜ草の葉などではなく、土壁にいるのかと思いながらその日は暮れた。翌朝、何気なく見たところ、青虫はまだ同じ場所にいる。さては面壁《めんぺき》（壁に向かって座禅すること）の心かと、その後、毎日眺めていたところ、半身が黒く土の色に変じ、角のようなものが多く出てきた。十日あまり経って気づいた時には、蟬のぬけ殻のように背中を割って出て行ってしまった後だった。あれこれ考えた末、蝶の類になって飛び去ったのであろうとの結論に達した。

この後、作者は、「このような不思議を見るにつけても、我らの本身とは何なのだろうか」と哲学的な考察を展開していく。論理的に整合性の見出しがたい記述も含まれるが、青虫から蝶への変化を（一部）目撃したことが、信仰心を深めるきっかけになっていることは間違いない。青虫と蝶の関係を、「人の目には不浄の床に汚れた姿で伏していると見えても、仏は、清浄な紫磨黄金の姿へと変じる」譬えとし、また、輪廻転生を繰り返してきた者も、法華経に縁を結べば、青虫が蝶に変わるように、即身成仏できると論じている。蟻や虻や蚊に至るまで仏性を備えていないものはない、としながら、蝶の鮮やかな変態を成仏の証として特別視し、「いったい何時、青虫の身を転じたのか」と驚嘆してもいる。本書でおなじみの、かの虫めづる姫君も、「よろづのことどもをたづねて、末を見ればこそ、事はゆゑあれ。いとをさなきことなり。烏毛虫《かはむし》の、蝶とはなるなり」（すべての現象を探求し、その流転の成り行きを見極めればこそ、個々の事象は意味を持ってくるのです。それがわからないとは幼稚なこと。毛虫が蝶となるのですよ）と言っており、姫君にとって、蝶の変態は、万物の流転の真実を悟らせるきっかけとしてあることがわかる。

常世の神事件

蝶の変身を特別視する意識は、遠く古代に遡る。『日本書紀』には、次のような宗教事件が記されている。

皇極天皇三年（六四四）七月のこと、東国の不尽河《ふじのかわ》のほとりの人、大生部多《おおふべのおお》は、虫を祭ることを村里の人に勧めて「此《これ》は常世《とこよ》の神なり。此《こ》の神を祭らば、富と寿《いのち》とを致す」と言った。巫覡《かんなぎ》たちも、偽りの神託として、常世の神を祭ったならば、貧しい人は富み、老いた人は若返ると言い、家の財宝を捨てるように勧めた。人々はこぞって常世の虫を祭り、歌ったり舞ったりして福を求め、財宝を捨てたが、まったく益はなく、損害や出費が増える一方であった。人々が惑わされているのを憎み、秦河勝《はたのかわかつ》は大生部多を討った。巫覡たちも恐れて虫を祭るよう勧めることを止めた。

常世の神として祭られた虫について、『日本書紀』は、

此の虫は常に橘樹《たちばなのき》に生《な》り、或《ある》いは曼椒《ほそき》に生る。其《そ》の長さ四寸余《あまり》にして、其の大きさ親指許《おほよびばかり》なり。其の色緑にして有黒点《くろまだら》なり。其の貌全《かたちもは》ら養蚕《かひご》に似《の》れり。

とする。橘や山椒の木に付き、緑色に黒の斑点があって蚕に似ているという点から、これは、アゲハチ

ヨウ類の幼虫であろうとされている。

さて、古代において、海のかなた遥か遠くにある別世界と考えられていたのが常世の国であり、常世の国から渡来した神が常世の神であった。蝶の幼虫は、蛹となって仮死状態になり、やがて、あたかも生まれ変わったかのように羽化して飛び去る。この変態が再生・復活の象徴と見なされ、大生部多らが主張した若返りとも結びついたのだろう。さらに橘の実はいつも黄金色に輝いていることから「非時《ときじくの》香菓《かくのみ》」と呼ばれ、『日本書紀』によれば、垂仁天皇九十年（六一）二月、天皇は田道間守《たじまもり》を常世の国に遣わし、「非時香菓」を求めさせたという。このように、橘は常世の国にある神聖なものとされていたから、それを食するという点で、アゲハチョウ類の幼虫はよりいっそうの聖性をまとったものと思われる（益田勝実『秘儀の島——日本の神話的想像力』筑摩書房、一九七六年）。

神秘の蝶

畜生道に堕ちたものとして、救われるべき存在であるはずの蝶は、羽をもって飛ぶという性質から異界と往来するものと見なされ、蛹化と羽化を経る生態から再生・復活の象徴ともされた。現実的な福をもたらすものとしてもてはやされることもあれば、成仏の徴と把握され、物事の本質を悟らせるものと捉えられることもあった。神秘の蝶は、こうしたさまざまな二面性を持ってひらひらと舞い遊んでいるのである。

4　恋する人の魂と蛍

人の魂は蝶か蛍か

エミール・ガレが一八八九年のパリ万博で発表した黒色ガラスによる蓋付杯に「アモルは黒い蝶を追う」と呼ばれるものがある。その銘は頸部に線彫りされて巡る言葉（L'Amour chasse les papillons noirs）に由来する。この杯の側面に描かれるのは、ローマ神話上の翼を持った愛の神アモル（ギリシャ神話ではエロス）。射られると激しい恋におちてしまうという弓矢から放たれた矢は、今まさに大きな黒い蝶に命中しようというところである。アモルは美しい人間の娘プシュケを妻としたが、「プシュケ」はギリシャ語で「霊魂」を意味し、「霊魂」はしばしば蝶の姿で表されるため、アモルの妻は美術上、蝶を伴ったり、蝶そのものとして表現されたりしてきた（土田ルリ子解説『ガレも愛した――清朝皇帝のガラス』サントリー美術館展覧会図録、二〇一八年）。つまり、この杯の黒い蝶は霊魂の象徴であり、限定的にはアモルの愛した美しい娘を表している。

エミール・ガレ「アモルは黒い蝶を追う」
（『ガレも愛した――清朝皇帝のガラス』サントリー美術館，2018 年）

このように、西洋では、人の魂はしばしば

蝶で表現されたが、日本では、蝶が前面に出てくることはない。日本の古典文学の中で、蝶に代って霊魂を表す虫――それは、蛍である。

恋多き女・和泉式部

和泉式部（九七〇?～一〇三六?）は、一条天皇の中宮・藤原彰子に仕えた女房である。出仕は寛弘六年（一〇〇九）初夏の頃と考えられている。同じく中宮彰子に仕えた紫式部は、和泉式部の文才、特に和歌を「いとをかしきこと」（たいそう趣き深いもの）と評価していたが、「和泉はけしからぬかたこそあれ」と、倫理的に逸脱した行動のあることを批判的に捉えている（『紫式部日記』）。「けしからぬかた」とは、和泉式部の多くの男性遍歴を念頭に置いたものと思われる。和泉式部は二十歳前後で、二十近く歳の離れた橘道貞《みちさだ》と結婚し、小式部内侍を生む。道貞と不和になった和泉式部は、冷泉天皇の皇子為尊《ためたか》親王からの求愛を受け入れる。しかし、親王は二十六歳の若さで病死、その後、弟の敦道《あつみち》親王からも求愛された。やがて、和泉式部は敦道親王の邸に引き取られるが、親王が二十七歳で病死したため、同棲生活はわずか四年弱で終わる。中宮彰子のもとに出仕したのは、その後のことである。彰子の父・藤原道長は、式部を「浮かれ女」と呼んでからかったりしたが（『和泉式部集』）、その才能を認めたからこそ、女房に抜擢したのであろう。出仕の翌年、寛弘七年頃に道長の家司《けいし》（貴族の家政をつかさどる職員）藤原保昌《やすまさ》と再婚したらしい。

あくがれ出づる魂と蛍

和泉式部が二度目の夫・藤原保昌の愛を失い、思い悩んで貴船神社に参って詠んだという和歌がある。

男に忘られて侍りける頃、貴船に参りて、御手洗川《みたらしがは》に蛍の飛び侍りけるを見て詠める

もの思へば沢の蛍もわが身よりあくがれ出《い》づるたまかとぞ見る

和泉式部

（『後拾遺和歌集』雑六・一一六二）

『後拾遺和歌集』には「男」とのみ記されるが、源俊頼《としより》（一〇五五?～一一二九?）の記した歌論書『俊頼髄脳』や、十三世紀はじめ、藤原俊成女《しゅんぜいのむすめ》によって書かれたとされる文学評論『無名草子《むみょうぞうし》』などでは、相手は保昌と理解されている。「思い悩んでいると、沢辺を飛ぶ蛍も私の身からぬけ出た魂ではないかと見ることよ」と、保昌に忘れられた身の苦悩を神に訴えた歌である。この和泉式部の和歌に対し、貴船明神は、

奥山にたぎりておつる滝つ瀬のたまちるばかり物な思ひそ

と返した。「奥山に激しい勢いで落ちる滝の水の玉《たま》（飛沫）、そのように魂《たま》が散るほど思い詰めるなよ」という慰めの歌である。これが、和泉式部の耳に、男の声で聞こえたという注が付されている。このように、蛍は、恋の物思いによって身体からぬけ出た魂と捉えられることがあった。同様の発想は、『伊勢物語』の中にも見られる。

『伊勢物語』の蛍

『伊勢物語』第四十五段には、在原業平（八二五～八八〇）と思われる「男」への恋に身を焦がし、病になって死んでしまった娘が登場する。死の間際に、娘はやっと

伝俵屋宗達筆「伊勢物語図色紙」第 45 段
（『王朝の恋――描かれた伊勢物語』出光美術館，2008 年）

男への思いを口にする。それを聞いた親は涙ながらに男に告げたので、男は慌ててやって来たが、娘は死んでしまった。男はそのまま喪にこもる。時は六月の終わり、宵のうちは死者の霊を慰める音楽の演奏をしていた。夜が更けて、蛍が高く飛び上がったのを見た男は、和歌を詠む。

　ゆく蛍雲の上までいぬべくは秋風吹くと雁に
　告げこせ

「空行く蛍よ、雲の上まで行けるものなら、天上の雁に下界では秋風が吹いているよ、と告げておくれ」と、蛍に呼びかける歌である。この「蛍」については、亡き娘の魂と見る説、男の身からさまよい出た魂（亡き娘の魂を表すのは「雁」）と見る説などがあり、一定しないが、いずれにしても、蛍が人の霊魂を象徴する存在として把握されていたことは窺われよう。白居易の詩「長恨歌《ちょうごんか》」にも、亡き楊貴妃を思って涙にくれる玄宗皇帝の様子を「夕殿《せきでん》に蛍飛んで思ひ悄然《せうぜん》」と表現する箇所があり、『伊勢物語』の場面と重なる。はっきりと記されているわけではないが、「長恨歌」の蛍は、楊貴妃の魂に見立てられているように思われる。

身を焦がす蛍

闇の中を明滅しながらさまよい飛ぶ蛍は、人の魂と見立てるのに似つかわしいものであるが、その魂が恋ゆえの苦悩を抱えているのは、恋歌で詠まれる蛍の性質とも関わるものと思われる。蛍は恋の情念に身を焦がすものとして捉えられているからだ。

明けたてば蟬のをりはへ鳴きくらし夜は蛍の燃えこそわたれ

（『古今和歌集』恋一・五四三・よみ人知らず）

このように、昼間ずっと鳴いている蟬と夜に燃え続けている蛍を、恋に泣き続け、燃える思いを抱き続けているわが身に譬える例がしばしば見られる。

音もせで思ひに燃ゆる蛍こそ鳴く虫よりもあはれなりけれ

（『後拾遺和歌集』夏・二一六・源重之）

この例では、声を立てて鳴く虫より、声を出さずに（秘めた恋に）身を焦がす蛍の方がいっそう哀れ深いとしている。この発想は、後代の民謡にまで受け継がれ、明和九年（一七七二）刊の民謡集『山家鳥《さんかちょう》虫歌《ちゅうか》』に「恋に焦がれて鳴く蟬よりも　鳴かぬ蛍が身を焦がす」と見える。

蛍の光で見る美女

蛍の光に照らされた女の美貌により、男がいっそう深く恋にとらわれて行く——こうした趣向は『伊勢物語』第三十九段や『うつほ物語』初秋巻にも見られるが、最も名高い場面は『源氏物語』蛍巻であろう。光源氏は、かつて契りを結んだ夕顔の遺児・玉鬘《たまかずら》を養女として自邸に引き取る。玉鬘には多くの男たちから恋文が届く。中でも、強い思慕の情を抱くのは、兵部卿宮《ひょうぶきょうのみや》。ある夜、玉蔓のもとを訪ねてきた兵部卿宮の前で、光源氏はさっと蛍を放ち、その光で玉蔓の姿を照らし出して見せる。驚いた玉蔓は扇で顔を隠し、女房たちがすぐに蛍をつかまえて光を隠してしまったが、ほんの一瞬見た女の美貌の鮮烈さに、兵部卿宮は恋心をいっそう募らせ、「鳴く声も聞こえぬ虫の思ひだに人の消《け》つには消《き》ゆるものかは」と詠む。鳴く声も聞こえない虫（蛍）の光でさえ、人が消そうとして消えるものではない。まして私の心の思いの火はどうして消えることがあろうか、と強い恋の気持ちを訴えたのに対し、玉蔓は「声はせで身をのみこがす蛍こそいふよりまさるおもひなるらめ」と詠んで、奥に入ってしまった。声をたてずに身を焦がす蛍の方が、あなたのように言葉に出して言うのよりもずっと深い思いなのだろう、といなした形である。この贈答歌では、蛍が鳴かないことに焦点が当てられており、兵部卿宮の歌では、蛍の火が消えないことにもふれられている。

『梁塵秘抄』の中に登場する蛍も、先に見た恋歌の例と同様、光を発する点に注目されている。さらに、今様一首の構成上は、その火が消えないものであることが重要だ。

消えぬ火

常に消えせぬ雪の島　蛍こそ消えせぬ火はともせ　巫鳥《しとと》といへど濡れぬ鳥かな一声《ひとこゑ》なれど千鳥《ちどり》とか　（一一六）

言葉を補いながら訳せば、「雪《ゆき》は消えるが、同じ音の壱岐《ゆき》の島は、常に存在して消えることがない。消えないといえば、蛍こそは消えることのない火を灯しているよ。巫鳥は「しとど」――びしょ濡れ――

という名を持っているのに濡れない鳥だね。鳥といえば、一声鳴いても千鳥とかいう名前なのはおもしろい」といったところ。同音異義や名実そぐわぬ例を連ねた言葉遊びの歌である。「火」は消えやすいものなのに、蛍の火は雨にも風にも消えないというわけだ。時代は下って、室町時代後期に流行した小歌の中に、次の一首がある。

我が恋は　水に燃えたつ蛍　蛍　物言はで　笑止《せうし》の蛍

（『閑吟集《かんぎんしゅう》』五九・『宗安小歌集《そうあんこうたしゅう》』六九）

私の恋は、水に燃え立つ蛍のようなもの。相手を見ず（相手に会えず）、身を焦がすだけの蛍。恋の思いを口に出すこともできない、可哀想な蛍。――蛍を「笑止」（哀れだ）としながらも、「水」と「見ず」の掛詞を楽しみ、水に燃えるという矛盾した状態を面白がっている。恋に苦悩する蛍も、流行歌謡の中では、言葉遊びや繰り返しの律調により、軽やかに気ままに飛んでいるようだ。

蛍はまた、苦労して学問を成し遂げる故事の引き合いに出された。恋にうつつをぬかしているどころではないのである。

蛍の光窓の雪

東晋（三一七～四二〇）の車胤《しゃいん》は、家が貧しくて油も買えなかったため、袋に集めた蛍の光で読書をした。同じ頃の孫康《そんこう》は積雪の反射の光で勉強したという。二人の故事から、苦労して勉学し、出世することを「蛍雪の功」という。この故事は早くから日本でも知られており、『源氏物語』少女巻にも、高貴な家柄に生まれ、栄華にふけっていればよい身分でありながら、奇特にも学問に励む夕霧の素晴らしさを、「窓の蛍を睦《むつ》び、枝の雪を馴らし給ふ志」とほめ讃えた表現が見える。ちなみに、南喜市郎の実験によれば、千匹の蛍を入れた籠二つの真ん中に新聞を置いて、それが十分に読めたというが(『ホタルの研究』太田書店、一九六一年)、二千匹もの蛍を集めていては、肝腎の読書時間がなくなってしまいそうである。こうしたツッコミ(?)は、中国においてもなされており、たとえば、明の馮夢竜《ふうむりゅう》(一五七四~一六四五)撰の笑話集『笑府』に次のような笑い話がある。

ある日、孫康が車胤の家を訪ねたが、留守であったので、門番に「車胤様はどちらですか?」と聞くと、門番は答えて言う。「主人は蛍を捕りにでかけております」と。後日、今度は車胤が孫康の家を訪ねると、孫康は庭でぼんやり立ち尽くしている。「どうして本をお読みにならないのですか?」と車胤が尋ねると、孫康は答えた。「この天気では今晩は雪が降りそうにありません。」

こうして、蛍雪の故事は人々に痛烈に笑い飛ばされていたのであった。

5　武将の亡魂と蛍

前節では、和泉式部や楊貴妃、業平に焦がれ死んだ娘など、恋する女の魂が蛍となって飛ぶ情景を眺めたが、戦に敗れ、恨みを持って死んだ男の魂もまた、蛍となって現れた。

源頼政の魂と蛍

寛文十二年(一六七二)刊、浅井了意著の『狂歌咄《きょうかばなし》』には、宇治川の蛍を源頼政《よりまさ》(一一〇四~八〇)の亡魂とする、次のような記述が見える。

卯月の末つかた、ここは蛍の集まり、えならぬ興を催せり。余所《よそ》の蛍よりは一際大《ひときわ》にして、光ことさらに見ゆ。世に言ひならはし侍る、治承の古《いにしへ》、頼政入道が亡魂にて、今も軍《いくさ》するありさまとて、夜に入りぬれば数千万の蛍、川の面《おもて》に群がり、あるひは鞠の大きさ、あるひはそれよりなほ大に丸がりて空に舞《まひ》上がり、とばかりありて水の上にはたと落ちて、はらはらと解けて流れゆくこと、幾《いく》群《むら》とも限りなし。

四月の末、宇治川には多くの蛍が集まってくる。ほかの場所の蛍より一際大きく、強い光を放つ。これは、頼政の亡魂であって、今も、夜になると数千万の蛍が川に群れ集まり、合戦を繰り広げるというのである。

治承四年（一一八〇）四月、頼政は、後白河院の第三皇子で不遇であった以仁王《もちひとおう》に、平氏討伐の旗揚げを勧める。以仁王謀反の報を受け、平氏軍が攻めてくる。以仁王は三井寺から宇治の平等院に逃れるが、追ってきた平氏の大軍と宇治川を挟んで合戦となる。やがて平氏が平等院に攻め入って来たため、頼政は以仁王を逃がす。七十歳を越えて奮戦していた頼政は重傷を負い、平等院の門内に退いて自害する。その様子は、『平家物語』によると、次のように描かれる。

西にむかひ高声《かうしやう》に十念となへ、最後の詞《ことば》ぞあはれなる。
　埋木《むもれぎ》の花さくこともなかりしに身のなるはてぞ悲しかりける
これを最後の詞にて、太刀のさきを腹につきたて、うつぶさまにつらぬかってぞうせられける。

（巻四・宮御最期）

すなわち、西に向かって「南無阿弥陀仏」と十遍唱え、「自分の一生は埋木の花の咲くこともないように、世間に見捨てられて出世することもなかったのに、今こうして哀れな最期を遂げる、この身のなれの果ては本当に悲しいことだ」という内容の和歌を詠み、太刀の先を腹に突き立ててうつむきざまに貫かれたのであった。そばにつき従っていた渡辺唱《となう》は、泣く泣くその首を取って石にくくりつけ、敵の中をこっそりぬけ出して、宇治川の深い所に沈めてしまったという。

このような歴史をふまえると、夏の宇治川で見る蛍から、かつての夏（治承四年五月二十六日）、この場で無念の死を遂げた頼政の魂を連想することは、自然なことと思われる。正徳三年（一七一三）八月序の俳諧書『滑稽雑談《こっけいぞうだん》』は、

俗に伝ふ、治承の比《ころ》、源三位頼政、宮合戦五月二十日也、此日比《このひごろ》毎夏蛍さかりなれば、蛍合戦と称して、頼政執心、化してとぶらひ軍《いくさ》をなすと云へり、大きに付会の説なるべし。

と述べて、頼政の執心が化して蛍になったなどというのは、こじつけに過ぎないとするが、批判の前提として、その俗説が広く浸透していたことは確かであろう。

高崎正秀は、よりまさ（頼政）という名前が、民間伝承の上にあっては、常によりまし（神霊が寄りつく人間。特に祈禱師が神霊を乗り移らせたり、託宣を述べさせたりするために伴う子どもや婦女）と連想されて駆

使されていたとし、源氏蛍という呼称も唐突に現れたわけではなく、験師《げんじ》・験者《げんざ》（霊験を感得するため、山林に修行する者。修験者。山伏）から来ているのだとする。そして、

蛍来い。乳くれる。山伏来い。宿貸せる。皆各自《うなてんで》の御器《ごき》よ、持って来い。粥餅《けいもち》三杯かいてくれる。（信濃）

という童歌を紹介して、蛍から験師・験者と等しい山伏が連想されたのだとしている（「童言葉の伝統」『文学以前』桜楓社、一九七一年）。

頼政の場合は、このような名前による特別な事情があったらしいが、恨みを持って死んだ武将が蛍となった伝承の例として、高崎論はほかに、明智光秀を挙げ、「三日天下の明智光秀が、小栗栖の長兵衛の槍先にかかって光秀蛍となつた」としている。管見では文献上の記述を確認できないが、三日天下の無念さに対する人々の同情から生じた伝承であろう。

明智光秀の連歌

明智光秀（?～一五八二）は、本能寺の変の直前、天正十年（一五八二）五月二十八日、愛宕山の西坊《にしのぼう》で連歌を興行した（『信長公記』）。

ときは今あめが下しる五月《さつき》かな　光秀
水上《みなかみ》まさる庭のなつ山　西坊
花落つる流れの末をせきとめて　紹巴《じょうは》

この連歌については、次のような後日談が伝わっている。湯浅常山（一七〇八〜八一）が、戦国時代から近世初頭にいたる時期の武士の逸話を記録した『常山紀談《じょうざんきだん》』によって紹介しよう。

光秀の詠んだ句の「とき（時）」は「土岐《とき》」に通じ、「あめ（雨）」は「天《あめ》」に通じる。すなわち、光秀の出自である土岐氏の意味を含んでおり、自らが天下をとることをいったものであった。秀吉は、光秀を討った後で、この連歌のことを聞いて、大いに怒り、連歌師の紹巴（一五二五？〜一六〇二）を呼ぶ。秀吉は、「光秀の句の「あめが下しる」には、天下を奪うという心が明らかに現れているではないか、お前はそれを知っていたな」と責めた。紹巴は、「その句は「あめが下なる」です」と答える。「それなら連歌を記した懐紙を見せよ」という秀吉の命により、愛宕山から懐紙を取って来て見ると「あめが下しる」と書いてある。紹巴は涙を流して、「よくご覧ください。懐紙を削って、「あめが下しる」と書き換えてあるではないですか」と指摘し、何者かの改竄による中傷だと訴える。確かに直した後があったので、秀吉は紹巴を許した。さて、実は、もともと、この句は「あめが下しる」であったが、光秀が討たれた後、紹巴はわざと懐紙を削り、そしてまた、もとのように「あめが下しる」と書いたのであった。

この逸話によれば、紹巴は、機転をきかせて事なきを得たことになっているが、紹巴が秀吉の機嫌を損ねた話は、ほかにも伝わっている。しかも、ほかならぬ蛍をめぐって、である。

鳴く蛍

先に宇治川の蛍についての記述を紹介した、浅井了意著『狂歌咄』には、次のような逸話が見える。

紹巴が秀吉の御前に出た時、秀吉は「奥山に紅葉ふみわけ鳴く蛍」と言った。紹巴は心得知らずにも「蛍は鳴かぬ虫と承っております」と申し上げてしまう。秀吉は不機嫌になり、

天《あめ》がしたを手に入るるほどのことに、鳴かするならば、蛍とても鳴くまじきか

とおっしゃった。天下を掌握している自分が鳴かそうとするなら、蛍でも鳴かないことがあろうか、という強気の言葉である。同じく御前にいた学者の細川幽斎《ゆうさい》（一五三四～一六一〇）は、とっさに、「蛍も鳴くもので、古歌に、「武蔵野の篠《しの》を束《つか》ねて降る雨に蛍よりほか鳴く虫もなし」とあります」と答えた。秀吉は「さすがに和歌の道を広く学ばれているから、このような証歌（用例の証拠となる歌）もお出しになるのだなあ」と感心したという。実は、この歌は、聞歌《ききうた》（文字に記されて定着している和歌ではなく、風聞として知られている俗歌）であって、証歌にはならないのだが、秀吉をなだめるために引いたのであった。この話は、「歌道博学の心ばせなり」という幽斎への賛辞で閉じられる。

『甲子夜話』にみる秀吉像

蛍はもちろん鳴かない虫であるし、文芸上も、前節で見たように、声を立てずに身を焦がすものとして把握されてきた。秀吉が詠んだとされる「奥山に紅葉ふみわけ鳴く蛍」は、百人一首にもとられて著名な和歌、

奥山に紅葉ふみわけ鳴く鹿の声聞く時ぞ秋は悲しき　（『古今和歌集』秋上・二一五・よみ人知らず）

のパロディーであることは明らかだが、紅葉と蛍では季節があわないし、ふわふわと飛ぶ蛍が紅葉をふみわけて歩くとするのもおかしい。紹巴が、蛍が鳴くか鳴かないかという点だけに反応するのもおかしく、滑稽な笑い話として読めるところだが、秀吉の言葉は、権力者であるが故に恐ろしく、紹巴は一体

どうなるのかと、緊張が高まる。読者は一瞬はらはらするが、結局は幽斎の機転で救われ、その対応への賞賛によって話はめでたく結ばれる。以上のような話の構成は、読み物としてよくできた、巧みなものと思われる。

さて、この『狂歌咄』の秀吉の言葉から、読者諸氏はすぐに、「鳴かぬなら鳴かせてみようほととぎす」の句を想起されたのではないだろうか。これは、私自身が小学生の時に聞いて覚えていたもので、現代語の形になっているが、典拠は松浦静山（一七六〇～一八四一）著の随筆『甲子夜話《かっしやわ》』らしい。その内容は次のようなものである。

「ほととぎすを贈った人があったけれども、そのほととぎすが鳴かなかった」という状況において、織田信長・豊臣秀吉・徳川家康が一句詠んだという想定で、ある人がそれぞれの人に仮託した句を作ったが、それは、三者の性格を大変よく表している。

鳴かぬなら殺してしまへほととぎす　信長
鳴かずとも鳴かしてみせうほととぎす　秀吉
鳴かぬなら鳴くまで待てよほととぎす　家康

『甲子夜話』に見える句から浮かび上がる秀吉像は、創意工夫によって鳴かないほととぎすも鳴かせる、知略に富んだ人物といったところである。短気で暴力的な信長、じっと時機を待つ家康が対照的な像を持っているのに対し、秀吉は、はかりごとを巡らすという別の次元を切り拓いている。しかし、『狂歌咄』の中で、「私にかかれば、蛍でも鳴かないことがあろうか」と豪語する秀吉は、権力を笠に着た傲慢な人物とも感じられる。鳴かない動物を鳴かす、という同じ状況を巡る逸話ながら、その人物像にはややずれがあるようだ。

蛍の因縁　天正十年の夏五月に信長を滅ぼすことを決意し、六月十三日に敗死した光秀は、死後、蛍となってこの世に現れた。しかし、光秀を討って天下を掌中にした秀吉は、鳴かない蛍も鳴かせるほどの勢いであり、光秀と交流のあった紹巴も、その権勢を怖れた。光秀蛍がいくら恨みの炎を燃やそうと、秀吉は何の痛痒も感じなかったであろう。そんな想像をすると、三日天下の光秀がますます哀れに思われてくる。

6　腐草、蛍となる

変化の色々　第4節・第5節では、人の魂が蛍に化した例を眺めてきたが、第三章第5節「古き筆、蟋蟀となる」で取り上げた、中国における変化《へんげ》の考え方によれば、蛍は腐草が変化したものである。第三章第5節で紹介した、東晋の干宝《かんぽう》作『捜神記《そうしんき》』には、

腐草の蛍と為《な》るや、朽葦の蛬と為るや、稲の蛪《か》と為るや、麦の胡蝶と為るや、

と見え、腐った草が蛍になり、朽ちた葦がコオロギになり、稲がコクゾウ虫になり、麦が蝶になること

が記されるが、筆頭に挙がっているのが、腐草から蛍への変化である。

腐った草と蛍

腐った草が蛍となるという考え方は、並べられたほかの変化よりもよく知られており、古代中国における儒家経典《じゅかけいてん》『礼記《らいき》』（月令）の季夏之月（六月）にも「腐草為蛍」と見える。この変化は、日本でも早くから知られており、菅原道真（八四五〜九〇三）の漢詩文『菅家文《かんけぶん》草《そう》』や応保二年（一一六二）〜長寛二年（一一六四）頃に成立した漢詩集『本朝無題詩《ほんちょうむだいし》』などに、享受の跡が見られる。

丹羽博之は、歌語「蛍」を検討し、「腐草為蛍」は、漢詩文にしばしば見られるのに対し、日本人の感覚には合わず、自然と排除され、漢詩文と深い結びつきを有する『是貞親王家歌合《これさだしんのうけうたあわせ》』という特殊な歌合以外では詠まれることが殆ど無かったと指摘する（「平安朝和歌に詠まれた蛍」『大手前女子大学論集』二十六、一九九二年十二月）。しかし、中世には腐草とともに詠まれる蛍の和歌も一定数見られ、典拠とは異なる独自の展開も見られるため、以下、その用例をたどってみたい。

和歌における「腐草為蛍」の享受

南北朝時代前後、遅くとも永享十年（一四三八）までには成立したとされる『秘《ひ》蔵抄《ぞうしょう》』に、次のような記述が見える。

Ⓐ五月雨に池のみづくさ朽ちにけり今夜はしげく蛍とびかふ　黒主《くろぬし》（一七〇）
　みづくさとは蒲を云ふなり、がま朽ちて蛍となるといふこと有るなり

蒲は、がま科の多年草で、池沼に自生する。剣状の葉を持ち、夏には円柱状の褐色の花序をつける。

花粉は薬用にする。

「がま朽ちて蛍となる」の典拠は、寛弘九年（一〇一二）頃成立の『和漢朗詠集《わかんろうえいしゅう》』巻下・帝王にとられた藤原国風《くにかぜ》の詩の一節「刑鞭蒲《けいべんがま》朽ちて蛍空しく去る」（六六二）と思われる。後漢の劉寛《りゅうかん》（一二〇〜八五）は寛大で、部下の過失を蒲の鞭で誡めたというが（『後漢書』劉寛伝）、国がよく治まって罪人がいないため、その蒲の鞭でさえ使われず、蛍になってどこかに消えてしまった、という意味である。蒲も草の一種には違いないが、『礼記』の「腐草」が、日本で得たバリエーションの一つが「朽ちた蒲」であったらしい。寿永元年（一一八二）十一月に成立した『月詣《つきもうで》和歌集』には「蒲草化為蛍といふことをよめる」の詞書で、次の一首が見える。

Ⓑ五月雨にをがやの軒のくちぬればやがて蛍ぞ宿にとびかふ　（五月・四六一・荒木田《あらきだ》成実《しげざね》）

和歌本文は「蒲」ではなく「萱《かや》（の軒）」が朽ちた、とする。

以下、「腐草為蛍」をふまえた和歌の一例を、おおよその年代順に挙げると以下のごとくである（（　）内は、作品の成立時期または作者の生没年）。

①おく露に朽ちゆく野辺の草の葉や秋の蛍となりわたるらむ

（『是貞親王家歌合』四四）（寛平四年（八九二）頃開催）

②五月雨に草のいほりは朽つれども蛍となるぞうれしかりける　（匡房《まさふさ》）

③ねやの中も蛍とびかふ物おもへば床のさ莚朽ちやしぬらん

〔『堀河百首』蛍・四六六〕〔長治二、三年（一一〇五、六）頃詠進〕

〔『長秋詠藻《ちょうしゅうえいそう》』一三一・蛍〕

〔藤原俊成、一一一四〜一二〇四〕

④ふるさとは蘆のやへぶき朽ちはてて蛍のみこそひまなかりけれ

〔『有房集《ありふさ》』九七・ふるさとの蛍〕

〔源有房、一一三一年生か〕

⑤五月雨に庭の蓬や朽ちぬらんすだく蛍の数そひにけり

〔小侍従《こじじゅう》〕

〔『正治初度百首《しょうじしょどひゃくしゅ》』夏・二〇三二〕〔正治二年（一二〇〇）秋詠進〕

⑥かはりゆくすがたの池のまこも草朽ちて数そふ夏虫の影

〔経円〕

〔『楢葉集《ならのはしゅう》』夏・一五九・ほたるをよめる〕〔嘉禎三年（一二三七）成立〕

⑦五月雨の水かさの底のがま朽ちて空にむなしくゆく蛍かな

〔『国冬祈雨百首《くにふゆきうひゃくしゅ》』三二・雨中蛍〕

〔正安二年（一三〇〇）〜正和三年（一三一四）の間に成立〕

⑧春日野や霜に朽ちにし冬草のまたもえ出でてとぶ蛍かな

〔師兼《もろかね》〕

〔『新葉集《しんようしゅう》』二三四〕〔詞書にある「千首歌」は天授二年（一三七六）成立〕

⑨橋柱朽ちて蛍とながら江に猶中たえでとぶ蛍かな

〔『草根集《そうこんしゅう》』二七七三・橋蛍〕

⑩あれわたる霜の冬野の草朽ちて蛍むなしき玉あられかな

〔同・五三一七・枯野〕

⑪玉とみし蛍のなれる霰とや朽ちたる草のもとにきゆらん

〔同・六〇六八・霰〕

〔正徹《しょうてつ》、一三八一〜一四五九〕

⑫草の葉の朽ちて蛍となりし色をかへずやあをむ野辺の夕露

〔『閑塵集《かんじんしゅう》』一一一・蛍〕

⑬露霜のを花がもとに朽ちにしや蛍ともゆる草葉なるらん　〔兼載《けんさい》、一四五二〜一五一〇〕
（『春夢草《しゅんむそう》』一〇七三・叢蛍）

⑭下草の朽葉にわきておく露や蛍となりて光みすらん　〔肖柏《しょうはく》、一四四三〜一五二七〕
（『称名院集《しょうみょういんしゅう》』四四一・草蛍似露）
〔三条西公条《さんじょうにしきんえだ》、一四八七〜一五六三〕

「腐草為蛍」の和歌における展開

「腐草為蛍」に関連する和歌は、『是貞親王家歌合』に見られた後、その用例は院政期に下る。丹羽論文が指摘するように、平安期の用例において、『是貞親王家歌合』（①）は特殊なものといい得よう。しかし、中世には一定程度の用例が存在しており、荒涼としたものに美を見出していく中世和歌においては、朽ちた草や建造物を背景に明滅する蛍という、ある暗さを含んだ情景も受け入れられやすかったものと思われる。文明八年（一四七六）春以前に成立した一条兼良編『連珠合璧集《れんじゅがっぺきしゅう》』にも、「蛍」の寄合語（連歌で句と句を結びつける働きをする言葉や素材）として「草くちて」が挙げられており、中世の歌人にはよく知られていた教養といえよう。

和歌の例を細かく見ると、先にもふれたように、「蒲」（Ⓐ⑦）、「萱」（Ⓑ）、「蓬」（⑤）、「蘆」（④）、「真菰《まこも》草《ぐさ》」（⑥）、「尾花」（⑬）など具体的な草名が挙げられたり、「庵」（②）、「莚」（③）、「軒」（Ⓑ）、「橋柱」（⑨）など、人間の使う道具や建造物が朽ちるとされたりし、イメージの拡大が見られる。また、草の朽ちる理由としては「五月雨」（ⒶⒷ②⑤⑦）が取り上げられることが多く、「露」（①⑬⑭）や「霜」（⑧⑩⑬）、「霰」（⑪）が出て来ることもある。典拠となる『礼記』では、腐った草が蛍になる、という変化が問題なのであって、草の腐る理由などはそもそも視野の外であった。しかし、和歌では、草の腐る原因となる景物によって、季節感を強調しているのである。さらに『草根集』に下ると、朽ちた草が蛍になり、その蛍が霰となる（⑪）という季節をまたいだ変化の連鎖を詠む例も見られる。師兼（⑧）、兼載（⑫）、肖柏（⑬）の例も、冬の朽ちた草、萌え出る春の草、夏の蛍というように、季節の推移を組み込んでおり、新たな展開が見られる。

麦、蝶となる

先に引用した『捜神記』の最後に挙げられていたのは、麦が蝶になることであった。この変化は、和歌において広く受け入れられたとはいい難い。管見に入ったのは、江戸末期に下った大隈言道（一七九八〜一八六八）詠一首のみである。

つくり得し妹が稼ぎのはだか麦蝶とならでも飛ぶゆくが憂さ　（『草径集《そうけいしゅう》』一五一・麦）

『草径集』の注釈書では、「蝶とならでも」を「美しい着物の代にもならないで」と解釈するもの（穴山健『大隈言道――草径集』海鳥社、二〇〇二年）、「蝶になってもいないのに（しっかり実っていないのに）」と解釈するもの（和歌文学大系『布留散東・はちすの露・草径集・志濃夫廼舎歌集』明治書院、二〇〇七年。草径集の校注者は進藤康子）がある。後者は、荘子の胡蝶の夢の故事を引いて、「人の世の歓楽のはかなさをどこかに髣髴とさせる」と指摘する。当該歌は、言葉を追うだけでは一体何を言っているのか、理解に苦しむ一首であり、注釈者の苦労の跡がしのばれるが、『捜神記』の記述をふまえれば、この和歌の「蝶」は、「美しい着物」や「しっかり実った麦」の比喩ではなく、麦の変化としての蝶である。

苦労して作った麦が、蝶となったわけでもないのに飛んで行ってしまう、というのは、収穫の少なさ、ひいては生活の苦しさを嘆くものではあるが、その裏には『捜神記』をふまえた言葉遊びがあったのである。

麦と蝶の関わりは、腐草と蛍のようには流布しなかったようだが、小山田与清著の『松屋筆記』に、「蚯蚓百合に変《ナリ》麦蝶に変《ナル》」の標題で、南宋（一一二七～一二七九）の鄭景壁《ていけいへき》『蒙斎筆談《もうさいひつだん》』の記述が引用されている。俳諧の中にも、

風の蝶きえては麦にあらはるる　（『青蘿発句集《せいらほっくしゅう》』）
さみだれや化してかなしむ麦の蝶　（蒼右《そうゆう》『左比志遠理《さびしおり》』）

など、「麦変蝶」が意識されているかと思われる作もある。

変化の捉え方

当然予想されることだが、美しい自然を歌おうとする優美な和歌においては、怪しい変化の世界は敬遠されがちである。しかし、荒涼たる風景に美を見出すようになる中世の和歌には、「腐草為蛍」をふまえたものが散見する。わずかな例から確定的な結論を提示するのは困難であるが、日本の中世文学の根底にある無常観と、朽ちたもの、古びたものへ傾斜する中世的美意識が、「腐草為蛍」といった変化への関心を導いたといえるのではないだろうか。そして、その享受の過程では、当然ながらさまざまな変容が施される。無常観は変化を受け入れる素地であったと考えられるが、さらにその変化は、世の無常を象徴し、強調するものとして捉え直されていく。中国古典の怪異としての変化から、一切は移り変わってとどまることがないという無常としての変化へ――、同じ現

象を取り上げながら、その本質の捉え方には大きな違いが生じているように思われるのである。

第五章　中世の子ども・武将・芸能者たちと遊ぶ虫——蜻蛉

1　蜻蛉の呼び名

『梁塵秘抄』にはトンボを歌った次のような歌がある。第一章第3節で取り上げた蝸牛の今様と同様に、虫への呼びかけを含んだ童謡風の一首である。

居よ居よ蜻蛉よ

居《ゐ》よ居よ蜻蛉《とうばう》よ　かたしを参らんさて居たれ　働かで　簾篠《すだれしの》の先に馬《むま》の尾縒《よ》り合はせて　かい付けて　童《わらはべ》冠者《くわざ》ばらに繰《く》らせて遊ばせん（四三八）

トンボにじっとしているように呼びかけ、その引き換えに「かたしを参らん」という。この「かたしを」とは何だろうか。

原本「かたしを」について、かつては「片脚《かたし》を参らん」（片脚を捕らえよう）と解する説（山田孝雄「梁塵秘抄をよむ」『増訂梁塵秘抄』明治書院、一九二三年）、「挿頭《かざし》を参らん」（飾りを附けてあげよう）と解する説（小西甚一『梁塵秘抄考』三省堂、一九四一年）、「片方《かたし》を参らん」（片方の翅を捕らえよう）と解する説（志田延義『梁塵秘抄評解』有精堂、一九五四年）、「柑子《かうじ》を参らん」（みかんをあげよう）と解する説（萩谷朴「梁塵秘抄今様歌異見」『国語と国文学』第三十三巻第二号、一九五六年二月）などが提出されていたが、小関清明の論文により、「堅塩《かたしほ》参らん」と読むことで決着を見た（「梁塵秘抄の一童謡——「かたしをまいらん」考」『高知大学学術研究報告』第八巻第十六号、一九五九年十二月）。その根拠は、次のような童謡である。

とんぼとんぼ　お止まり　明日の市で塩買うてねぶらしょ　（高知）

とんぼとんぼとんぼ止まれ　塩やいて食はそ　とんぼとんぼとんぼ止まれ　塩やいて食はそ　（兵庫）

なお、塩は歴史的仮名遣いでは「しほ」であるが、現存する『梁塵秘抄』の仮名遣いは必ずしも歴史的仮名遣いに則っておらず、発音どおりに表記されたと見られる。

蜻蛉と塩

トンボを捕まえる時に、誘い文句としてなぜ堅塩が引き合いに出されたのであろうか。

小関論は、塩が尊ばれた時代故かと推測し、前掲高知の童謡について述べた前田勇は、塩辛トンボの名から連想したことであろうとする（『児戯叢考』弘文社、一九四四年）。ただし、塩辛トンボの名はどうやら江戸時代までしか遡れず、弘化四年（一八四七）刊の『重訂本草綱目啓蒙《じゅうていほんぞうこうもくけいもう》』巻三十六に、蜻蛉（中略）又一種胡黎の大さにして身黒く白瘮《しろきこ》あるものをしほからとんぼと云とあるのが早い（胡黎はトンボの一種。後出の黄蜻蛉）。十年ほど前、授業でこの今様の話をした際に、塩辛トンボをなめたら本当にしょっぱかったです、と教えてくれた学生がいたが、さすがになめてみる機会も勇気もなく、今日に至る。

各地の伝承童謡には、以下のようなものがあり（北原白秋編『日本伝承童謡集成』第二巻、三省堂、一九四九年）、塩はさまざまな飲み物や食べ物に変化している。

蜻蛉《あけず》蜻蛉　お茶飲ませっから　垣の木さ　とうまれ　（宮城）
とんぷとんぷ　飛んで来い　粟《あわ》の御飯を煮てやるに　（長野）
蜻蛉《たんぼ》蜻蛉とまれ　明日の市に飴買うてとらしょう　（石川）
蜻蛉《たんぼ》来い　虻くれる　（石川）
とんぼとまれ　魚《とと》の菜《さい》で飯《まま》くわす　とんぼとまれ　（大阪）
とんぼとんぼ　止まれ　揚げ買うてくわす　（広島）
ねんばあじょ　とまれいじょ　蠅打っち食わしゅうで　（長崎）

これらの中には、現実的なトンボの餌（虻・蠅）のほか、全く人間の食物といってよいもの（茶・粟の御飯・飴・魚の菜と飯・揚げ）が見られるため、トンボを誘うものとして、塩が唯一絶対のものでもないらしい。小関論は、鳶や蛍に呼びかける童謡にも塩が見えることを指摘している。

とんび　とんび　まいまいこ　明後日の市にゃ　塩買うて食わすぞ　（高知）

ほうほ　蛍来い　しっし　塩やろう　（岡山）

このように、塩はトンボにのみ有効なものではないらしいが、清めに用いられるなど、ある神聖さを漂わせる塩が持ち出されているところには、古風で呪的な趣も感じられる。

秋津洲（蜻蛉島）の名の由来

トンボは、古くはアキヅと呼ばれた。『古事記』下巻および『日本書紀』巻十四には、雄略天皇とトンボにまつわる次のような話が語られる。以下、『古事記』によって記す。

雄略天皇は、吉野の離宮に行幸した後、阿岐豆野《あきづの》に出かけ、狩をした。そこに虻が飛んできて天皇の腕を咬んだが、そのとたんに蜻蛉が飛んできて、その虻をくわえて飛び去った。そこで天皇は歌を作った。

み吉野の　小室《をむろ》が岳《たけ》に　猪鹿《しし》伏《ふ》すと　誰《たれ》そ　大前《おほまへ》に奏《まを》す　やすみしし　我《わ》が大君《おほきみ》の　猪鹿待つと
呉床《あぐら》に坐《いま》し　白栲《しろたへ》の　袖《そで》着《き》そなふ　手腓《たこむら》に　虻《あむ》掻《か》き着《つ》き　其の虻を　蜻蛉《あきづ》早咋《はやぐ》ひ　斯《か》くの如《ごと》　名
に負はむと　そらみつ　倭《やまと》の国を蜻蛉島《あきづしま》とふ

この歌の内容は、以下のようなものである。

吉野の小室の山に猪や鹿がいると、誰が天皇のお前に申し上げたのか、わが大君が猪や鹿を待って呉床（高く作った台座）に座っていらっしゃると、白い袖を着た腕のふくらみに虻が咬みついた。その虻を蜻蛉がすばやくくわえて行った。このように蜻蛉島の名にふさわしいだろうと倭の国を人は蜻蛉島というのである。

天皇は蜻蛉の功績を歌でたたえ、日本が「蜻蛉島」と呼ばれていることに納得する。この話は、「故《かれ》、其《そ》の時より、其の野を号《なづ》けて阿岐豆野《あきづの》と謂《い》ふ」と結ばれ、「阿岐豆野」の地名起源譚となっている。

さらに、日本がなぜ「蜻蛉島」と呼ばれているのかについては、『日本書紀』神武天皇三十一年に次のような話が見える。

四月、天皇は国中を巡幸した。腋上《わきがみ》の嗛間丘《ほほまのおか》（奈良県御所《ごせ》市東北部の丘）に登って国の様子を眺め、「猶《なほ》し蜻蛉《あきづ》の臀呫《となめ》せるが如《ごと》もあるかも」（あたかも蜻蛉が交尾している形のようでもあるなあ）とおっしゃった。これによってはじめて「秋津洲《あきづしま》」の名が生じたという。すなわち、秋津洲は、初めは山に囲まれた奈良盆地を指したものと思われるが、それが大和国（奈良県）、さらに日本を指すようになり、「やまと」の枕詞にもなったのである。

夫婦の契り深き蜻蛉

雌雄がつながった形で飛ぶ様子が印象深いためか、トンボは愛情深い虫と捉えられることもあった。鴨長明（一一五五？〜一二一六）が編んだ説話集『発心集《ほっしんしゅう》』巻五には、次のような説話が見える。

蜻蛉《かげろふ》と云ふ虫あり。夫婦《めをと》の契り深きこと、諸々《もろもろ》の有情《うじやう》にすぐれたり。其の証をあらはさんとす。時に、この虫妻夫《めを》これをとりて銭二文に別々《べちべち》に乾《ほ》し付け、さて市に出だして、二つの銭をあらぬ人に一つづつこれを売る。商人《あきひと》買ひ取りつれば、とかく伝はること数も知らず。しかあれども、其のちぎり深きによりて、夕べには必ずもとの如くつなかれて行き合ふと云へり。此の故に銭の一つの名をば蜻蚊《せいぶん》と云ふとぞ。

トンボの雌雄の契りの深さはほかの生物と比べてまさっている。その証拠を示そう。この虫の夫婦を捕らえて、別々の銭にひからびた死体を貼り付け、市で別の人に一文ずつ渡すと、あちこちに転々として多くの人手を経る。しかし、夫婦の契りが深いので、夕方には必ず、二文の銭はめぐり合って、もとのように一緒に貫かれている。そのため、銭の異称の一つを蜻蚊というのである。

あきづ・とうばう・かげろふ・えんば

先に引用した『古事記』下巻の雄略天皇の逸話の中で、「蜻蛉」には訓注が付されており、「訓蜻蛉云阿岐豆也」とあるため、奈良時代以前のトンボの呼び名としての「あきづ」のあったことが確認できる。平安時代に入ると、源順《したがう》の編んだ辞書『和名類聚抄《わみょうるいじゅうしょう》』巻十九に「蜻蛉（中略）〈和名加介呂布〉」（〈 〉内は割注）と見えるから、同じ字を「かげろふ」と読んでいたことが知られる。ここでは「かげろふ」は蜻蛉の総称として捉えられているが、平安時代も末になると、藤原範兼《のりかね》の歌論書『和歌童蒙抄《わかどうもうしょう》』（一一一八〜二七年頃成立）に、「かげろふとは、黒きとうばうの小きやうなるもの云々」（第九）とあり、「かげろふ」はトンボの中の特定の種類を指すものと理解されている。『和名類聚抄』にはほかに「胡黎（中略）一名胡離〈和名木恵無波〉蜻蛉之小而黄也」「赤卒（中略）一名絳騮〈和名阿加恵無波〉蜻蛉之小而赤也」と見えるから、トンボの異称に「えんば」もあったらしい。

康暦年間（一三七九～八一）に成った『康頼本草《こうらいほんぞう》』には、「蜻蛉（中略）和止ム波宇、又云加計呂良」とあり、「とんばう」「かげろう」の和訓が記される。

以上のように、蜻蛉にはさまざまな異称があるが、『梁塵秘抄』は「とう（ん）ばう」の早い用例といえる。

かげろふという虫

「かげろふ」という語には、大きく二つの意味があり、その一つは、日光を受けて地面から立ち上る気、すなわち陽炎であり、もう一つは虫の名である。和歌に詠まれる「かげろふ」はほとんどの場合、陽炎である。虫の名としての「かげろふ」は先に見たように、本来、トンボの総名らしいが（『和名類聚抄』）、トンボのうち、特定のものを指すこともあった（『和歌童蒙抄』）。平安時代中期以降は、朝に生まれて夜に死んでしまうようなはかない虫である蜉蝣を指すことが多くなってくる。たとえば、『新撰朗詠集《しんせんろうえいしゅう》』巻下・無常に、橘在列《ありつら》の出家（天慶七年・九四四）以後の作として、

未《いま》だ暮景《ぼけい》に及ばず　蜉蝣《ふいう》の世常無《よつねな》し　秋の風を待たず　芭蕉《ばせう》の命破《いのちやぶ》れ易《やす》し　（七三九）

とある。まだ夕暮れにもならないのに、蜉蝣の命ははかなく絶え、秋の冷たい風を待たずに芭蕉の葉は破れてしまう、として、この世のはかなさを表現している。「蜉蝣の世常無し」の典拠の一つとして、前

漢の思想書『淮南子《えなんじ》』巻十七・説林訓の「蜉蝣朝《あした》に生じて暮《くれ》に死す」が指摘されており、下って、『徒然草』第七段にも、

命あるものを見るに、人ばかり久しきはなし。かげろふの夕を待ち、夏の蟬の春秋を知らぬもあるぞかし。

と見え、蜉蝣と蟬が、はかない命の例に挙げられている。

以上、見てきたように、虫の名としての「かげろふ」は、もともとトンボの総名であったが、『梁塵秘抄』の時代には、一日も経ずに死んでしまうはかない蜉蝣を指すことが多くなり、子どもたちの遊び相手になる「とうばう」とは対照的な様相を見せている。

2 鼻毛で蜻蛉を釣る

「百虫譜」の中の蜻蛉

横井也有《やゆう》の俳文集『鶉衣《うずらごろも》』には、寛延三年（一七五〇）に書かれた「百虫譜」という文章がある。その冒頭は次の通り。

蝶の花に飛びかひたる、やさしきものの限りなるべし。それも啼く音の愛なければ、籠に苦しむ身ならぬこそ猶めでたけれ。さてこそ荘周《さうしう》が夢も此のものには託しけめ。只とんぼうのみこそ彼には

やや並ぶらめど、糸に繋がれ黐《もち》にささされて、童のもてあそびとなるだに苦しきを、あほうの鼻毛に繋がるるとは、いと口惜しき諺かな。美人の眉にたとへたる蛾といふ虫もあるものを。

「百虫譜」は、蛙や蛇、蟹、ヤモリなど、現在は虫と認識されないものや「蓼食ふ虫」といった譬えも含め、四十数種類の虫を取り上げるが、その冒頭に名が挙がるのが蝶である。いわく、花に飛び交う蝶は、この上なく優美なものである。しかも、鳴かない虫なので、捕らえられて虫籠に入れられ苦しむこともないのは、めでたいことだ。だからこそ、荘周の夢の故事もこの蝶に託されたのだろう。「荘周が夢」とは、第四章第1節に取り上げた『荘子』に見える故事である。昔、荘子が夢で蝶となった。飛んでいる間、自分では荘子であることに気づかない。ふと目覚めると、驚いたことには自分は荘子である。いったい、荘子が夢で蝶になったのか、蝶が夢で荘子になったのか、わからないという内容で、現実と夢の間に厳然たる区別はあるのかを問う哲学的な寓話であった。

さて、この優雅で高尚な蝶と一応並ぶ虫として、也有はトンボを取り上げる。しかし、子どもに捕らえられ、もて遊ばれるだけでもつらいのに、「あほうの鼻毛に繋がるる」とは、なんと残念な諺であることか――と、まあ散々な扱いだ。

あほうの鼻毛に繋がるる

「鼻毛が長い」というのは、緊張感を欠き、ぼんやりしているさま、あるいは、女のいいなりになって馬鹿にされるさまを表す。トンボを釣れるほど長い鼻毛となれば、その程度は甚だしい。「鼻毛で蜻蛉を釣る」というのは、この上ない愚か者の描写に用いる表現である。

寛政九年（一七九七）に太田全斎が序を記した辞書『諺苑《げんえん》』の「鼻毛ガノビタ」の項には、「古キ狂歌ニ鼻毛ニテトンボヲツリシ罪咎ハアホウラセツノセメヤウクラン」と見える。鼻毛でトンボを釣った罪に対する罰としては、阿防羅刹《あほうらせつ》から責め苦を受けることであろう、といった意味。阿防羅刹は、地獄の獄卒の一つで、三つまたの鉄叉《てっさ》で、人間を釜の中に投げ込んで責めるという。『諺苑』の引く一首は、諺を下敷きに、「阿呆」と「阿防」の掛詞を使った狂歌であった。また、天明七年（一七八七）にいったん成稿した松葉軒東井《しょうようけんとうせい》編の辞書『譬喩尽《たとえづくし》』には、「鼻毛で蜻蛉《やんま》つろ」と見える。諺では、鼻毛の持ち主の愚かさに焦点が当てられているが、「百虫譜」は、愚か者の鼻毛に繋がれてしまうトンボのまぬけぶりを滑稽に表現している。

『鶉衣』のほかの箇所には、「あほうの延せる鼻毛には、蜻蛉もつらるるためし、わざわひ蕭墻《せうしゃう》より起るときけば、つつしむべきは鼻の先なるべし」（「鼻箴」）という記述も見える。禍は、内輪から起こると聞くから、用心すべきは「鼻先」（すぐそばの手近なところ）であるというのが、結論であるが、直前に、油断して鼻毛に釣られるトンボの例が出されている。也有にかかっては、鼻毛の長い愚か者より、トンボの方がすっかりまぬけ者扱いである。

蛾の触角と美女の眉
蜻蛉の羽と美女の衣

「百虫譜」で、諺や比喩の連想からトンボの次に並べられているのは蛾であった。阿呆の鼻毛に対して、美人の眉という、対句的な表現になっている。漢詩では、美しい女性の眉を形容する時、しばしば「蛾」が引き合いに出される。たとえば、寛弘九年（一〇一二）頃に成立した、藤原公任《きんとう》編『和漢朗詠集《わかんろうえいしゅう》』巻下・妓女にとられて、日本でもよく知られている白居易の詩の一節に、

嬋娟《せんけん》たる両鬢《りやうびん》は秋蟬《しうぜん》の翼《はね》　宛転《ゑんてん》たる双蛾《さうが》は遠山《ゑんざん》の色　（七〇七）

とある。美しい鬢の毛は秋の蟬の羽のように透き通っており、すんなりとした蛾の触角のような眉は、二つ並んで、まるで遠い山の緑がけぶったような美しさだ、と美人の鬢の毛や形のよい眉を繊細に描写したものだ。なお、ここでは、美女の鬢の毛を蟬の羽に譬えているが、蜻蛉の羽も、古代では薄く透き通った美しい衣に譬えられ、美女との縁が深い。『万葉集』には、「蜻蛉羽《あきづは》の袖振る妹《いも》」（巻三・三七六）、「母が形見と　我が持てる　まそみ鏡に蜻蛉領巾《あきづひれ》」（巻十三・三三一四）といった例が見られる。先の白居易の詩は、日本漢詩にも取り入れられ、たとえば、平安時代末期成立の『本朝無題詩《ほんちょうむだいし》』所収、中原広俊《ひろとし》の漢詩「傀儡子《くぐつ》」に、次のような一節がある。

宛転《ゑんてん》たる蛾眉《がび》は残月《ざんげつ》細《ほそ》く　嬋娟《せんけん》たる蟬鬢《せんびん》は暮雲《ぼうん》垂《た》れたり

これは、傀儡子の美貌を歌ったものである。傀儡子は男女で集団をなしているが、女性は美しく着飾って、今様を始めとする各種の歌や舞を披露した。広俊の漢詩は、白居易の詩をふまえ、蛾の触角のような眉をさらに細い月に譬え、蟬の羽のような鬢の毛をさらに雲に譬えている。『本朝無題詩』で、広俊と並ぶ大江匡房《まさふさ》の詩「傀儡子孫君《まごのきみ》」では、孫君の美貌を、「翠蛾《すいが》の眉は　羅衣《らい》の外に細く」（蛾の触角のようなみどりの美しい眉はほっそりとして薄衣《うすぎぬ》の外にあらわれ）と表現しており、「翠蛾の眉」の語が見える。

このように、漢詩においてしばしば見られる「蛾眉」は、和歌には受容されず、眉の形容として見られるのは、もっぱら「柳」や「三日月」である。蛾のような虫に譬える表現は、優美さを求める和歌にはふさわしくないと判断されたのであろう。

蜻蛉釣りと朝比奈

「百虫譜」が、トンボを「糸に繋がれ黐にさされて、童のもてあそびとなる」としている背景には、トンボ釣りの遊びがあるだろう。西川祐信《すけのぶ》が江戸の子ども風俗を描いた、延享三年（一七四六）刊の『絵本西川東童《にしかわあずまわらわ》』には、「とんぼうつる」として、

『絵本西川東童』より蜻蛉釣り
（『日本こどものあそび大図鑑』遊子館，2005年）

竹竿の先に付けた糸にトンボを結び、振り回す子どもの絵が描かれている。結ばれているのはオトリになる雌のトンボで、寄ってきた雄のトンボを捕らえる遊びである。絵の中には、糸の先のトンボに二匹のトンボが向かっていく様子が描かれている。この絵には、「朝比奈《あさひな》の髻《もとひ》ぬけしか蜻蛉《あきつむし》」の句が添えられている。トンボが朝比奈の髻からぬけ出たとは、いったいどういうことなのだろうか。

朝比奈の門破り

朝比奈は、鎌倉時代初期の武将。和田義盛《よしもり》の三男・義秀《よしひで》である。安房国朝夷《あさひな》郡を本拠としたため、朝比奈三郎と称した。大力をもって知られ、また水練に秀でていた。鎌倉幕府関係者の編纂した歴史書『吾妻鏡《あずまかがみ》』正治二年（一二〇〇）九月二日条によると、第二代将軍となる頼家が小坪の海に遊んだ折、その命によって、朝比奈は数丁を往返した。その後、波底に沈み、鮫三匹を生け捕りにして浮上、喝采を浴びた。建保元年（一二一三）五月、義盛一族が北条氏を襲撃した和田

合戦の際には、幕府の惣門を破って討ち入り、足利義氏の鎧の袖を引きちぎるなど奮戦した。『吾妻鏡』によれば、その様子は神のごとくであり、朝比奈に相対した敵で死を免れる者はなかったという（二日条）。義盛が討たれると、船で安房に逃れた（三日条）とも、討死した（六日条）とも伝えられる。

和田合戦の際の朝比奈の門破りは、後世、絵画や芸能の素材になり、広く知られていく。たとえば、伏見宮貞成《さだふさ》親王の日記『看聞日記《かんもんにっき》』永享十年（一四三八）六月十日条に、内裏より賜った「和田左衛門尉平義盛絵」の注記として、「浅井三郎義秀幕府住所門破事」と見え、室町時代中期に都で流行した桂地蔵信仰を描いた『桂川地蔵記』（弘治四年（一五五八）写）に、地蔵参詣の風流《ふりゅう》拍物《はやしもの》（派手に飾り立て、歌舞を伴う行列）の一つとして、「朝稲が門を破りし威《いきほひ》を奮ふも有り」とある。朝比奈に扮した人物が門を破る様子を演じて見せたらしい。あるいは、寛正五年（一四六四）糺河原勧進猿楽《ただすがわらかんじんさるがく》では狂言「朝比奈」が演じられた。この狂言は、地獄の六道の辻で待つ閻魔のところへ朝比奈がやって来て、和田合戦の様子を語って閻魔を翻弄し、とうとう極楽に案内させる、というもの。合戦語りの中心は、やはり門破りの描写だ。朝比奈が扉を撫でると摩擦熱で鉄がたちまち溶ける。外と内で押し合いになるが、虹梁《こうりょう》（虹型に反りを持たせて作られた通常よりも強靱な梁）や閂、三十人の武者の支えより、朝比奈の力の方が強く、扉は破られ、武者たちは押鮨のように押しつぶされてしまったという。狂言との先後関係ははっきりしないが、御伽草子に『朝比奈物語』があり、地獄で大暴れした朝比奈に閻魔や鬼たちが翻弄される様子が語られる。チェスター・ビーティー図書館蔵本の挿絵では、地獄の門を破り、扉の下敷きになった鬼たちの様子が鮮やかに描かれている。ただし、狂言では実際に地獄に行ったという設定なのに対し、御伽草子では夢を見たことになっている。

『朝比奈物語』（チェスター・ビーティー図書館蔵）
（『在外奈良絵本』角川書店，1981年）

「寿曾我対面」の朝比奈
（河竹登志夫監修・古井戸秀夫編『歌舞伎登場人物事典』白水社，2006年）

大永四年（一五二四）成立の『能本作者註文《のうほんさくしゃちゅうもん》』で、「河上神主作」とする能にも「朝比奈」があり、朝比奈が和田合戦の門破りを語る。

歌舞伎の中の朝比奈

中世を通して門破りを中心にさまざまに語られた大力勇猛の朝比奈は、歌舞伎の中で、荒事を代表する人物として活躍する。「寿《ことぶき》曾《そ》我対《がのたい》面《めん》」では、中世の軍記物語『曾我物語』に基づいて、曾我兄弟の敵討ちを後援する人物として登場し、「正札付根源草摺《しょうふだつきこんげんくさずり》」では、曾我五郎と鎧の草摺（鎧の胴の下に垂れて腿のあたりを覆うもの）を引き合って力比べをする。草摺引の原拠は、中世語り物芸能である幸若舞《こうわかまい》の「和田酒盛《わださかもり》」にある。

　これらの歌舞伎に登場する朝比奈の扮装で特徴的なのは、髻につける力紙（装飾用の白紙）だ。勇気を象徴するとされる力紙は、髻の左右水平または斜め上に向かってぴんと伸び、ちょうどトンボの羽のように見える。先の「朝比奈の髻ぬけしか蜻蛉」は、この力紙とトンボの形の連想から詠まれたものではなかろうか。天保十年（一八三九）刊の『梅室家集《ばいしつかしゅう》』には、「蜻蛉《とんばう》のおさへつけたり鮓の圧」の句があり、敵を押鮨のようにつぶした朝比奈を「蜻蛉」と表現しているらしい。朝比奈とトンボとの連想関係が広く浸透していたのだろう。

　大力でもって門を破りぬけた朝比奈の、その髻をやすやすとぬけて飛んできたと見たならば、トンボも、阿呆の鼻毛に繋がれるばかりではない。繋がっているのは、髻を飛び去った時に絡みついてきた朝比奈の髪の毛かも知れないのである。

3　蜻蛉釣りと蜻蛉の玩具

オトリを用いた蜻蛉釣り

本章第1節でも紹介した『梁塵秘抄』の次の歌は、前節で見たような、オトリを使うトンボ釣りの様子を歌い込んでいるようだ。

居《ゐ》よ居よ蜻蛉《とうばう》よ　堅塩《かたしほ》参らんさて居たれ　働かで　簾篠《すだれしの》の先に馬《むま》の尾縒《よ》り合はせて　かい付けて
童《わらはべ》冠者《くわざ》ばらに繰《く》らせて遊ばせん　（四三八）

塩をやるからじっとしていろよ、と呼びかけて捕らえたオトリのトンボを馬の毛に結び、簾篠（簾に用いる細い竹）に括りつけて子どもたちに繰らせ、さらにトンボを釣らせよう、ということであろう。この今様は、子どもが虫に呼びかける童謡の型を持つ前半に対し、後半は、大人の視点に立っているように思われ、単純な童謡とはいい難い複雑さも併せ持っている。

御所参内・聚楽第行幸図屏風

二〇〇九年に発見紹介された上越市内個人蔵の「御所参内《ごしょさんだい》・聚楽第行幸《じゅらくだいぎょうこう》図《ず》屏《びょう》風《ぶ》」は、天正十六年（一五八八）の豊臣秀吉参内と後陽成天皇聚楽第行幸を、行幸からさほど時を経ぬ頃に描いたものとされる（狩野博幸『秀吉の御所参内・聚楽第行幸図屏風』青幻舎、二〇一〇年）が、その中に、トンボを結びつけた糸を、細い棒の先につけて持ち歩いている二人の子どもの姿が描かれている。オトリをつかったトンボ捕りの様子と見えなくもないが、そのトンボは子どもの体に比してかなり大きく、羽根も含め、一つは赤一色、もう一つは緑一色に塗られている。また、上空を飛ばずに、棒の先から垂れ下がっているため、おそらく紙を切りぬいた作り物で、それを振り回して遊んでいるのであろう。

蜻蛉の作り物

（狩野博幸『秀吉の御所参内・聚楽第行幸図屏風』青幻舎，2010年）

蜻蛉の玩具

「御所参内・聚楽第行幸図屏風」のトンボを作り物と考えた根拠には、江戸時代のトンボの玩具がある。明和八年（一七七一）刊の『俳諧名物鑑《はいかいめいぶつかがみ》』は、江戸における当時の名物を集め、それに各人の俳句を配した絵入の俳書であるが、その中に、「海老蔵蜻蛉売」なるものが見える。描かれた人物は頭を手ぬぐいで包み、背中には商品を入れたと思しい箱を背負っている。着物の裾には、成田屋の紋である三升と海老の模様が描かれ、手には、糸に繋がったトンボを先につけた一本の棒を持つ。画中には「国の名にたつ秋津虫の手柄かな」という桃水の句が記される。この句は、本章第1節で紹介した『古事記』『日本書紀』に見える逸話を背景にしているものと思われる。すなわち、雄略天皇が、自分の腕に止まった虻をくわえて飛び去ったトンボをほめ、日本が「蜻蛉島《あきづしま》」と呼ばれていることを納得したという話をふまえ、国の名前にまでなったのを、「秋津虫《あきつむし》」の手柄だと表現しているのであろう。

さて、この絵について、木村捨三は、当時の団扇絵から、延享二年（一七四五）正月江戸中村座の「羽衣寿曽我」に登場した市川海老蔵扮する蜻蛉売（実は景清が世を忍ぶ姿）であることを指摘した。そして、元来、海老蔵が市中の行商をまねて舞台に出したであろうものを、さらに商人が逆に海老蔵の名を利用したと解説している（『絵入江戸行商百姿』近世風俗研究会、一九五七年）。この海老蔵蜻蛉売の口上の一端が窺われるものとして、修験僧行智《ぎょうち》編『童謡古謡《どうようこよう》』（文政三年〔一八二〇〕成立）所収の一首がある。

『俳諧名物鑑』より「海老蔵蜻蛉売」
（『新編 稀書複製会叢書 第11巻』臨川書店，1990年）

蝶々止まれ　菜の葉に止まれ　菜の葉がいやなら手に止まれ

『童謡古謡』の国立国会図書館本には、各童謡に柳亭種彦《りゅうていたねひこ》の書き入れとみられる朱書の注が施されているが、それには次のような記述がある。

この歌古き小唄なるよし、元文の頃歟、海老蔵が蜻蛉売の狂言より再び此小唄はやりしとぞ。

この注記によると、海老蔵の蜻蛉売の芝居は元文（一七三六～四一）の頃に評判をとり、古い小唄が舞台上の蜻蛉売の口上に歌われて、再び流行したということらしい。この「蝶々止まれ」の歌については、小野恭靖にくわしい論考があるが、伝承童謡として長く歌い継がれ、明治七年（一八七四）には、伝承童謡をもとにした唱歌も作られた（野村秋足作詞）。その歌詞は「蝶々、蝶々、菜の葉にとまれ、菜の葉に飽いたら桜にとまれ。桜の花の、栄ゆる御代に、とまれよ遊べ、遊べよとまれ」というものであったが、後に、「栄ゆる御代に」は「花から花へ」となり、現在も、一年生の音楽教科書に掲載されている（小野恭靖『近世歌謡の諸相と環境』笠間書院、一九九九年／同『子ども歌を学ぶ人のために』世界思想社、二〇〇七年）。

文政十三年（一八三〇）序の風俗百科事典『嬉遊笑覧《きゆうしょうらん》』は、

明和八年版本の江戸名物鑑に海老蔵蜻蛉売あり　竹の先に蜻蛉つなぎたり　今もある蝶々とまれといふもの丶製にや

とし、歌舞伎にはふれないが、竹の先につないだ蜻蛉を「蝶々とまれ」と同種のものであろうとする。

蝶々の玩具

「蝶々とまれ」と呼ばれた玩具は、嘉永六年（一八五三）にまとめられた風俗記録『守《もり》貞謾稿《さだまんこう》』には、「蝶々も止れ」と記されているが、その項目によれば三種類があったらしい。

一つは紙製の蝶に糸を付けて、竹の頭に吊り下げた単純なもの。『守貞謾稿』が紹介している享保十二年（一七二七）の目付絵（枡形に多くの絵が並んだ図。出題者が目付絵を示し、相手にその絵のうちの一つに目を付けて記憶するよう指示する。同じ絵を入れ替えて並べた図をいくつか見せ、記憶した絵があるかないかを順次問い、最初に目を付けた絵を当てて遊んだ）の中に、「てうてうもとまれ」とあり、そこに描かれた商人は、しなう細竹を四本持ち、そのうちの二本には蝶型が吊られているが、二本にはトンボ型が付けられている。「御所参内・聚楽第行幸図屛風」のトンボの作り物は、これに酷似しており、しかも、この目付絵を百年以上さかのぼる絵画資料ということになる。

『守貞謾稿』が説く二つ目は、編笠をかぶった商人が売りに来る玩具で、ごく細い削り竹の頭に紙の蝶を貼り、これを筆軸のような管に入れて、そこから蝶を高く出したり、管の口に止まらせたりするもの。商人は蝶の入った箱を首にかけ、両手にも二、三本これを持って、「蝶々もとまれ、とんぼもとまれ、それとーまった」と言いながら巡り歩いたという。ちょうど、この説明と呼応するような図が、天保七年（一八三六）刊の『江戸名所図会』中之郷《なかのごう》・さらし井に見える。画中には「世の中ハ蝶々とまれかくもあれ」という西山宗因（一六〇五～八二）の句が記される。嘉永安政（一八四八～六〇）の頃に記された随筆『真佐喜のかづら』は、この玩具の起こりについて、次のような逸話を記している。すなわち、文化

目付絵の「てうてうもとまれ」
（『近世風俗志（守貞謾稿）』岩波書店，2001 年）

「蝶々もとまれ」を売る商人
（『江戸名所図会 第 6 巻』角川書店，1968 年）

（一八〇四～一八）の初め、堀江町に貧しい老人がいた。わずかな銭を元手として、葦を一尺ほどに切り、赤い紙を細く切って葦を巻き、黄色の紙で蝶の形をかわいらしく造り、馬の尾の毛を付けて葦に通し、市中を「蝶々とまれや菜の葉にとまれ、それとーまった」と節をつけて売り歩いた。一つ四文で、大いに流行した、とのことである。

『守貞謾稿』の記す三つ目は、江戸の寺社の祭日に売られるもの。削り竹を羽の形に曲げ、触角も削り竹を用いる。首・胴・羽に紙を貼って、紅・紫などで彩色し、女竹の頭に付けて売るという。守貞は、この玩具を江戸のみにあると説く。

生きた虫として、また作り物の玩具として、トンボはかくも子どもたちに愛されたのであった。

トンボを糸につないで飛ばすのは、作り物が売られていたくらいであるから、新たなトンボが釣れなくても、それだけで面白い遊びだったろう。ここで思い合わされるのは、藁しべ長者の昔話である。この原型は、古く、平安時代末期に成立した『今昔物語集』所収の説話に見られる。

藁しべ長者の虻

昔、貧しい若侍が長谷寺に参り、生活の糧を与えてほしいと祈ると、夢で観音の告げを得る。それは、寺を出てまず手に触れた物を大事にせよ、ということであった。寺の門でつまずいて転んだ侍は、立ちあがると手に一本の藁を握っていた。これが観音からの賜り物であろうか、といぶかしく思いながらも、夢を頼みに、藁を捨てずに持って歩いて行くと、顔のまわりを虻がうるさく飛び回る。その虻を捕まえて、藁で括って飛ばして行ったところ、牛車に乗った若君がそれを欲しがる。従者の侍から請われた若侍は虻を渡し、引きかえに大きな蜜柑を三つもらう。行き合う人々と交換をしていくうちに、蜜柑が布になり、布が馬になり、馬が田と米になった。その後は、田を小作に出して財産を増やし、裕福に暮らしたという（巻十六の第二十八話）。

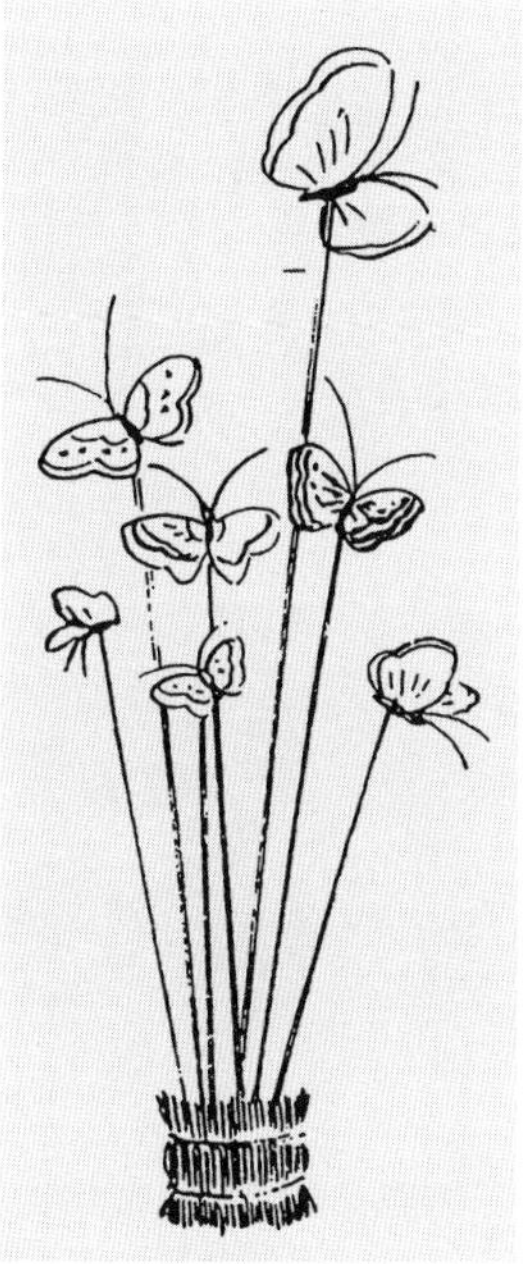

江戸の「蝶々もとまれ」
（前掲『近世風俗志（守貞謾稿）』）

この話では、藁に括られて飛んでいくのは虻であるが、高貴な身分の若君が夢中になって欲しがるさまが微笑ましい。

『尾張童遊集』より蜻蛉捕り
（『日本歌謡研究資料集成 第8巻』勉誠社，1977年）

小石の仕掛けを用いた蜻蛉捕り

糸に結んだオトリを使う以外にも、トンボを捕る方法はいくつかある。小寺玉晁《こでらぎょくちょう》著『尾張童遊《おわりどうゆう》集《しゅう》』は、天保二年（一八三一）に成った尾張地方童戯童謡の集成であるが、本書のトンボ捕りの図には、子どもがごく小さな石二粒を糸に結んだものを上空のトンボに向かって投げ上げる様子が描かれている。餌の虫と間違えて近づいたトンボが糸に絡まって地面に落ちてくるらしい。この方法によるトンボ捕りは、『尾張童遊集』のほか、宝暦二年（一七五二）刊『絵本家賀御伽《えほんかがみとぎ》』などにも見え、近代に入っても事例報告（摂津）がある（大田才次郎『日本全国児童遊戯法』博文館、一九〇一年）。また、矢島稔は、昭和十年代、まだ舗装されていない早稲田通り（東京）でのこととして、次のような回想を記している。

高いトンボには「ホロ」「ブリ」とよばれた糸とおもり（石や空気銃のたま）を赤い布で包んで両端につけた仕掛けが投げ上げられた。（中略）遊びとはいえ、いわば技をきそう競争だからみんな真剣だった。まっすぐに飛んでくるトンボめがけてホロを投げ上げると、二つのおもりが開いて落ちてくる。その片方を餌だと思ってトンボがつかむと、もう一方が分銅になって糸がトンボの体をぐるぐる巻きにして落ちてくる。こんな痛快な遊びはなかった。

（『昆虫ノート』新潮文庫、一九八三年）

中世から近代にいたるまで、トンボ少年たちは熱い。

4　目を回す蜻蛉・くしゃみする蜻蛉

蜻蛉捕りの色々

前節で見てきたように、トンボを捕らえる場合、オトリを使う方法と、小石の仕掛けを使う方法は並行してよく行われていたようだ。沖縄には、二つの方法それぞれに専用のトンボ捕りの歌が伝わっていた。

あーけーじゅー　給《たん》もーりー　たーまか精《しー》　うっ飛《とぅ》ばし
（とんぼを下さい　やんまの精を飛ばすから）
てぃんたーまよ　来いよ　此《く》り食《くー》らんせ　狂《ふ》り者《むん》ど
（大やんま来いよ　これを食わないのは狂ったやつだ）

前者がオトリを使う場合、後者が小石を投げる場合の歌だという（久保けんおほか『鹿児島　沖縄のわらべ歌』柳原出版、一九八〇年）。

目を回す蜻蛉

子どもの頃、私自身がトンボを捕らえた方法は二つだった。トンボはとがった物の先端に止まる習性があり、一度止まった場所にすぐ戻ってくる。トンボが止まっていた杭や草の茎の上部を手で握り、人差し指一本を差し出してじっと待っていると、トンボはやがて戻って来て、指先に止まるので、その脚を捕らえる方法が一つ。もう一つは、止まっているトンボの目の前に人差し指を差し出し、ゆっくり輪を描く方法。トンボは指先を追い、目を回してしまって動けない(と、子ども心には思っていた)。その隙に、もう一方の手で羽を捕まえるのである。江戸時代の随筆類を繙くと、後者の方法についてふれたものに行き当たる。

蜻蛉の不動呪

根岸鎮衛《やすもり》(一七三七〜一八一五)著『耳囊《みみぶくろ》』には、「蜻蛉をとらゆるに不動呪の事」として、

草木にとまる蜻蛉をとらへんと思ふに、右蜻蛉に向ひての丶字を空に書てさてとらゆるに、動く事なしと也。

と記述している。「不動呪」とは大仰だが、蜻蛉に対して、「の」の字を書くような指を回す動作に呪的な力を見ていたらしい。「不動呪」とは、本来、不動明王の加護を祈る呪文で、たとえば十三世紀前半に成立した説話集『宇治拾遺物語』第十七話には、百鬼夜行に会った修行者が、不動呪を唱えたことでどうにか難を逃れたという話が見える。『耳囊』では、トンボが動かなくなる(不動)という意味で、パロディー化して使っているのであろう。

また、文政(一八一八〜三〇)頃の長谷川宣昭《のりあき》が著した『三余叢談《さんよそうだん》』には、斎藤謙から聞いた話として、

おなじ新島の童が談に、蜻蛉《とんぼう》を捕へんには、彼がとまり居たる所を目当《めあて》に、此方の指してそのめぐ

りを輪廻《わめぐ》らすまねをするなり。一度輪廻らしおほせたらんには、蜻蛉飛去ことを得ず。それをやう〳〵にめぐらしせばめもて行て、つひに蜻蛉がもとまでめぐらしむれば、やすく事もなくとらへらるゝなりといへり。

とある。一度、蜻蛉の回りに輪を描き終われば、蜻蛉は飛び去れなくなるというのは、『耳嚢』の「不動呪」に通じる記述であろう。「おなじ新島の童」とは、斎藤の隣の家で伊豆の新島から召し置いたという童である。

『三余叢談』の前の条「猫をなやませし童」は、この子が語った別の話になっている。ある時、垣下で昼寝をしている猫に、この童が息を吐いたり吸ったりしたところ、その猫が狂い回り出したので、見ていた斎藤は驚いて、いったい何のわざかと聞くと、童は次のようなことを答えた。

これは猫に限ったことではない。何であっても、生き物が寝入って息を吐く時にこちらの息を吸い、相手が息を吸う時、こちらの息を吐くということを繰り返して五度に及んだ時には、相手は必ず狂い回る。息を合わせている間は、いつまでも声を立てず、狂い回っているが、こちらが息を止めれば、すぐもとに戻って走り去る、と。

斎藤からこの話を聞いて書き留めた長谷川宣昭は、狐や狸が人を化かし、浮かれさせるような時も、同じわざをするのだろうか、と疑問を記しており、この童は狐狸に並ぶような特別な力を持った者として扱われている。その子がトンボの回りに輪を描く行為も、何やら神秘的な力のあるものとして認識されているようだ。実際のところは、動く指先を餌かと思い、神経を集中させている状態のトンボは、捕獲者への注意力が大きく低下しているということらしい（生方秀紀・トンボ自然史研究所代表談。「excite ニュース」二〇一五年八月二十日）。

くしゃみする蜻蛉

これまで見てきたように、人間、特に子どもたちに親しいトンボは、鼻毛に繋がれるとか、目を回すとか、やや間のぬけた滑稽な表現でもって捉えられることがしばしばあった。

時代は遡るが、弘仁（八一〇〜二四）初年に成立した『琴歌譜《きんかふ》』所収の古代歌謡には、くしゃみする蜻蛉が登場する。

つぎねふ　山城川《やましろがは》に　蜻蛉《あきつ》はなふく　はなふとも　我《あ》が愛者《はしもの》に　逢《あ》はずは止《や》まじ

この不思議な歌は、「山城川のトンボがくしゃみをする、トンボがくしゃみをしようとも、私はいとしい人に逢わずにはおかない、きっと逢ってみせる」といった意味である。「はなふく」の古い確実な用例は見出せないが、一首の構成から、次に見える「はなふ」（くしゃみをする）と同様の内容を表現しているものと思われる。時代はやや下るが、『和名類聚抄』（九三一〜三五年成立）巻三「鼻」の項目に附された「嚏」には、「〈和名波奈比流〉噴鼻也」（〈〉内は割注）とあるから、「鼻噴く」という表現の存在を確かめることができる。「はなふ」の用例は、『万葉集』に見出され、一例を挙げると次の通り。

眉根《まよね》掻き鼻ひ紐解け待てりやもいつかも見むと恋ひ来《こ》し我《あれ》を　（巻十一・二八〇八）

（眉を掻き、くしゃみをし、紐も解けて待っていてくれたのか、早く逢いたいと恋しく思い続けてきたこの私を）

今日なれば鼻の鼻ひし眉かゆみ思ひしことは君にしありけり　（巻十一・二八〇九）

（今日だからこそくしゃみが出て眉がかゆいと思ったのは、あなたに逢える前兆だったのね）

この問答歌からわかるように、くしゃみが出ることは、眉がかゆくなることや、衣の紐が自然に解けることと同じく、待人が来る予兆と結びつけて解釈されていた。しかし、『琴歌譜』の歌は、トンボがくしゃみをしようとも、恋人に逢わずにはおかない、というのであるから、トンボのくしゃみは吉兆ではなく、凶兆でないと意味がつながらない。この点については、くしゃみが通常とは反対に、不吉の前兆と解された場合もあったのであろうと推測する説（木本通房『上代歌謡詳解』東京武蔵野書院、一九四二年／小西甚一校注『日本古典文学大系　古代歌謡集』岩波書店、一九五七年／岩下均『虫曼荼羅』春風社、二〇〇四年など）が多いが、「はなふとも」に「はなふとも、はなひずとも――前兆があろうともなかろうとも」の意が含まれていると考える説（賀古明『琴歌譜新論』風間書房、一九八五年）もある。ここではトンボのくしゃみが恋をめぐる何らかの前兆として取り上げられている点に注目しておきたい。

待人来たる蜘蛛の行い

虫のある行動が、恋人と逢える前兆と捉えられることは、トンボのくしゃみに限らない。もっと広く知られた俗信に、蜘蛛の振舞を恋人の来訪の前兆とするものがある。

『日本書紀』允恭《いんぎょう》天皇八年（四一九）二月の記事には、衣通郎姫《そとおしのいらつめ》が天皇を恋い慕って歌った歌がある。姫は容姿端麗で、美しさが衣を通して輝くほどだというのでその名がある。

我が背子《せこ》が来《く》べき夕《よひ》なりささがねの蜘蛛の行ひ今夕著《こよひしる》しも

「今夜は我が夫がきっとお出でになる夜だわ、蜘蛛の行動が今夜は特に目につきますもの」という歌を聞き、実はひそかに訪れて姫の様子を見ていた天皇は、すっかり感動してしまう。この歌は、『古今和歌集』墨滅歌に、下の句を「ささがにの蜘蛛の振舞かねてしるしも」(一一一〇)として見える。「蜘蛛の行ひ」あるいは「蜘蛛の振舞」が具体的にどのような動きを指すのかには諸説あり、元永元年(一一一八)から大治二年(一一二七)頃までに成立した藤原範兼の歌論書『和歌童蒙抄』には、「蜘蛛の振舞とはあつまると云にや」とあり、さらに、「蜘蛛垂客人来と云文あり。可尋」とも記す。範兼自身、典拠はわからないものの「蜘蛛垂客人来」(蜘蛛が垂れ下がってくると客人が来る)という文があるので、調べなければならない、というのである。順徳院(一一九七~一二四二)が晩年に完成させた歌論書『八雲御抄《やくもみしょう》』には、「蜘蛛の振舞といふは、待つ人の来るには軒より下がり、又、衣にかかるなどいふ」とする。また、『栄花物語』巻三十五には、藤原通房《みちふさ》の死後、帳台に蜘蛛が巣を張っているのを見て、北の方が、「別れにし人は来《く》べくもあらなくにいかに振舞ふささがにぞこは」という和歌を詠んだことが記される。「ささがに」は、先に見た衣通郎姫の歌のように「蜘蛛」にかかる枕詞として用いられることもあったが、蜘蛛そのものの異称としても使われる。お別れした人(通房)はもう来て下さるはずもないのに、この蜘蛛は何と思って巣など張っているのだろうか、という意味で、この場合の蜘蛛の「振舞」の具体的内容は、巣を張る(本文「巣をかきたりければ」)ことである。

以上のように、軒や天井から垂れ下がってくること、人の衣に取りつくこと、巣を張ることなどの蜘蛛の動きが、待人の来る前兆として喜ばれたのであった。トンボのくしゃみもこれに類するものだったのだろうと想像されるが、広く享受された様子は窺われない。

蜻蛉の産卵

それにしても、川でトンボがくしゃみをするとは、いったいどういうことなのであろうか。小西甚一は「何かの動作をクシャミに見たてたものか」とし、木本通房は、飛んでいる時に急に方向を変えること、あるいは、水面に降りてきて、水を飲むために鼻先をつけて、まっすぐ飛ぶことなど、「何か蜻蛉の特殊な飛び方」を指すのではないかと考えている。賀古明は、問題の「はなふく」を「鼻振く」と解して、木本説の後者と同様に、川で水を飲む姿態を写実描写したものとしている。トンボは、体を冷やしたり、水を飲んだりするために水浴びをすることがあるが、その場合、体全体を水につけるような状態になり、頭だけをつけるというわけではない。一方、尾の先をちょんちょんと水につけて産卵する様は印象深く、たとえば、俳諧にも例が見られる。

静かなる水や蜻蛉《とんぼ》の尾に打つも　（太祇）
蜻蛉《とんばう》の尻でなぶるや角田《すみだ》川　（一茶）

尾をくっと曲げて産卵する様子は、はーっくしょん！　と体を曲げてくしゃみをする姿に見えなくもないが、見立てとしては誇張に過ぎるだろうか。

5 蜻蛉と武将たち

前節まで見てきたように、トンボは子どもたちのよき遊び相手であったが、武将たちの身を飾ることもあった。遺存例は、安土桃山時代から江戸時代に下るものだが、トンボの文様が使われた箙や刀の小柄、兜などが見られる（『日本の文様　鳥・虫』光琳社出版、一九七七年／『日本・中国の文様事典』視覚デザイン研究所、二〇〇〇年ほか）。

勝虫の呼称

文様研究においては、トンボについて「古くから勝虫《かちむし》と呼んで、尚武の意味から武士に好まれ、武具の文様とされた」（岩崎治子『日本の意匠事典』岩崎美術社、一九八四年）といった指摘がしばしばなされるが、「勝虫」の呼称は古辞書には見当たらない。管見に入ったのは、大槻文彦『言海』（一八八九～九一刊）で、「かつむし」として立項し、「蜻蛉《トンバウ》ノ異名、勝ツヲ祝シテ、武具ナドニ、多ク、其象ヲツク。」とする。『言海』を増補した『大言海』（一九三二～三七刊）では、語釈（『言海』と同じ）の前に、「〔雄略天皇ノ御腕ニ、虻《アブ》ノ食ヒツキタルヲ、蜻蛉ノ来テ食ヒシ事アリ、（雄略紀）コレニ起ル名カト云フ〕」として、「勝虫」の名の由来が書き加えられている。「カト云フ」という書き方からすると、何らかの典拠があったものと思われるが、植物学者・民俗学者として名高い南方熊楠による次の記述は、あるいはその典拠となり得るものの一つではなかろうか。

拙妻の亡父の話しに、蜻蛉を勝ち虫と名け、武士の襦袢等の模様に用ゆ。自身も長州征伐の時然せりと。神武帝、蜻蛉に依て国に名け玉《なづ》ひし事あり。雄略帝、此虫が虫を誅せしを、褒め云ひし事も有り、崇拝と迄無くとも、古来吉祥の虫と看做《みな》されたるを知るべし。（「本邦に於ける動物崇拝」）

熊楠の妻・松枝は、和歌山県闘鶏《とりあわせ》神社の宮司・田村宗造の四女である。宗造は漢学者で、もと紀州藩士であった。熊楠は、岳父から、土地の口伝・俗伝を多く教えられている（平野威馬雄『くまくす外伝』濤書房、一九七二年）。先の記述によれば、宗造は長州征伐の時、トンボの模様の襦袢を身に着けたという。熊楠は勝虫の名を宗造から聞いて知ったらしいが、続けて神武天皇、雄略天皇の逸話を挙げ、トンボが吉祥の虫と見なされたことと「勝虫」という縁起の良い呼称とを重ね合わせて解釈している。しかし、神武天皇、雄略天皇と蜻蛉の逸話は、本章第1節で紹介した通り、「蜻蛉島《あきづしま》」という日本の国名に関わるもので、戦の勝ち負けとは関わりがない。熊楠の文章は、明治四十三年（一九一〇）十一月の『人類学雑誌』第二十六巻に発表されたもので、『言海』にない名の由来が、『大言海』に「カト云フ」として加わったのは、熊楠の文章の発表を経た後であるため、その影響を考えたくなるところである。いずれにせよ、現在の文様研究におけるトンボの解説は、おそらく『言海』の語釈・解説に基づくものと思われ、従って、トンボの文様を付した武具を使用した中世・近世の武士たちが、その文様を「勝虫」の名で呼んでいた可能性は低そうだ。

兜と蜻蛉

勝虫の名で呼ばれていたか否かに関わらず、先にふれた通り、箙や刀の小柄、素襖、肩衣など、武具や武士の着用する装束にトンボの文様が付されている例はしばしば見られる。特に目を引くのは、兜に用いられたトンボであろう。ミネアポリス美術館所蔵の Dragonfly Helmet

（十七世紀）は、兜全体が頭を下にしたトンボの形になっている。人がかぶると、前頭部にトンボの大きな目玉が二つ並ぶ。頭上にはトンボの尾が長くそびえ、羽が左右に突き出ている。このような奇抜なデザインの変わり兜は、安土桃山期に流行し、江戸時代の泰平の世には、実用品ではなく美術工芸品といった趣を持つようになる（須藤茂樹『戦国武将　変わり兜図鑑』新人物往来社、二〇一〇年）。ミネアポリス美術館所蔵の兜は、かなり奇抜なものであるが、よく見られるのは、兜にトンボ形の前立がついているものである。岩国歴史美術館蔵浅葱《あさぎ》糸威《いとおどし》帽子形兜《もうすなりかぶと》、林原美術館蔵兜（横矧塗込《よこはぎぬりこみ》二枚胴《にまいどう》具足《ぐそく》の内）、宮坂考古館蔵黒韋張懸《くろかわはりかけ》頭巾形兜《ずきんなりかぶと》などの例が残る。貞享元年（一六八四）刊の『武具訓蒙図彙』巻二には、「冑前立《カフトマヘノタテ》物《モノ》」として、立物が絵入で紹介されており、その中には、「蜻蛉《トンバウ》」も見えている。ちなみに、本書に載る虫の立物は、トンボのほかに、蜂、蟬があり、トンボだけが特別というわけではないが、他者を刺す蜂

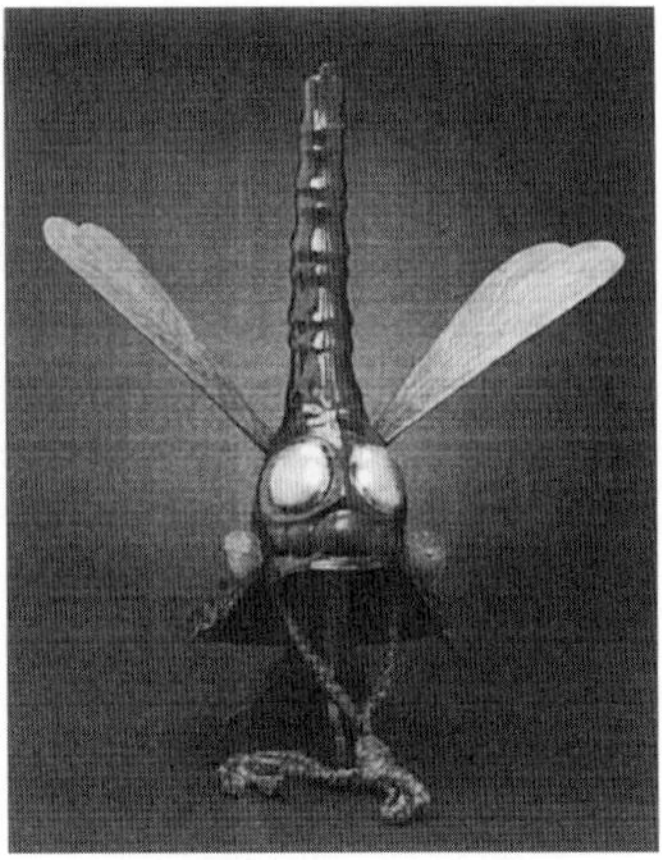

ドラゴンフライ・ヘルメット
(Dragonfly Helmet)（ミネアポリス美術館蔵）
（http://www2.artsima.org）

浅葱糸威帽子形兜（岩国歴史美術館蔵）
（『武士のいでたち　変わり兜と合戦図屏図』岸和田市立郷土資料館，1995年）

や、大きな声で鳴く蟬の持つ勇ましいイメージは、すばやく飛翔する肉食のトンボとも共通するものと思われる。虫の体の一部としては、蝶の羽も挙げられている。蝶は勇猛とはいい難いが、羽の美しさによって選ばれたのであろう。同様の例として、本書には「鴦《ヲシ》ノ思《オモヒ》羽《ハ》」「山鳥《ヤマトリノ》尾《ヲ》」も載る。

槍の名物・蜻蛉切

先に見た兜の例のように、トンボの装飾が施されているわけではないが、「蜻蛉《とんぼ》切《ぎり》」の銘で呼ばれた槍があった。幼少の時から徳川家康に仕え、戦陣のたびに大きな戦功をあげ、猛将の誉れ高い本多忠勝の槍である。元禄十五年（一七〇二）、新井白石がまとめた大名家の系譜と伝記の集成『藩翰譜《はんかんふ》』には、「蜻蛉切」について、次のような記事が見える。

> 槍の身長きに、柄ふとく、二丈許《ばかり》なるに青貝すつたり。蜻蛉の飛び来て忽ちに触れて切れたれば、かくぞ名付けしなる。忠勝年老いて後、或日桑名の城下、町屋河原に出て馬に乗りながら、此の槍の石突をとりて振りけるに、帰りて柄三尺斗《ばかり》切りて捨たり。人怪しみければ、兵仗はおのが力をはかりて用いるべきものなりといひしなり。

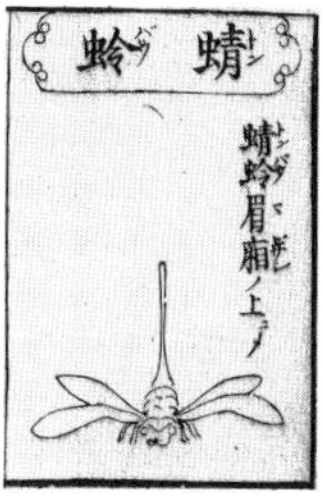

蜻蛉

蟬

蜂

冑前立物
（『近世文学資料類従　参考文献編１　武具訓蒙図彙』勉誠社，1975年）

「蜻蛉切」は、二丈（約六メートル）の太く長い柄の槍で、その柄は螺鈿で美しく装飾されていた。名の由来は、飛んで来て槍の刃先に触れたトンボが断ち切られてしまったことによるという。それほど切れ味鋭い槍を使いこなす忠勝への賞賛が含まれた記述である。さらに、年老いてから、忠勝は、この「蜻蛉切」の柄を三尺（約九十センチメートル）切ってしまった。驚いた周囲の人が聞くと、忠勝は、「武器は、おのれの力に合わせて用いるものだ」と言った。若い頃には使いこなせた長さも、年老いては難しくなり、潔く柄の一部を切り捨てたのである。『藩翰譜』によれば、忠勝は、十七歳の初陣から、生涯に大小五十七度の戦を経験し、遂に一度も負けたことがなく、一箇所の傷を負ったこともないという。「蜻蛉切」の逸話は、そのような勇将にふさわしいものであろう。

蜻蛉のとんぼ返り

「勝虫」の呼称は、先に述べたように、さほど遡れないと思われるが、武士たちがトンボを好んだのは、戦での勝利にも結びついていくような、この虫の敏捷さや攻撃性によるのであろう。トンボは前にしか進まないからだ、という説も唱えられているが（芦田正次郎『動物信仰事典』北辰堂、一九九九年など）、そもそも後ろに進み続ける虫がいるだろうか。

肉食の虫はほかにもいるが、蟷螂や蜘蛛が、獲物をじっと待っているのに対し、トンボの特筆すべき点は、すばやく飛びながら捕食するところであろう。トンボは前翅と後翅を交互に上下させるため浮力が一定になり、体を一直線に前進させることができる。速いトンボなら時速にすると八十キロのスピードが出せるといい、急上昇、急降下も可能だし、急に後方に身を翻したりする（杉村光俊『トンボ王国』新潮社、一九八五年）。すばやく方向転換をすることを「とんぼ返り」というが、それは、飛んでいる最中のトンボがさっと向きを変えるさまから出た譬えである。

剣術としての蜻蛉返り

忠勝の槍は「蜻蛉切」と呼ばれたが、太刀や長刀の使い方の一つに「蜻蛉返り」があった。天保十四年（一八四三）序、源徳修の編んだ剣術書『撃剣叢談《げっけんそうだん》』巻三には、「ゑんぴ身の金」という「勝負太刀」について、次のような記述がある。

是は太刀を提てすらすらと敵に寄て、一つ誘ひ太刀打て、燕の通る如く跡へ引く也、敵付込み打時に、飛違へて身のかねを以て打也、又蜻蛉がへりといふなり。

「ゑんぴ」は「燕尾」と思われるが、敵を誘うように一太刀打って燕のごとく後方へ引き返し、突っ込んできた敵に対して、身を翻して打つ方法で、これを「蜻蛉返り」とも呼んでいる。身軽に向きを変えて敵を斬る方法らしい。

浄妙房明秀と一来法師

『平家物語』巻四「橋合戦」では、以仁王《もちひとおう》側について平家の大軍と戦った、園城寺の堂衆（雑役に従事した僧）・浄妙房明秀《じょうみょうぼうめいしゅう》の奮戦ぶりが次のように語られる。

橋の行桁を、さらさらさらと走りわたる。人はおそれて渡らねども、浄妙房が心地には、一条二条の大路とこそふるまうたれ。長刀で向かふ敵、五人なぎふせ、六人にあたる敵にあうて、長刀なかよりうち折ッて、捨ててンげり。その後太刀をぬいて、たたかふに、敵は大勢なり、蜘蛛手《くもで》、角縄《かくなわ》、十文字、とンぼうかへり、水車、八方すかさずきッたりけり。

浄妙房明秀は、橋板をはずした宇治橋の、細い行桁《ゆきげた》（橋脚の上に渡した材木）の上を、まるで普通の道を行くように自在に走りまわり、五人の敵を斬って長刀が折れると、太刀をぬいて戦った。「蜘蛛手」以下は、太刀の使い方の名で、その中に「蜻蛉返り」も見え、さまざまな技法を駆使して八方に隙間なく斬りまくった様子が表現されている。すなわち、「蜘蛛手」は蜘蛛の手足が中心から八方に伸びているように、四方八方へ太刀を振るうこと、「角縄」はねじれた揚げ菓子で、その形のようにぐるぐるねじれたさまに斬りまわることとかとされる。水車は、水車が回るように太刀をふりまわすことであろう。室町時代に描かれた『石山寺縁起』には、長刀をくるくると回す僧の姿が見え、「水車」に対応するものと思われる。明秀の身体能力の高さや太刀使いの技術の高さ、勇猛果敢な性質がよく表現されている。

ちなみに、祇園祭に出される浄妙山に乗る人形は、奮戦する浄妙と、その頭上に手を置いて、浄妙を躍り越えていく一来《いちらい》法師の姿を表現している。これは、『平家物語』の先の引用場面に続くところで、後ろからやってきた一来法師が、狭い行桁の上で「あしう候、浄妙房」と声を掛けて、肩を乗り越える一瞬を切り取ったものである。

一来法師はその後、討死。手傷を負い、戦い疲れた浄妙は、浄衣姿で奈良へ落ちて行く。悪僧（合戦や強訴などの実力行動において活躍する僧）の自由な戦いぶりの典型とされるが、最後まで以仁王の元に留まるのでもなく、すいと身を翻す浄妙は、まさに身軽なトンボのようでもある。

長刀を回す
（『新修日本絵巻物全集 22 石山寺縁起』角川書店，1979 年）

橋合戦の明秀と一来
（『林原美術館所蔵　平家物語絵巻』林原美術館，1992 年）

6　蜻蛉返りする人々

芸能の技としての蜻蛉返り

前節では、太刀や長刀の使い方としての「蜻蛉返り」を紹介したが、現代語でも使われるように、空中で身体を回転させることも蜻蛉返りといい、さまざまな芸能において、難易度の高い技として特筆されることもある。たとえば、古代中国から伝わった舞楽「蘭《らん》陵王《りょうおう》」の中にも、「蜻蛉返手《とんぼうがへりのて》」があった。

舞楽「蘭陵王」の蜻蛉返手

舞楽「蘭陵王」の由来には諸説あるが、天福元年（一二三三）頃に成立した楽書『教訓抄』が第一に挙げるのは次のような逸話である。

北斉（五四九〜七七）に、才知武勇にすぐれた蘭陵王長恭《ちょうきょう》という人がいた。容貌があまりに美しかったので、戦の際にも兵士たちは戦おうとせず、ひたすら将軍を見ようとばかりしたので、長恭は仮面を着けて戦に臨んだ。その戦勝の様を舞にしたという。『教訓抄』には、さらに、この「蘭陵王」の名手で、「生陵王《いきりょうおう》」と称された舞人・大友成道《なりみち》（伝未詳）に関する次のような話が載る。

成道が関東に下った折、常陸国鹿島神宮で蘭陵王を舞った。その国の書生《しょしょう》（国司に属した下級官吏）であった翁がその舞を見て、次のように語る。――私は、蘭陵王を見るのは初めてだが、聞いていた話では、蘭陵王とは一踊りすれば千里を駆け、石を踏めばその石は泥のように崩れ、気を吐けば雷が鳴るような激しさだと言う。小竜を額の皺にたたみ留めようとするほどのものなのに、ただいまの「蘭陵王」は、「蜻蛉返」も「髭取手《ひげとるて》」もことのほか生ぬるい。「生陵王」と呼ばれているほどの人にしては何とも期待外れだ――そう言って翁は成道を嘲笑い、席を立った。舞い終わって楽屋に入ろうとする成道を呼びとめて、「髭取るところは、両手で髭を撫で、最後は荒々しく手を放すべきです。さきほどの舞は私が聞いていたのとは違って奇妙だ。こんなことを言うのは差し出がましいとお思いでしょうが、よくお聞きになって、覚えていてください」と言って去っていく。成道は驚き、「見知らぬ翁が、こんな遠い国でこのようなことを言うのはただごとではあるまい。きっと神が化現したものに違いない」と考え、教えられた通りに舞うと、大変素晴らしかったとかいうことだ。

この話の中心は、「髭取手」という秘伝の舞の手にあるが、「髭取手」と並んで記される「蜻蛉返」も極めて難しい技であったと推測される。

舞楽「蘭陵王」
（前掲『雅楽事典』）

蹴鞠の蜻蛉返り

舞楽の中で定まって演じられる手とは違うが、蹴鞠の技の中にも蜻蛉返りがある。寛永八年（一六三一）成立の賀茂流蹴鞠の伝書『蹴鞠《しゅうきく》之《の》目録《もくろく》九十九ケ条』には、

とんぼうがへりと云足。池堀などの上へ鞠行く時、中《（宙）》にて其のまゝ後さまに帰る足也。成通卿よりほか蹴る人なし。

とあり、空中で鞠をとらえ、そのまま身体を回転させ、後ろ向きに鞠を蹴り返すものらしい。ほかにこの技のできる人はいないといわれている藤原成通《なりみち》（一〇九七〜?）は鞠の名手として名高く、『蹴鞠之目録九十九ケ条』は、ほかの箇所でも「とんぼうがへり」と成通に関する次のような逸話を記している。

ある時内裏で御鞠があったが、成通は遅れて出仕したため、帝のご機嫌はすこぶる悪かった。鞠が始まってからの出仕だったので、成通はそのまま懸《かかり》の木（蹴鞠場の四隅に立てる木）のそばに立ったところ、大きくそれた鞠が飛んで来た。成通は七歩ほど走って、後ろ向きに飛びながら、鞠を懸の中に蹴り返した。なんと素晴らしい技であることかと帝も感心し、すっかりご機嫌を直され、この成通の技を「とんぼうがへり」と名付けなさった。関白を始め、その場にいた人々は、これほどすぐれた技は、末代まで伝えようというので、「とんぼうがへり」の名を書きとめておかれたということだ。

この話によれば、「蜻蛉返り」という蹴鞠の技は、成通によって創始された、ということになる。旧西ドイツのイナ・バウアーによって開発されたフィギュアスケートの技「イナバウアー」や、塚原光男によって編み出された体操競技（鉄棒）の下り技「月面宙返り」などのように、特定の人物が開発した技は、いずれ習得する人物も出てこようが、ひとまず開発者が得意技として繰り返し披露することが予想される。しかし、成通の「蜻蛉返り」は、本人によっても再現することは難しかったらしい。

成通と蹴鞠
――『古今著聞集』の逸話

建長六年（一二五四）成立の説話集『古今著聞集《ここんちょもんじゅう》』四一〇話には、次のような逸話が見える。

成通の父が、かつて仏師を召して仏を造らせていたことがあった。その際、端近の御簾をあげて格子戸のもとによせかけていた。成通はまだ若い時分で、庭で鞠を蹴り上げていたが、その鞠が格子と御簾との間に入り込んだのに続いて、成通自身も飛び込んだ。しかし、父の前で無作法だったので、鞠を足に乗せて、格子の外側の板敷を踏むことなく山雀がもんどり打つように飛びかえって来た。これはまったく凡夫の技ではない。成通は「我が一期に、このとんばうがへり一度なり」（私の一生涯に蜻蛉返りをしたのはこの一度だけだ）と自称したということだ。

この記事によれば、成通は父の座敷に飛び込んだ鞠を無作法にならないよう、とっさに蜻蛉返りで蹴り出したことになっている。すなわち、ここでの蜻蛉返りは、蹴鞠の技の名前ではなく、成通の体の使い方を指しているように思われる。こうして見ると、先に挙げた『蹴鞠之目録九十九ケ条』の逸話は、この説話を発想源として、後代に作られたものと考えた方がよさそうだ。

さて、『古今著聞集』は、蹴鞠のエピソードに続けて、「大方この大納言はかく若くより早わざを好み給ひて」とし、成通が垣根の上ではなく側面を走ったり、屋根の上に寝て棟から転がり下り、軒で安座（安定した形で座ること）したりしたこともあったと紹介する。成通の早わざへの熱中は父が制止してもおさまらなかった。とうとう鳥羽院の耳にまで入り、制止なさったが、なお止まなかったので、御前に召して「お前が早わざを好むことに何の益があるのだ」とおっしゃった。すると成通は次のように申し上げた。――大した益はありません。ただし、宮中に参上する際、私が連れている召使の少年は一人か二人に過ぎません。雨が降りました時、一人が笠をさして、車の簾を持ち上げる者がいない場合、片手で左右の袴の裾をたくし持ち、片手で簾を持ち上げて飛び乗りましたら、装束を少しも損なうことなく、奉公の役に立ちます。――この後は、鳥羽院も制止なさることもなくなったという。

成通と知康
――早わざと今様

このように、驚くべき敏捷さと身軽さを持つ成通は、今様の名手としても名高い。歌唱能力と運動神経は必ずしも連動しないが、今様という歌謡の性格は軽やかな曲芸と通う一面を持っているように思われ、早わざに向かう興味と今様に向かう興味が、一人の人物の中に共存するのも不思議ではない。

たとえば、平知康《ともやす》は「法皇近日第一近習者也」(『玉葉』治承五年〈一一八一〉一月七日条)と言われるほど、後白河院の寵を得た人物であり、院から今様を習ってもいる。『梁塵秘抄口伝集』巻十には、

知康、昨日今日のものにてあれども、声悪しからぬうへに、面《おも》なくうたふほどに、習ひたるほどよりは上手めかしきところありて、悪しくもなし。

(知康は昨日今日に始めたばかりの未熟な者だが、声が悪くない上に、恥ずかしがりもせずに歌うので、練習した日が浅いわりには上手めいたところがあって悪くもない)

とあり、院からまずまずの評価を得ていた。知康は鼓の名手で「鼓判官《つづみほうがん》」とも呼ばれる。『平家物語』巻八によれば、後白河院方と源義仲方が戦った寿永二年(一一八三)十一月の法住寺合戦では、知康は院方の軍勢の指揮をとった。鎧は着けず、甲だけの姿で御所の西の築垣の上に登り、片手には矛、片手には金剛鈴を持ち、鈴を振りながら舞ったので、人々には「知康には天狗ついたり」と笑われる始末である。戯画化された表現ではあるが、垣の上に登り、そこで舞うといった身軽さは、成通に通じるものであろう。源平盛衰記の巻三十四では、知康はこの時、「ウレシヤ水」と囃したことになっている。

「ウレシヤ水」は、『梁塵秘抄』に「滝は多かれど　うれしやとぞ思ふ　鳴る滝の水　日は照るとも絶えでとうたへ　やれことつとう」（滝は多くあるけれど、うれしいと思うことよ。鳴りとどろくこの滝の水は。日は照りつけても水は絶えることなく、とうとうと鳴っている。ヤレコトットウ）と見える今様の類歌と思われる。
藤原定家の日記『明月記』には次のような記述が見える（〈　〉内は割注）。

実信一人はやす、うれしや水、六位以上卿相以下乱舞、（建永元年〔一二〇六〕九月二十三日条）

十八日未刻自南谷襲無動寺合戦、（中略）切房二宇〈宝積房、仙寿房〉、うれしや水之曲はやして帰入南谷、（天福元年〔一二三三〕二月二十日条）

前者は、貴族たちが歌い舞う例、後者は、延暦寺東塔内の南谷と無動寺の合戦において、無動寺の二つの房を破壊した南谷側の僧兵たちが歌い囃す例であるが、これらの記事では、「うれしや水」は曲名のように扱われている。それほどに広く流布した歌謡だったといえよう。

さて、同じく源平盛衰記の巻三十四には、知康が源頼朝とその長男・頼家の前で、鼓打ちと一二《ひふ》を披露したことが記される。文永五年（一二六八）～建治元年（一二七五）にかけて成った語源辞書『名語記《みょうごき》』によれば、「一二」とは、「一二三四《ひふみよ》」と数えるところからの名称で、石や玉を投げては取り、投げては取りすることである。知康は、まず鼓を取って、最初は座って打っていたが、後にはひざまづき、直垂の肩を脱いでさまざまに打ち、最後は座を立って、柱間が十六間ある武士の詰所を巡りながら、柱のところに来るたびに、腰を回したり、肩を回したり、さまざまに踊りながら鼓を打った。次には庭に走り下り、四つの石を拾って、片手で数百千の一二を突き、左右の手で数百、万を突き、乱舞し、「ヲウヲウ」と声を挙げて、一時《いっとき》（今の二時間にあたる時間の単位）ばかりも突いたので、その場の人々は皆、大いに笑い興じた。今様を歌いこなす知康は、このように、曲芸にもすぐれた才能を発揮したのであった。

7 芸能と蜻蛉返り

蹴鞠にすぐれ、蜻蛉返りの技で人々を驚かせた成通は、今様の名手としても著名であった。嘉応二年（一一七〇）成立の歴史物語『今鏡《いまかがみ》』には、次のような記事がある。

成通と今様

侍従の大納言成通と申ししこそ、よろづのこと能《のう》多く聞《きこ》え給ひしか。笛・歌・詩など、その聞えおはしき。今様歌ひ給ふこと類《たぐひ》なき人におはしき。また鞠足《まりあし》におはすることも、昔もありがたきことになむ侍りける。大方ことに力入れ給へるさま、ゆゆしくおはしけり。鞠も千日欠かず慣らし給ひけり。今様も碁盤に碁石百数へ置きて、うるはしく装束し給ひて、帯なども解かで、「釈迦の御法《みのり》は品々《しなじな》に」といふ同じ歌を、一夜に百反《かへ》り数へて、百夜歌ひ給ひなどしけり。（藤波の下第六雁がね）

成通は、笛、和歌、漢詩など多くのものに優れていたが、特に今様と鞠の上手であった。真剣な練習を数多くこなしており、今様については、正装して帯も解かず、碁盤に百の碁石を置いて数えつつ、「釈迦の御法は品々に」という今様を一晩に百回歌い、それを百晩続けたという。ちなみにこの今様は『梁塵秘抄』にも収められている一首「釈迦の御法は品々に　一実真如《いちじつしんによ》の理《り》をぞ説く　経には聞法歓喜讃《もんぽふくわんぎさん》聞く人蓮《はちす》の身とぞなる」（六五）であろう。

成通の今様に関する逸話として、建長六年（一二五四）成立の説話集『古今著聞集』二六六話には次のようなエピソードが見える。

成通が雲林院で鞠を蹴っていた時、にわかに雨が降ったので、階隠《はしがくし》の間《ま》（雨を防ぐために寝殿造りの建物の階段の前に二本の柱を立て、それに庇を作り掛けた所）に入り、階段に腰をかけて晴れ間を待っている間、「雨降れば軒の玉水つぶつぶといはばや物を心ゆくまで」（雨が降ると軒の雨だれがぽたぽたと落ちるが、そのように心の中にたまったことをぽつぽつと気の済むまで言いたいものだ）という今様を口ずさんだところ、中から格子を押し上げて、女房の声で、「ここにいる人は、霊に取り憑かれてわずらっておりましたが、ただいまの歌声を聞いてあくびが出て具合がよくなってきたように見えますので、もう少し歌い続けていただけないでしょうか」と言うので、沓を脱いで堂の中に入り、几帳《きちょう》の外にいて、次のような今様を歌った。

いづれの仏の願よりも　千手の誓ひぞ頼もしき　枯れたる草木もたちまちに　花咲き実熟《な》ると説きたれば

薬師の十二の誓願は　衆病悉除《しゆびやうしつぢよ》ぞ頼もしき　一経其耳《いつきやうごに》はさておきつ　皆令《かいりやう》満足すぐれたり

二首は『梁塵秘抄』におさめられている今様で、一首目は千手観音の誓願の頼もしさを歌ったもの

（『梁塵秘抄』第一句「よろづの仏の」）、二首目は薬師如来の誓願から「衆病悉除」（病をことごとく除く）、「一経其耳」（南無薬師如来の名号がひとたび耳に聞こえれば）、「皆令満足」（衆生の願いをすべて満足させる）を音読で引用したものである。これらを歌ったところ、取り憑いていた霊があらわれ、さまざまなことを言い、ついにその病は治った。本話は「かならず法験ならねども、通ぜる人の芸には、霊病も恐れをなすにこそ」（必ずしも仏法の霊験でなくとも、道の奥義をきわめた人の芸には、不思議な病も恐れをなすのに違いない）と結ばれる。同様の話が建長四年成立の説話集『十訓抄《じっきんしょう》』にも見え、当該話では、成通は瘧病《おこりやまい》（一、二日おきに熱の出る病気）に苦しむ乳母を、「薬師の十二の誓願は」の今様を歌って治したという。

今様の名手・成通は、前節で紹介したように、軽業・早業を得意とする一面があった。今様という歌謡は、どっしりと落ち着いて歌われるものというよりは、流行を追って軽やかに華やかに歌われるものであったと考えられ、その志向は軽業・早業と共鳴するものでもあろう。

田楽の流行

今様の流行と時を同じくして、平安京を狂騒の渦に巻き込んだ芸能があった。田植を囃す神事芸能から発達し、楽器を伴う集団舞踊を主とした田楽《でんがく》がそれである。中でも「永長の大田楽」と呼ばれる騒動は、大江匡房《まさふさ》の記した『洛陽田楽記《らくようでんがくき》』によってよく知られている。

永長元年（一〇九六）夏、郷村の人々から起こった田楽は公卿にまで及んだ。高足《たかあし》・一足《ひとあし》（竹馬状のものに乗って演じる軽業）が行われ、腰鼓《こしつづみ》（腰にくくりつけて左右から打つ鼓）・振鼓《ふりつづみ》（いわゆるデンデン太鼓の類）・銅拍子《どうびょうし》（中央が椀状にふくらんだ二枚の金属円盤を打ち合わせて鳴らす楽器）・編木《びんざさら》（数枚から数十枚の木片をひもで連ね、両端の把手を持って鳴らす楽器）が演奏され、殖女《しょくじょ》・春女《しょうじょ》（田植え・収穫に従事する女性）をまねた芸が披露される。これらは日夜絶えることなく、喧騒の甚だしいことはこの上ない。田楽の集団は、華美を尽くした衣装を身につけ、あるいは寺社に詣で、あるいは街中に満ちあふれる。平安京の人々はみな狂ったようだ。

こうした常軌を逸した狂乱ぶりを、匡房は「霊狐の所為」と記している。この田楽をことのほか好んだのは、白河院の皇女・郁芳門院媞子《いくほうもんいんていし》内親王であった。郁芳門院は、その美貌と性格の良さから、父・白河院が最も愛した娘である。白河院の寵愛により、「天下の盛権、只《ただ》此の人に在り」（『中右記』永長元年八月七日条）と記されるほどの権勢を誇っていたが、永長元年八月七日、わずか二十一歳で急死する。白河院は悲嘆のあまり、心は迷乱し、前後不覚のありさまで、翌々日には出家してしまった。『洛陽田楽記』は、郁芳門院の死を田楽蜂起と結びつけ、「ここに知る、妖異の萌《きざ》す所、人力及ばざるを」と、芸能の爆発的高揚に対する不安を書き付けている。

田楽の蜻蛉返り

永長の大田楽は、平安中期に登場した職業的田楽専業者の姿を京都の貴賤がまねて練り歩いたものであった。

田楽の代表的な芸には、高足・一足などのような軽業があり、また、集団舞踊においても、高く投げ上げた鼓を受け止めて打つなど、曲芸的な要素を特色としたが（『年中行事絵巻』）、鎌倉時代後期になると、職業的田楽専業者は従来の田楽の諸芸に加え、歌舞主体の演劇も演じるようになっていった。

世阿弥の芸談を息男・元能《もとよし》がまとめた『申楽談儀《さるがくだんぎ》』（永享二年〔一四三〇〕十一月奥書）には、田楽について語った次のようなくだりがある。

田楽の風体、はたらきははたらき、音曲は音曲とする也。並び居て、かくかくと謡ふ也。入り替り

田楽

（『新修日本絵巻物全集 24 年中行事絵巻』角川書店，1978 年）

ては、鼓をも「や、ていてい」と打て、蜻蛉返りなどにて、ちゃくちゃくとして、さと入る也。

試みに訳せば、「田楽では、舞は舞、音曲は音曲の芸として演じる。並んで座り、淀みなくまっすぐに謡う。入れ替わっては鼓を「や、ていてい」と打ち、蜻蛉返りなどをして、てきぱきと進行し、さっと引っ込むのである」といったところであろうか。総じて、田楽の芸態は、直線的ですばやく、アクロバティックな側面が強調されているようである。

世阿弥の父・観阿弥は、田楽の役者・一忠《いっちゅう》を「我が風体の師也」とし（『風姿花伝』『申楽談儀』）、世阿弥自身も、田楽の役者である喜阿《きあ》や増阿《ぞうあ》を評価してはいるが、渋味のある演技や物寂びた風情に対しての限定的なものであり、『風姿花伝』に見られる、「田楽の風体は猿楽とはまったく別のもので、「申楽の風体には批判にも及ばぬ」（猿楽の芸と同列に批評することはできない）といった書きぶりからは、蜻蛉返りなどの軽業的な田楽芸に対する冷ややかな態度が窺われる。

観阿弥・世阿弥によって大成された能に、取り入れられることのなかった蜻蛉返りは、歌舞伎の舞台で花開く。

歌舞伎の蜻蛉返り

安永五年（一七七六）刊の芸談『役者論語《やくしゃばなし》』所収「続耳塵集《ぞくにじんしゅう》」には、「宙返《ちうがへ》り事・とんぼうがへりの類は、軽業仕《かるわざし》のまねにて嫌ひ、とんだりはねたり太刀打する事下作《げさく》也とて立者《たてもの》はせず」と見え、宙返りや蜻蛉返りは軽業師のまねであり、飛んだりはねたりする斬り合いは、下品なものであって優れた大物は演じない、とする考え方もあるが、実際、立廻りにおける蜻蛉返りは歌舞伎演技の基本とすべきものとして伝承され続けている。近代に下るが、二世実川延若（一八七七～一九五一）は、その芸談の中で、「立廻りのトンボ、これも昔はいやしくも役者であるかぎり誰彼なしに、一応は修行したもので、父の先代延若なども延次といつた若い旅芝居時代からミッチリ稽古を積んだものとみえ、トンボは非常に得意だつたやうです。例へば名古屋の芝居で（中略）花道の七三で、高下駄に傘をさしたまま三度トンボを切つたといふことで、たまたまこれを見物した戎座の仕打の三栄さんが『親方、このトンボを道頓堀で演《や》つて貰つてゐたら、私は千両儲かりましたのに……』と残念がつたさうです」と述べている（山口廣一『延若芸話』誠光社、一九四六年）。現代の舞台でも、役者がトンボを切るたびに、観客は拍手喝采である。

古代歌謡のくしゃみをするトンボから歌舞伎の蜻蛉返りまで、さまざまなトンボを眺めてきた。本章の最後に、最も古いトンボの姿を見ておきたい。

銅鐸の中の蜻蛉

弥生時代、豊作を祈る祭りに用いられたという銅鐸には、絵の描かれたものがある。そこに描かれているのは、トンボ・蟷螂・蜘蛛・イモリ（トカゲ）・亀・鷺・猪を追う犬と射る人・鹿を射る人・臼を杵

伝香川県出土銅鐸面の絵画

（笹川満廣『虫の文化史』文一総合出版，1979 年）

でつく人・高床倉庫などである。これらは、イネを守るという観点から読み解けるものが多い（笹川満廣『虫の文化史』文一総合出版、一九七九年）。トンボ・蟷螂・蜘蛛・イモリ（トカゲ）・亀・鷺はイネに害をおよぼす魚や虫を捕食するものであり、農作物を食い荒らす鹿や猪は、犬に追われたり、人に射られたりする姿で描かれている。高床倉庫は収穫物を害虫・害獣から守りつつ貯蔵する場所である。臼を杵でつく図は、害虫獣防除とは異なるが、穀物の加工・調理の側面をとらえているのであろう。

銅鐸に描かれる虫のうち、蟷螂については、第一章で取り上げたが、他者を襲う肉食の虫であることに焦点を当てられることが多かった。それに対し、トンボはすばやい飛翔のさまや身軽な動きに注目されることはあっても、肉食という性格はさほど強調されていないように思われる。もちろん、小石の仕掛けを用いるトンボ捕りは、その性格を利用しているものではあるが、同じ肉食の昆虫でも、文芸の世界でその点をどの程度取り上げるかはだいぶ異なっているようだ。では、トンボ・蟷螂とともに銅鐸に描かれた蜘蛛はどうであろうか。次章では、蜘蛛を取り上げてゆきたい。

第六章　中世の意匠と巣を編む虫──蜘蛛

1　吉兆の蜘蛛

蜘蛛の振舞と恋人の訪れ　第五章第4節でふれたように、蜘蛛の振舞は、古代より恋人来訪の前兆と捉えられた。「振舞」の具体的内容については、集まること（『和歌童蒙抄《わかどうもうしょう》』）、軒から垂れ下がってくることや人の衣に取り付くこと（『八雲御抄《やくもみしょう》』）、巣を張ること（『栄花物語』）など諸説があるが、蜘蛛は恋愛において吉兆となる虫であった。こうした考え方を背景にしたものと思われるが、永観二年（九八四）に成った日本最古の医学書『医心房《いしんぼう》』は、中国の『延齢経《えんれいけい》』を引き、「相愛方」（たがいに愛し愛される法）として、以下のような方法を挙げている。

蜘蛛一枚、鼠婦子《オメムシ》十四枚
右ヲ瓦器ノ中ニ置キ、陰乾スルコト百日シタルヲ以テ女人ノ衣ノ上ニ塗レバ、夜、必ズ自《ミズカ》ラ来ルすなわち、蜘蛛一匹、ワラジムシ十四匹を素焼きの器の中に置いて百日間陰干しにし、これを女性の衣服に塗ると、必ず、夜に恋人がやって来る、という。蜘蛛はこのように、待人の来る知らせとされ、さらには逢瀬を叶えてくれるものとして、より積極的な力を見出されていったのである。

親客至る しるしの蜘蛛

春秋時代（紀元前七七〇～紀元前四七六）に編集された中国最古の詩歌集『詩経《しきょう》』の豳《ひん》風《ぷう》「東山《とうざん》」は、出征兵士の望郷の念を表現した詩で、故郷の家を恋しく思い出す中に「伊威《いゐ》は室《しつ》に在《あ》り　蠨蛸《せうそう》は戸《こ》に在《あ》り」（ワラジムシは部屋の中にいる、アシタカグモは戸口にいる）という一節がある。『詩経』に見える動植物に特化した注の先駆的文献として、『毛詩草木鳥獣虫魚疏《もうしそうもくちょうじゅうちゅうぎょそ》』があるが、その「蠨蛸」の注には「此の虫来りて人の衣に著《つ》けば、当《まさ》に親客の至る有るべし」とする。「東山」は出征兵士の立場の詩であるが、家にいる妻の側からすれば、「蠨蛸は戸に在り」は、夫の戻る吉兆と捉えることができるわけである。ここで興味深いのは、伊威——ワラジムシ——と蜘蛛が対になっていることで、先に見た『医心房』「相愛方」で用いられたのもこの組み合わせであった。とすると、ワラジムシにも、待人を呼び寄せる何らかの力があったらしい。

室町時代の儒学者・清原宣賢《のぶかた》（一四七五～一五五〇）の注釈『毛詩抄《もうししょう》』には、

> 蠨蛸は足たか蛛ぞ。人の出入する事もないほどに、網を張てあるぞ。是を親客とも云ぞ。人の衣に此蛛が付けば、親類客人がくると云ぞ。

とある。『詩経』の「東山」の内容からすると、夫婦再会の願いが主であるが、蜘蛛がもたらす喜びは、恋人の訪れだけでなく、親類客人の到来まで、その対象を広げて捉えられていくようだ。なお、現在のアシタカグモは、人家の害虫を餌にする大型の徘徊性の蜘蛛で、巣は張らないが、『毛詩抄』の「足たか蛛」はそれとは異なって、網を張る小さな足の長い蜘蛛らしい。源　順《みなもとのしたがう》の編んだ辞書『和名類聚抄《わみょうるいじゅうしょう》』（九三一〜三五年成立）巻十九の「蠨蛸」の項には「一名蟢子〈上音喜和名阿之太加乃久毛〉小蜘蛛之長脚者也」（〈　〉内は割注）とあるからだ（「蟢子」は後段参照）。

　このように起源の古い俗信は、近代に至っても生き続けており、青森県下北半島の旅館の女主人からの聞き書きとして、次のような報告がある。

> 朝玄関を掃除している最中に天井から下がってくるクモが最もよく、このクモがあるとその日に必ず泊客がドヤドヤと入って部屋が一ぱいになる。もしその日に客がなくても四〜五日の間には必ず来るということである。それでこのクモをお客さんグモと呼び、捕えて神棚にお燈明を灯して逃してやり拝むという。座敷を掃除していても時々下って来るが、このクモも良いには良いが玄関のクモ程の客は期待できないという。（片岡佐太郎「蜘蛛の俗信」『ATYPUS』第四十三号、一九六七年五月）

座敷より、玄関とは！　まさに「室に在り」ではなく「戸に在り」だ。

裁縫上達の願いを叶える蜘蛛

　蜘蛛の導く吉事は、以上のような恋愛成就、親客到来だけではない。七夕と関わって裁縫上達の願いをかなえてくれる虫でもあった。大江匡房《まさふさ》（一〇四一〜一一一一）の記した有職故実書『江家次第《ごうけしだい》』巻八・七月乞巧奠《きっこうでん》の項には、梁（五〇二〜五七）の宗懍《そうりん》著『荊楚歳《けいそさい》時記《じき》』を引いて、以下のような記述がある。

瓜菓ヲ庭中ニ設ケ、以テ巧ヲ乞フ、蟢子有リ、瓜菓ノ上ニ羅ス、則チ以テ巧ヲ得ルト為ス。

乞巧奠とは、牽牛と織女が出会う七月七日の夜に、二星を祭り、裁縫の上達を願う中国伝来の宮廷年中行事である。『江家次第』によれば、清涼殿東庭に朱漆の高机四脚を立て、その上に大豆、桃、瓜、茄子など七種の供物、酒杯・香炉・蓮房・筝や五色の糸を通した針を刺した楸《ひさぎ》の葉などを並べる。周りには黒漆の灯台を立てる。このように飾られた庭に天皇が出御して二星会合を眺め、音楽の演奏や漢詩文の作成がなされたのであった。先の引用箇所によると、庭に並べた供物の瓜の上に蟢子《きし》（蜘蛛）が巣を懸けると裁縫上達の願いが叶うとされる。糸を繰り出して巣を作るという蜘蛛の特徴的な行動が、七夕の供物の糸と結びつき、また、衣を織る・縫うといった裁縫技術に結びついてゆくのは自然な連想であり、蜘蛛は、技芸上達に関する吉兆の虫として尊ばれている。

唐の開元（七一三〜四一）天宝（七四二〜五五）頃の風俗・伝承を記した王仁裕《おうじんゆう》著『開元天宝遺事《かいげんてんぽういじ》』には、「蜘蛛ト巧」として、次のような記述がある。

帝、貴妃ト七月七日ノ夜ニ至ル毎ニ華清宮ニ在リテ遊宴ス。（中略）又各《おのおの》蜘蛛ヲ捉ヘテ小合ノ中ニ閉ヂテ、暁ニ至リテ開ケテ蛛ノ網ノ稀密ヲ視、以テ巧ヲ得ルノ候《しるし》ト為ス。密ナルハ巧多シト言フ。稀ナルハ巧少シト言フ。民間ニモ亦タ之ヲ効ク。

玄宗皇帝の後宮では官女たちがそれぞれ蜘蛛を捕らえて蓋付きの小箱に入れ、七夕の翌朝、箱の中の蜘蛛の巣の稀密で技芸の巧拙を占った。目の細かい巣が出来ている者は、目の粗い巣が出来ている者より技芸の巧みさに勝るというわけである。それは民間でも同様に見られた占いだという。『江家次第』の記述では、蜘蛛が願をかける対象になっていたが、ここでは占いに利用されている。微妙な差はあるものの、いずれも、蜘蛛は神意を啓示する虫であるという認識から生じているといえよう。

時代は下るが、鴨長明に仮託された随筆風の年中行事書『四季物語』には、

七夕の御まつりは（中略）広き御庭に何くれのつくえ物奉り、色々の願の糸奉るに（中略）姫ぐもとてささやかなる蜘蛛の、そのつくえ物あるは願の糸に囲《い》をひきぬるを図として、私の願かなへりとすることとなるべし。

とあり、七夕の供え物（「つくえ物」は、机の上に載せられた献上品の意）に蜘蛛が囲（巣）をかけたことをもって、願いがかなうしるしとする風習を紹介している。ここでは、願いの対象は裁縫上達に限らず、「私の願」一般に広がっている。

ギリシャ神話のアラクネ

蜘蛛を裁縫・機織の名手とする捉え方は、中国・日本にとどまらず、時空を超えて普遍的に見られるものであって、英名 spider は spin（紡ぐ）に由来するし、ギリシャ神話には次のような話がある。

アラクネは、機織や刺繡が大変上手な乙女であった。技芸の女神アテナを怖れることなく、不遜にも

「腕比べをして負けたならば罰を受けてもよい」とまで豪語する。アテナと機織競争することになったアラクネは見事な織物を織るが、そこに織り出された内容は、神々の落ち度や失錯ばかり。アテナはその侮辱に対して憤り、「罪を恥じよ」と言う。アラクネはついに罪悪感にたえられなくなり、座を立って首をくくった。アテナはアラクネを哀れに思い生き返らせたが、その姿を醜い蜘蛛に変えてしまった。だから蜘蛛は、身体から糸をつむいでは、アラクネが縊れていた時と同じような様子で、よく空中に吊り下がっているのである。

糸を繰り出して網を張る点から、裁縫・織物の技芸と関連づけるという連想の方向性は共通するものの、ギリシャ神話において、蜘蛛は女神アテナの怒りと呪いを負わされている。それは、蜘蛛を人の願いを叶える吉兆の虫とする中国・日本での把握とは対照的である。なお、現在の動物学ではクモ形動物をアラクニダ Arachnida と呼ぶが、これはアラクネに由来する。

吉兆の虫としての蜘蛛

蜘蛛の導く吉事としては、待人の来訪と裁縫の上達が特徴的なものではあるが、『四季物語』に「私の願かなへり」とあったように、中世にはより普遍的な吉兆の虫としての把握も見られる。延慶本『平家物語』第一末には、鬼界島に流罪となった平康頼《やすより》(入道)が、共に流された藤原成経《なりつね》(少将)に対し、

入道が家は、蜘蛛だにもさがり候ひぬれば、昔より必ず悦びを仕り候ふが、今朝の道に蜘蛛の落ちかかりて候ひつる間、権現の御利生にて、少将殿の召し帰されさせ給はん次《ついで》に、入道も都へ帰り候はんずるにやと思ひて候ひつるなり。

と言う場面がある。蜘蛛が下がれば必ず喜びがある、として、帰洛への期待を述べたものだ。果たして、この後、康頼・成経は赦免され、都に戻ることができたのであった。

説話の中には、人に吉事を知らせるのみならず、より積極的に人の手助けをする蜘蛛も登場する。たとえば、大江匡房の言談をまとめた『江談抄《ごうだんしょう》』巻三に、次のような話が見える。

人を助ける蜘蛛
——吉備真備と蜘蛛

入唐した吉備真備《きびのまきび》は諸芸に優れていたため、これをねたんだ唐人に捕らえられ、さまざまな試練を与えられる。その一つに、唐人の作った暗号文の解読があった。吉備が読もうとすると、目がくらんで文字が見えない。心の中で住吉明神と長谷観音に祈ると、文字は見えるようになったものの、読む順序がわからない。そこに突然一匹の蜘蛛が落ちて来て、糸を引いて歩く。吉備はその糸の跡をたどることで文章を読み解き、唐人らを驚かせたのであった。

裁縫の守り神
——蜘蛛から吉備真備へ

この説話に基づいて、江戸時代には、裁縫をする者は吉備公を信仰の対象とするという言説が登場する。延宝四年（一六七六）序・黒川道祐著の年中行事書『日次紀事《ひなみきじ》』正月の項には、この説話が紹介されており、「此蜘蛛則本朝和州長谷寺観音之化現也」として、この蜘蛛が長谷観音の化身だという『江談抄』にはない解説が付されている。そして、蜘蛛の糸を引くさまが裁縫に似ているため、衣を縫う者は吉備公を崇拝し、観音を信じるのである、と説明する。蜘蛛は裁縫上達の願いを叶える虫であったが、やがて蜘蛛に助けられた吉備真備が裁縫の守り神となったのである。

また、元禄三年（一六九〇）刊の職人図説書『人倫訓蒙図彙《じんりんきんもうずい》』縫物師の項には、

縫物師
（『覆刻　日本古典全集　人倫訓蒙図彙』現代思潮社，1978 年）

諸の衣装其外織物に、さまざまの糸をもて模様を縫
あらはす。縫に色々の名有。暖簾《のふれん》に松をゑがきて印《しるし》
とす。縫箔屋《ぬひはくや》、とかく家には紋形の際箔《きはばく》、摺箔《すりはく》等を
もするなり。吉備大臣入唐のとき相伝《さうでん》して来れりと
かや。縫物師の元祖と仰《あふぐ》なり。

と見える。縫物師は刺繡職人のことであるが、刺繡だけでなく、金銀の箔も併用して模様を表した。その技は、吉備真備が唐で学んで日本に持ち帰ったというのだ。蜘蛛の説話からさらに新たな展開が見られ、吉備真備は、刺繡職人の元祖とされているのである。

2　蜘蛛の知恵

人を助ける蜘蛛
——狩野元信と蜘蛛

前節では、吉備真備が蜘蛛に助けられた話を紹介したが、延宝六年序・狩野永《えい》納《のう》著の『本朝画史』には、狩野元信《もとのぶ》（一四七六?〜一五五九）について次のような逸話が見える。

世間では、鞍馬寺の僧正を山中魔鬼の長だと言っていた。ある時、室町将軍の夢に一人の僧が現れ、

「私は鞍馬僧正である。狩野元信に私の絵を描かせ、寺に安置してもらいたい」と言った。将軍は元信にこれを告げる。元信もまた同じ夢を見ていた。将軍は元信に鞍馬僧正の像を描かせようとしたが、元信はその姿をよく知らず、図像も残っていなかったため、紙を前に茫然としていた。すると突然、蜘蛛が現れて紙の上に糸を引いた。元信はその跡をたどり、中に僧正、左に役行者《えんのぎょうじゃ》、右に牛若丸を描いた三像を完成させることができたのである。

神意を告げる蜘蛛

先に紹介した説話の中で、吉備真備や狩野元信を救った蜘蛛は、神仏が遣わしたものと読むことができ、蜘蛛は神仏の使いとして尊ばれる存在であった。中世の寺社縁起の中にも、蜘蛛（特にその糸）が、神の意思を示すものとして登場する例が見出される。

諸神の本地仏（仏菩薩が衆生を救うために仮に示現した神に対し、その根本の身である仏菩薩）を明らかにし、その前生の物語をも集録した『神道集』所収の「熊野権現の事」には、次のような話が見える。

天竺摩訶陀《まかだ》国に善哉《ぜんざい》王という王がいた。千人の后の中で、特に寵愛の深かった五衰殿《ごすいでん》女御は王子を身ごもったが、嫉妬にかられた九百九十九人の后たちの悪だくみにより宮中を追い出され、武士たちによって鬼谷山鬼持谷に連れて行かれた。ほどなく王子が生まれたが、女御は武士に首を切られてしまう。さて、鬼谷山の奥、花摘山に喜見《きけん》上人という聖がおり、常に法華経を読誦しては修行に励んでいた。ある日、一匹の蜘蛛が、「鬼持谷に善哉王の王子がいて、十二匹の虎が養育している。救い出して王のもとへ連れていくように」という文字を、糸を以って書きつけた。「十羅刹女《じふらせつによ》の御計らひ」（十羅刹女は、法華経受持者を守護する十人の鬼女）だと考えた喜見上人が鬼持谷に行くと、果たして、十二匹の虎が、王子を取り囲んでおり、王子は、虎の頭や尾に取り付いては遊んでいた。上人は王子を救い出し、三年間養育

『熊野本地絵巻』（サントリー美術館所蔵）
（『絵巻小宇宙――絵の中に生きる人々』サントリー美術館，2000年）

した上で、七歳になった王子を善哉王のもとに連れて行ったのであった。やがて、上人の秘法により女御は蘇生し、善哉王と女御、王子、上人は臣下を連れて熊野三山へ飛来し、神々となって現れた。

また、京都祇園社の記録『祇園社記』には、祭礼の起源に関して、次のような話が語られている。

祇園社の後園に狐塚があり、そこから蜘蛛の引いた糸が祇園社の神殿にまで及んでいた。その糸をたどっていくと、高辻東洞院にあった助正の家で終わっていた。そこで、助正を神主とし、その居宅を御旅所（祭礼の神輿渡御の際、本宮を出た神輿を迎えて仮に奉安する場所）とした。天延二年（九七四）五月下旬のことである。

以上のように、蜘蛛は、その糸を巧みに使って神仏の意思を人々に伝える存在でもあった。

知恵ある蜘蛛
――『今昔物語集』から

吉備真備や狩野元信の例に見えるような、人を助ける蜘蛛の働きは、蜘蛛を賢い虫とする認識と関連しているものであろう。平安時代末期の説話集『今昔物語集』巻二十九には、「蜂、擬報蜘蛛怨語《くもにあたをほうぜむとすること》」と題された次のような説話が収められている（第三十七話）。

昔、法成寺の阿弥陀堂の軒に蜘蛛が巣を作っていた。その糸は長く伸びて、東の池にある蓮の葉に通じていた。そこに一匹の蜂が飛んできて、蜘蛛の巣に引っかかってしまう。蜘蛛が蜂を糸でどんどん巻いたので、蜂は逃げることもできず、死も目前であったが、通りかかった僧が蜂を哀れに思い、巣から外して逃がしてやった。一両日後、二、三百もの蜂の大群が阿弥陀堂の軒先に飛んできた。巣の周辺を飛び回って蜘蛛を探す。しばらくして、巣から長く伸びた糸をたどって東の池に行き、糸がつながっている蓮の葉の上で、ぶんぶんと羽音を立てて騒いでいたが、蜘蛛はそこにも見当たらないので、半時（現在の一時間）ほどして、蜂は皆飛び去って行った。先日蜂を助けた僧は、「あの蜂が仲間を伴って復讐に来たのであろう。蜘蛛はそれを知って隠れているに違いない」と思い、蜂の大群が去ってから蜘蛛の巣のある軒の付近を捜すが、蜘蛛の姿は一向に見えない。池に行って糸のつながっている蓮の葉を見ると、蜂が針で刺した跡がびっしり、隙間もないほどである。さて、蜘蛛は、といえば、その蓮の葉の裏から糸につかまって、刺されない位置、水面のごく近くに下りていたのであった。蓮の葉は大きく垂れ下がって広がっており、池にはほかの草が茂っていたので、蜘蛛はうまく隠れて蜂をやり過ごしたのだ。

話末の評には、「智《さと》リ有ラム人ソラ、然《さ》ハ否《え》思ヒ不寄《よら》ジカシ」（知恵ある人でさえ、ここまで思いつくことはできまい）とあり、さらに、

蜘蛛ノ、「蜂我レヲ罰《うち》ニ来《きた》ラムズラム」ト心得《こころえ》テ、「然《さ》テ許《ばかり》コソ命ハ助カラメ」ト思得テ、破無《わりな》クシテ此《か》ク隠レテ、命ヲ存《そん》スル事ハ難有《ありがた》シ。然《しか》レバ、蜂ニハ、蜘蛛遥《はるか》ニ増《まさり》タリ。

（蜘蛛が、「蜂は私に復讐に来るだろう」と心得て、「そうすることによってのみ自分の命は助かるだろう」と考えつき、非常な手立てを尽くしてこのように隠れ、命ながらえたことは、めったにないことである。こうしてみると、蜘蛛の知恵は蜂よりもずっと勝っている。）

と、蜘蛛の賢さを高く評価している。第二章第2節で取り上げたように、蜂には「仁智の心あり」（慈しみの心とすぐれた知恵がある）とされるが、その蜂の知恵も、蜘蛛にはかなわなかったようである。

知恵ある蜘蛛
――『牛馬問』から

『今昔物語集』の説話と同様の話は、江戸時代の随筆にも見出される。宝暦五年（一七五五）序・新井白蛾著の『牛馬問《ぎゅうばもん》』には著者が亡父から聞いた話として次のような逸話が載る。

深川に本誓寺という寺があった。この寺の住職が隠居して寺のそばに草庵を結び、池には蓮を植えて静かな暮らしを楽しんでいた。ある夏の日、水辺で涼みながらふと見ると、樹木が池の上に広げた枝に、大きな蜘蛛がはかない巣をかけていた。和尚がそのはかない営みに憂世の無常を感じながら眺めていたところ、一匹の蜂が飛んできて、蜘蛛の巣に引っかかってしまった。蜂は羽を打って逃げようとし、蜘蛛は糸を巻いて捕らえようとする。両者はしばらく争っていたが、ついに蜂は逃げ去った。すると、蜘蛛はすぐに破れた巣を捨てて池の蓮の葉の上に下り、何度も蓮の葉を廻って糸を巻きつける。蓮の葉は口を括られた袋のような形になり、蜘蛛はその中に入って姿が見えなくなった。その間に、数万の蜂の大群が飛んできて、辺りは霧が立ち込めたようになる。和尚は庵に入って障子を手早く閉め、紙に穴をあけて様子を窺うと、蜂は池の上に群がり、しばらくしてどこかへ行ってしまった。和尚は庭に出て、袋状になった蓮の葉を見ると、蜂が無数に刺したため、ズタズタになっている。この中に籠もっていた蜘蛛の命は助からなかっただろうと思って、蓮の葉をあけて見ると、蜘蛛は糸を下ろしてその身は空中にあったため、傷一つ負わず無事であった。和尚は「恐《おそろ》しの蜘蛛のふるまひかな」と、空恐ろしいほどの蜘蛛の知恵に感心していたという。和尚の話を亡父から伝え聞いた著者は、本話を「彼和尚の名を忘れぬ。今にしておもへば、貞享、元禄の比《ころ》なるべし」と結んでいる（貞享は一六八四〜八八年、元禄は一六八八〜一七〇四年）。この話は、『今昔物語集』とほとんど同じだが、蓮の葉を袋状にしていかにもその中にいるように見せかけた点には、よりいっそうの賢さが窺えようか。

ところで、本話は「蜂の君臣」と題されており、そもそもは、蜂の「君臣の義」を語ろうとしたものであった。著者の解釈では、最初に蜘蛛の巣に引っかかったのは蜂の「君王」であり、だからこそ蜂たちは大挙して復讐に来たのである。「小虫すら此義有」とまとめつつ、対する蜘蛛の知恵にも感心して「又此工《たく》ミ有」とする。本話は小さな虫でさえこうなのだから、「豈《あに》人として茫々《ぼうぼう》たるべけむ哉《や》」（どうして、人としてぼんやりしていてよいものか）と結ばれる。

先に見た『今昔物語集』も、説話の標題としては、蜂が仇を討つ虫であることに焦点が当てられているが、結果としては仇である蜘蛛の知恵を賞賛することになっている。『牛馬問』でも、蜂の「義」と同等の、あるいはむしろそれ以上の賞賛のまなざしが、蜘蛛の「工ミ」に向けられているのである。

知恵ある蜘蛛
――『随意録』から

さらに下って、文政十二年（一八二九）刊・冢田大峯《つかだたいほう》著『随意録』には、客人から聞いた話として次のような逸話が載る。

蜘蛛が軒先に張っていた巣に、一匹の蜂がかかった。蜘蛛はすぐさま地に下りて、牽牛花（アサガオ）の垣まで行く。一つの葉を糸で括り、風鈴のようにした中に入った。たちまちに蜂の群れがやってきて、蜘蛛の巣をやぶり、引っかかった蜂を救い出し、次に仇である蜘蛛を探し回る。アサガオのところに至り、蜘蛛の作った風鈴を刺しまくって退いた。しかし、実は蜘蛛はアサガオの葉の中からはとっくにぬけ出していたのである。本話は、『牛馬問』と同じく、「此蜂之義。蛛之智。皆所以感焉云」（蜂の義といい、蜘蛛の知恵といい、皆人は感嘆したということだ）と結ばれている。

『随意録』は、先の話の前に、明の彭大翼《ほうたいよく》編『山堂肆考《さんどうしこう》』を引いて「諸飛虫。著蜘蛛之網。皆不能脱。唯蜂不畏蜘蛛。反擒而食之」（諸々の飛ぶ虫は蜘蛛の巣にかかると、皆、ぬけ出すことは不可能である。ただ蜂だけは蜘蛛を恐れず、反対に蜘蛛を捕らえて食う）と記している。蜂の成虫が蜘蛛を食べることはないが、幼虫が蜘蛛を食べる例はあり、たとえばスズメバチの成虫は蜘蛛などの虫を嚙み砕いて幼虫に与えるし、蜘蛛の最大の天敵は、蜘蛛の体に卵を産み付ける寄生蜂である。毒液を注射されて全く動けない（しかし死んではいない）蜘蛛は、孵った蜂の子に生きながら食われるのだから、蜘蛛にとってはこの上なく恐ろしい敵だ。蜘蛛研究者の八木沼健夫は、自宅の庭での次のような目撃譚を記している。

蜂vs.蜘蛛

とある日、ナガコガネグモの網の近くにモンベッコウバチがとんで来た。網にかからぬと気の付かないはずのクモがはね音を聞いただけで、咄嗟に糸を引いて下の草むらにおりた。モンベッコウバチはただちに低空飛行を開始した。それはクモが降りた付近である。じっと見ていた私にも、クモがどこに降りたかは分からない。しばらく探索飛行をしていたハチは、急に草の間にもぐった。クモを発見したのだ。どこでどんな格闘がおこったかは見ることはできなかったが、やがてハチの何倍もの大きいクモを草むらから引きずってくる姿が見られた。

（八木沼健夫『クモの話』北隆館、一九六九年）

筆者は、引用箇所の後で、蜂の羽音だけで強敵を知る蜘蛛に驚嘆しているが、しかしこの蜘蛛は蜂の執念深い探索の前に敗れてしまった。それにつけても、二、三百、あるいは数万もの蜂の目をかいくぐるとは、『今昔物語集』や『牛馬問』の蜘蛛の身の隠し方はこの上なく絶妙なものだったに違いない。

3　蜘蛛のもたらした道具

人に道具をもたらす蜘蛛

前節までに見てきたごとく、知恵ある蜘蛛はしばしば人を助けるものとして現われた。人への援助という点でつながるが、蜘蛛が特定の道具を人間にもたらしたという把握も散見する。たとえばアイヌでは、蜘蛛を漁の神として信仰するが、それは蜘蛛が漁網の作り方を人に知らせたからだという（更科源蔵・更科光『コタン生物記Ⅲ　野鳥・水鳥・昆虫篇』法政大学出版局、一九七七年）。また沖縄においても、蜘蛛が蠅をとっているのを見たユナガマンガア（沖縄の伝説上、有名な人物）が、蜘蛛の網から発想して漁網を拵えたという伝承がある（桜田勝徳「糸満漁夫の聞書」『日本常民生活資料叢書　二十四』三一書房、一九七三年）。ネイティブ・アメリカンのポーニー族も、水牛を捕らえる網を作る際、蜘蛛の巣がヒントになったことから、蜘蛛を豊穣の女神として讃えている（荒俣宏『世界大博物図鑑　第一巻　蟲類』平凡社、一九九一年）。道具の発想の元になったというだけではなく、実際に、蜘蛛の網を漁に使った例も指摘されている。たとえば、ソロモン諸島の一部では、蜘蛛の網を枝に絡めとって疑似餌に使っていた。ダツという鋭い歯がたくさんある魚が疑似餌にかみつくと、網の糸に歯が絡まり、釣り針もないのに釣り上げられてしまうという。また、ニューギニアでも、木の枝を曲げて作った円い大きな枠の中で、蜘蛛に網を張らせて作った巨大なテニスラケットのような道具を魚捕りの網として使っていた（中田謙介『クモのイト』ミシマ社、二〇一九年）。

これらと比べると、蜘蛛の関与は間接的であるが、観阿弥原作・世阿弥改作の能「自然居士《じねんこじ》」には、船の起こりに蜘蛛が関わっていたとする次のような逸話が紹介されている。

柳の葉に乗る蜘蛛

中国古代の黄帝の時代、蚩尤《しゆう》という逆臣がいた。黄帝は蚩尤を滅ぼそうとするが、烏江《おごう》という海を隔てていたために、攻めあぐねていた。さて、黄帝の臣下に貨狄《かてき》という兵士がいた。秋の末のある日、貨狄が庭の池を見やっていたところ、冷たい風に散った柳の一葉が、池の上に浮かんだ。蜘蛛も空中に舞い落ちたが、その一葉の上に乗って、水に浮かび、風に吹かれて漂っていく。これにヒントを得た貨狄が工夫して舟を作り、黄帝はこれに乗って烏江を漕ぎ渡り、めでたく蚩尤を滅ぼすことができたのであった。

関白豊臣秀次の命により、文禄四年（一五九五）から撰述が始まり、慶長四年（一五九九）ごろに成立した謡曲の注釈である『謡抄《うたいしょう》』は、「自然居士」の本文「散る柳の一葉《ひとは》水に浮かびしに　また蜘蛛といふ虫これも虚空《こくう》に落ちけるに」について、次のような注を付している。

雲笈《ウンキフ》云、黄帝浮ベル葉ヲ見テ方《マサ》ニ舟ヲ為《ツク》ルニ臣助テ舟楫ヲ為ルトアリ。黄帝ノ葉ノ海上《カイシヤウ》ニ浮ビタルヲ見テ舟ヲ作リタ時ニ、貨狄《クワテキ》ニ云付テ作ラセラレタゾ。工《タクミ》出スコトハ黄帝ノ工夫ゾ。浮ベル葉ヲ見テ作ルハ本説也。柳ノコトヲ謡ニ作リタハソヘタ物デアランゾ。蛛《クモ》ノ柳ノ葉ニカ、リタル詩アリ。東坡ガ句ニ、落月柳ヲ出テ垂レタル蛛ヲ看ルトシタハ、月ノ影ガ柳ニ移リタレバ、其影ノ内ニ蛛ガ懸《カヽリ》タルヲ見タト作タゾ。是モ柳ノ葉ニ蛛ノカ、リタルハ似タ事ゾ。

「雲笈」は、宋の張君房《ちょうくんぼう》撰『雲笈七籤《うんきゅうしちせん》』で、本書巻百の黄帝の伝記には確かに、浮かんだ葉を見て黄帝が舟を作ったとの記述が見える。『謡抄』は、舟を作ることを思いついたのは、あくまでも黄帝であって、貨狄は帝から言いつけられて舟を作ったに過ぎないとする。さらに、水に浮かんだ葉を見て舟を作ったことは「本説《ほんぜつ》」すなわち正当な典拠があるが、柳の葉に蜘蛛が乗っていたことは能の作者が添えたことだ、としている。ただし、蘇東坡《そとうば》（一〇三七～一一〇一）の詩に、月の光に照らされた柳の葉から蜘蛛が垂れている様子を歌ったものがあり、柳と蜘蛛の組み合わせとして「自然居士」の表現と類似していることを指摘する。

さらに下って、明和九年（一七七二）刊の謡曲注釈『謡曲拾葉抄《しゅうようしょう》』も、柳と蜘蛛に関しては「證文未考」とし、正統な典拠はわからないとしている。ただし、最終的には、

> 按ずるに　盛長私記云、安倍高丸弓矢伝に云黄帝御時蚩尤と云逆臣有り、王命に従はず、然共烏江を隔たれば船なくして渡り難し、此時貨狄と云臣下柳の一葉に蜘蛛一つ之に乗り水上に浮ぶを見て始て船を作ると云々　此説に寄て此謡を作る成べし

と述べて、『盛長私記《もりながしき》』の記す、柳の一葉に一つの蜘蛛が乗って水上に浮かんでいるのを見て、貨狄が初めて舟を作ったという説により、謡曲が作られたのだろうと解している。

伝岩佐又兵衛「源氏物語桐壺・貨狄造船図屏風」（出光美術館蔵）
（『岩佐又兵衛と源氏絵』出光美術館展覧会図録，2017 年）

『盛長私記』は源頼朝の側近・藤原盛長（一一三五～一二〇〇）の日記の体をとっているが、実は偽書であり、貞享元年（一六八四）序の『武用弁略』を頻用しているため、これ以後の成立であることが指摘されている。すなわち『盛長私記』の記述によって「自然居士」が書かれたのではなく、「自然居士」の本文によって『盛長私記』が記されたと見られるのである。柳の葉に乗って水上を渡っていく蜘蛛の様子は愛らしく微笑ましいが、以上に見てきたように、漢籍には典拠がないらしく、謡曲「自然居士」においてそのイメージが付加されたようだ。

貨狄造船の屏風絵

謡曲「自然居士」の歌う舟の起源は、その後、『曾我物語』巻八や御伽草子『舟の威徳』などに取り入れられ、広く流布していく。絵画の世界でも、たとえば、伝岩佐又兵衛の屏風に、印象的に表現されている。出光美術館蔵「源氏物語桐壺・貨狄造船図屏風」は、寛永年間（一六二四～四四）ごろに又兵衛工房の絵師が主体となって制作したものと推測されているが、屏風右隻に描かれるのは、柳の葉の上に乗って水面に浮かぶ蜘蛛を見つめる貨狄の姿と、その後ろで竜頭鷁首《りゅうとうげきしゅ》の船（竜の頭、鷁という想像上の水鳥の頭を船首に飾った船）を作る大工たちの様子である。「自然居士」に発し、絵画によっても広まった貨狄の故事により、蜘蛛は人に船をもたらした虫としても認識されるようになったのである。

落葉と蜘蛛の蒔絵意匠

明治時代の意匠の中にも、葉と蜘蛛の組み合わせが見られる。漆工家、絵師として活躍した柴田是真（一八〇七〜九一）の「落葉に蜘蛛蒔絵箱」は、箱の側面に細長い葉の上に載った蜘蛛が描かれ、その葉の下に細い二本の線が引かれている。特に指摘されていないようだが、この葉は柳を、線は水を表しており、「自然居士」の舟の起源を念頭に置いた意匠ではなかろうか。

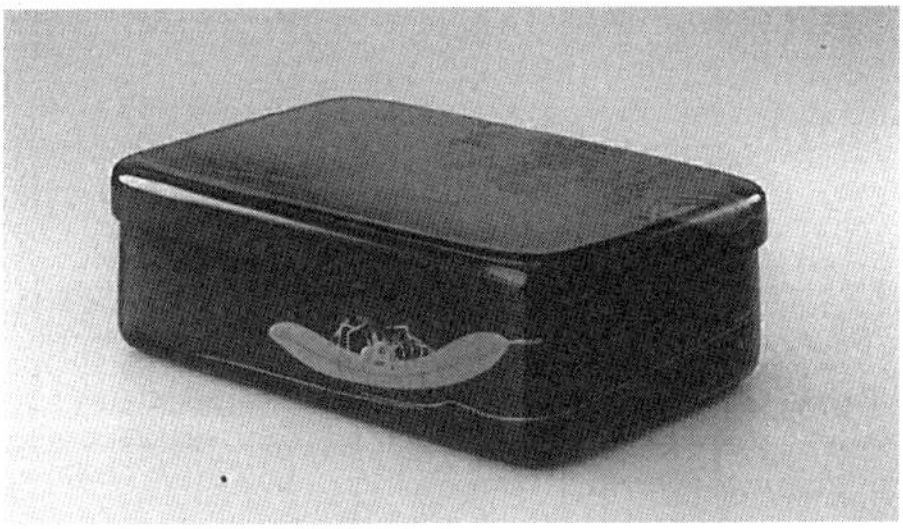

柴田是真「落葉に蜘蛛蒔絵箱」

（『蜘蛛の糸——クモがつむぐ美の系譜 江戸から現代へ』豊田市美術館，2016 年）

蜘蛛と舟の伝承

民俗調査の成果として、蜘蛛と舟の関連が窺われる次のような伝承も紹介されている。

昔、蜘蛛が楠の葉をくるくるまいて、脚を艪、櫂にして漕いでいた。その姿に発想を得て、楠を伐って来て中をくりぬいて舟を作り蜘蛛の足をかたどって艪、櫂を拵えて漕いだ。舟に乗っていく漁はそれから行われるようになった。それで漁民は今なお蜘蛛を絶対に殺さず、クモサマクモサマといって非常に尊ぶという。

これは、亀山慶一が採集した山口県大島郡平郡島の伝承で、「このような類例は未だ他所では聞かないので或いは平郡島特殊のもので、フオクロアとしての資料価値は極めて乏しいものかも知れぬ」（『漁民文化の民俗研究』弘文堂、一九八六年）との評価が付されているが、謡曲「自然居士」の表現とあわせてみると、時を隔ても蜘蛛と舟の連想関係が共通していて興味深い。

4 蜘蛛と遊ぶ

蠅取蜘蛛の相撲

蜘蛛を知恵あるものと捉え、人を助けて道具を与えたり吉事をもたらしたりすると考える認識と、方向性としては一致するものと思われるが、蜘蛛は人々のよき遊び相手であった。江戸時代の考証随筆には、蠅取蜘蛛の遊びが紹介されている。蠅取蜘蛛は比較的小型の徘徊性の蜘蛛で、名前の通り、蠅などの餌を見つけると飛びかかって捕食する。

正徳三年（一七一三）に成立した其諺《きげん》著『滑稽雑談《こっけいぞうだん》』「蠅虎」の項には、

寛文年中、世人専ら此者を愛して飼馴しめ、蠅をとらす事を戯とす。奇は愛より生ずる習ひ、蠅虎の灰白色、種々に変じて殊色をなして、金銀を以て是を求め、器に蓄へ籠に収めて秘蔵せり、大に笑ひつべし。

とあって、寛文年中（一六六一～七三）に、世の中の人が蠅取蜘蛛を飼い馴らして蠅を捕らせて楽しむことを冷ややかに捉え、蜘蛛に大金を払ってまで買い求め、秘蔵することを滑稽なこととして記述している。項目名に「蠅虎」とあるのは、蠅取蜘蛛のことで、古く『和名類聚抄』巻十九に「蠅虎」の和名を「波倍度里」としている。

また、寛政六年（一七九四）に没した百井塘雨《ももいとうう》著の『笈埃随筆《きゅうあいずいひつ》』には、

同書（＝皆川氏随筆・植木注）に、蠅虎を宝永元禄の間には、印籠におさめ持て、酒宴の席にて出して蠅と相撲を翫ぶ。士人より伝へて妓街専らなり。売もの有て、最捷は一虫一金に充れり。誠に又あやし。

とあり、宝永（一七〇四〜一〇）元禄（一六八八〜一七〇四）の頃、花街の酒宴の遊びとして、蠅取蜘蛛と蠅に相撲を取らせたという話を紹介する。ここでは、蜘蛛の捕食行動を「相撲」に見立てたものであろうが、これは武士から起こった遊びで、蠅取蜘蛛を売る者までおり、最も敏捷なものは一匹一両で売れたという。塘雨は「誠に又あやし」と疑いをさしはさんでいるが、天和二年（一六八二）刊、井原西鶴の『好色一代男』巻四に、寒河江《さがえ》（現山形県寒河江市）に住む貧しい浪人がどうやって暮らしているのか問われて、「今江戸にはやるとて蠅取蜘《とりぐも》を仕入れ、ある時は一文売りの長刀《なぎなた》を削り、泣く子をたらし、天道人を殺したまはず、今日までは日をおくりぬ」（今、江戸にはやるというので蠅取蜘蛛を仕入れたり、ある時は代一文の玩具の長刀を削ったりしてむずかる子の機嫌を取り、天は人を殺さないという諺通り、今日まではどうにか日を送っている）と答えているので、蠅取蜘蛛が売り物になったことは確からしい。

柳原紀《のり（もと）》光《みつ》（一七四六〜一八〇〇）著『閑窓自語《かんそうじご》』には、

土御門故二位泰邦卿かたられけるは、享保のはじめ、世に蠅とりくもとかやいふ虫をもてあそぶ事

あり。風流なるちいさき筒に入れて、蠅のいる所へとばせてとらしむ。一尺二尺など遠くとぶをもて、最上とす。よくとぶ蜘は、あまたのこがねにかへて、あらそひもとめ、蜘合をして、博奕に及ぶの間、武家より制してやめしむとぞ。世にめづらしきもてあそびもありけるなり。

とあり、江戸中期の陰陽家・土御門泰邦《つちみかどやすくに》（一七一一～八四）の語った話として、享保（一七一六～三六）初めにはやった遊びを紹介している。それによると、蠅取蜘蛛を美しい小さな筒に入れて、蠅を取らせ、遠くに飛ぶものをもてはやした。よく飛ぶ蜘蛛を大金で買い求め、蜘蛛の勝負が賭け事にまで至ってしまったため、幕府が止めさせたという。

下って、文政十三年（一八三〇）序の風俗百科事典『嬉遊笑覧《きゆうしょうらん》』は、先の『好色一代男』の例を引いて「これは先年にはやりし事ありき」とし、蠅取蜘蛛を戯れに飼って印籠などの小さい器物に入れて持ち歩き蠅を取らせたことを、過去の流行として紹介している。

柳亭種彦（一七八三～一八四二）著の『足薪翁記《そくしんおうのき》』には、次のような記述がある（〈　〉内は割注）。

むかし蠅取蜘をもてあそびし事あり。漢土にも蜘を闘する戯はありと聞しが、それとは異なり。まづ壁虎《はいとりぐも》をよく養ひおき、小き器にいれ、蠅のをるかたへさし向、いちはやく取を見て興ずるなり。又二人さし向ひて、左右より一時に蠅のをるところへさしむくるに、その蜘の弱きはもとの器へ逃かへり。強ものはますぐには走らず、蠅のをるうしろのかたよりはひめぐりて取を、輪にかけるといふとぞ。此戯れ延宝の後盛んに流行。正徳の頃までは、まれ〳〵にありしと、或古老の説なり。

さて蜘をたくはへおく器の、はじめの程は竹筒なりしが、後は唐木を用ひ蒔絵したるもありといへり〈当時はいとり蜘を座敷鷹といひしとぞ〉。

この後、先に紹介した『好色一代男』巻四と、竹筒に入れた蠅取蜘蛛を詠んだ俳諧を証拠として引いている。

ここでは、蠅取蜘蛛を「壁虎」と表記している。この蜘蛛がしばしば壁の上にいることによるものであろうか。正徳二年（一七一二）序の百科事典『和漢三才図会《わかんさんさいずえ》』では、「蠅虎」について「常在壁上、而不能布網」とし、常に壁にいて網を作れないことを注する。

さて、『足薪翁記』によれば、一匹の蠅に対して、左右から蠅取蜘蛛を向かわせると、弱い蜘蛛はもとの器に逃げ帰ってしまう。強い蜘蛛は蠅の正面からは飛びかからず、後ろから廻り込み、獲物に近づいてから飛びついて取る。それを「輪にかける」という。引用最後の割注で、蠅取蜘蛛が「座敷鷹」と呼ばれたことを紹介しているが、蜘蛛が蠅を取る様子を、鷹が鳥を捕らえるのと同じように扱って賞賛していたことが窺われ、壮大な（?）見立てが興味深い。そもそも、「蠅虎」の名も、虎が獲物をとる様子に見立ててのものと思われ、平安時代の辞書『和名類聚抄』には、「蠅豹子」の異名も記されている。

この遊びは延宝（一六七三〜八一）の後、盛んに行われ、正徳（一七一一〜一六）頃までは、時々見られたという。流行の時期は、書物により微妙なずれがあるが、盛んに行われたのは、江戸時代前期、一七一〇年代までだったようだ。

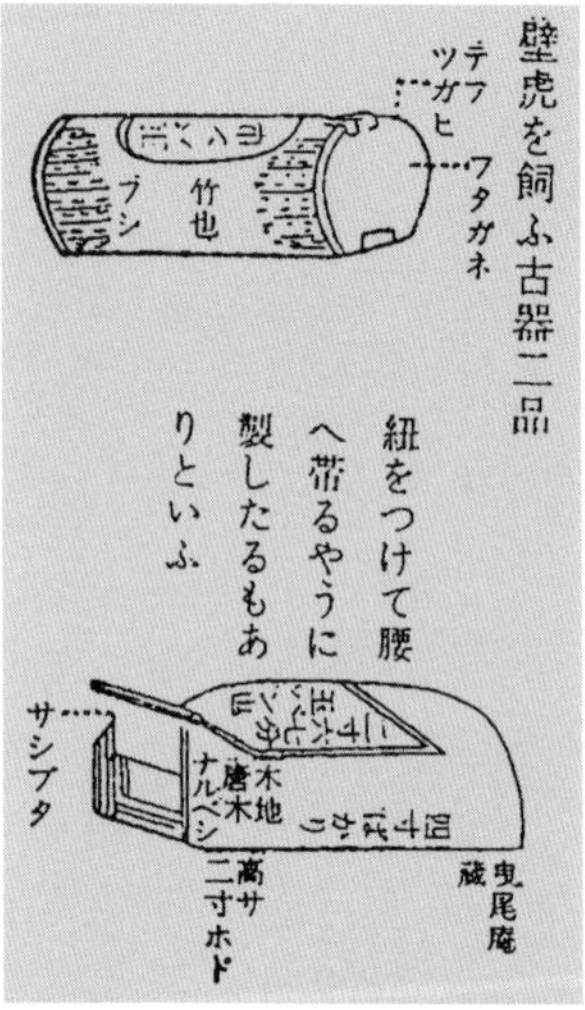

『足薪翁記』より「壁虎を飼ふ古器二品」
（『日本随筆大成』第 2 期 14，吉川弘文館，1974 年）

蠅取蜘蛛の器

『足薪翁記』の記述は、蜘蛛を入れる器にも及んでおり、最初は竹筒であった器も、後には凝ったものになり、唐木（輸入された高級な木材）を使い蒔絵を施すような贅沢なものまで作られたという。ここには「壁虎を飼ふ古器二品」の図も収録されており、竹製の筒と、唐木製の箱が描かれている。箱の絵には「紐をつけて腰へ帯るやうに製したるもありといふ」との注記が見える。持ち運びに便利なように紐付きの箱もあったらしい。

中国の蠅取蜘蛛の遊び

明の医学者李時珍《りじちん》（一五一八～九三）が編集した薬物学の書に『本草綱目』がある。後、清の医学者趙学敏《ちょうがくびん》（一七一九～一八〇五）がこの書の誤りを正し、遺漏を補ったのが『本草綱目拾遺』である。『本草綱目拾遺』には、「蠅虎」の項が追加され、

児童捕らへて器の中に置き、蠅を捉らへて以てこれを飼ひ、その搏躍《はくやく》するを視《み》て戯れとす。

との記述が見える。子どもが蠅取蜘蛛をつかまえて器の中に入れて飼い、与えた蠅に蜘蛛が飛びつくのを見て楽しむという。清の時代、中国でも蠅取蜘蛛は人気者だったようだ。

蠅取蜘蛛の芸

唐の段成式《だんせいしき》（八〇三?～六三）が記した『酉陽雑俎《ゆうようざっそ》』の巻五「詭習《きしゅう》」（奇怪な習俗）の項目には、次のような話が載る。

于頔《うてき》が襄州にいた時、王固《おうこ》という隠者が于のもとにやって来た。于はせっかちな気性であり、王固の拝伏する動作が緩慢なのを不快に思い、丁重な応対をせず、別の日の遊宴にも呼ばなかった。落胆した王が、判官の曾叔政《そしゅくせい》を訪ねたところ、曾は礼を尽くして応対した。王は曾に次のように言った。「私は于閣下が奇を好まれるというので、遠路はるばるやって来ましたが、閣下の仕打ちには失望しました。私は古今未曾有の芸を持っています。今、帰るところですが、手厚くもてなしてくださったあなたにご披露しましょう」と。そして懐中から竹を一節と、わずか一寸ほどの小鼓を取り出した。竹につめた栓をとり、枝を折って鼓を連打すると、竹筒の中にいた数十匹の蠅取蜘蛛が列を作って出てきた。対陣の形のように二隊に分かれている。鼓を打つたびに陣形を変え、数十ほどの陣形を見せてから竹筒の中に列を組んで入って行った。曾はこれを見て大変驚き、于に伝えたが、王はいつの間にか立ち去っていた。于は大いに悔やみ腹を立て、手を尽くして探させたが、王を見つけ出すことはできなかった。

ここでは、蠅取蜘蛛（原文「蠅虎子」）が隊列を組み、鼓の音に合わせて陣形を変える芸を披露している。事実とは信じがたいが、蠅取蜘蛛を飼いならし、芸をさせるという点では、江戸時代初期の蠅取蜘蛛の玩びと通うものであろう。

近代の蜘蛛合戦

蠅取蜘蛛に蠅を取らせ、その優劣を競った遊びとは異なるが、現在残っている遊びに蜘蛛同士を闘わせる蜘蛛合戦がある。用いられる蜘蛛は、コガネグモ（まるい巣を張る大型の蜘蛛で腹部に黄色と黒の横縞模様がある）が多く、ネコハエトリ（蠅取蜘蛛の一種）やカバキコマチ

鹿児島県加治木町のクモ合戦
（川名興・斎藤慎一郎『クモの合戦』未來社，1985年）

グモ（アシャススキの葉をちまきのように曲げてその中に巣をつくる）などを闘わせることもある。蜘蛛合戦については、斎藤慎一郎、川名興にくわしい研究があり、日本各地の膨大な事例が集められている（斎藤慎一郎『クモ合戦の文化論』大日本図書、一九八四年／川名興・斎藤慎一郎『クモの合戦』未來社、一九八五年／斎藤慎一郎『ものと人間の文化史　蜘蛛』法政大学出版局、二〇〇二年ほか）。

斎藤の指摘によると、南方熊楠が昭和六年（一九三一）に発表した短文には、蜘蛛の喧嘩遊び習俗の最古の記録が含まれているという（「クモの喧嘩遊びをめぐる民俗文化論」上田哲行編著『トンボと自然観』京都大学学術出版会、二〇〇四年）。今、熊楠全集より、該当箇所を引用すると次の通り。

紀州日高山地諸村や、この田辺町近方でも秋末、児童が女郎蜘蛛を闘はす。但し此事紀州に限らず。旧友友松有寿氏（平壌攻陥の前夜、陣営で薩摩琵琶を唄ふた人）在米のとき、予に語りしは、明治九年末、氏がまだ子供で、村の神林で女郎蜘蛛を闘はし居た処ろ、青年輩が兵器を携えて三々五々走り往つた、それが西南戦役の最初の騒ぎだつたと。（昭和六、一二、郷土研究、五ノ七）

斎藤論によれば、ここに見える明治九年（一八七六）が、蜘蛛合戦の記録として最古のものだということだ。

なお、『足薪翁記』に「漢土にも蜘を闘する戯はありと聞し」とあったが、一五九八〜一六〇〇年の成立と推定される『袁《えん》宏《こう》道《どう》集《しゅう》箋校《せんこう》』に蜘蛛合戦の記述がある（磯田光海・川名興「中国のクモ合戦」『ATYPUS』第九十二号、一九八八年十月）。著者の友人が始めたというから、伝承遊びとは一線を画すものと思われ、日本の蜘蛛合戦との影響関係も不明であるが、蜘蛛を闘わせる遊びが時空を隔てて存在したことが知られ興味深い。

5　蜘蛛の芸能

中世の蜘蛛舞

かつて、蜘蛛舞と呼ばれる芸能があった。中世の終わりから近世にかけてもてはやされた、綱の上を自在に動き回る軽業である。前節で見てきたような蜘蛛の遊びの背景には、蜘蛛に対する親近感があるものと思われるが、こうした芸能が成立するのも、同様の心性によるだろう。

蜘蛛舞の最も古い記録として、興福寺所蔵の賢忍房良尊一筆書写の大般若経の奥書が指摘されている（岩橋小弥太『藝能史叢説』吉川弘文館、一九七五年）。すなわち、天文十八年（一五四九）十一月二十二日に書写し終わった第七十三巻の奥書に見える奈良での蜘蛛舞の勧進は次のようなものであった。

松の木の上方、地面から十丈（約三十メートル）ほどのところに縄を引き、一丁（約百メートル）ばかり離れたところに立てた灯呂木に結ぶ。その一筋の縄の上で自由自在に動き回ることは、「クモの家などを作置て、走りありくよりも自在なり」という。縄に足でとりつき、頭を下にして逆さになってはまた上に起き上がったり、縄に腰をかけたり、トンボ返りをしたりする。その小法師の芸を見物するのに、毎日五、六千人という人々が集まってくる。小法師はある時天狗にさらわれて、何年間も行方不明であった。その間に天狗にこうしたことを教わったのだという噂である。縄の上を片足飛びで移動したり、灯呂木のてっぺんに腹を押しあててうつぶせでくるくると風車のように回ったりするのを見る見物衆は手に汗を握り、気の弱い者は目を回して倒れてしまうほどであった。

翌天文十九年三月二日書写の第百六巻の奥書には、同じ蜘蛛舞が天王寺で興行したことが記されており、「クモマイ或は猿楽などは常様世上にをゝき間不珍、かやうの所作は稽古にても口伝にても不成、先代未聞の奇特也」と、その人間離れした技を称賛している。ここには、普通の蜘蛛舞は世の中に多くあり珍しくない、と記されているから、蜘蛛舞自体は天文以前からあったのであろう。

元禄（一六八八～一七〇四）年中の刊行かとされる遊里の案内記『諸国遊里好色由来揃』に、蜘蛛舞について「蜘巣をかけて、心やすく軒より軒につたふごとく、軽きわざをなすゆへに、蜘舞と名づけし也、それよりして竹の獅子、連飛《れんとび》、籠ぬけなんどと其品をわけて、飛鳥のごとく自由をなしけり」とするように、蜘蛛の糸からの連想で、綱上の芸能を蜘蛛舞と名付けたことが明らかだが、綱渡りにとどまらず、桶の輪を素早くくぐりぬけたり、籠を飛びぬけたりするさまざまな軽業を行ったものらしい。

寛永九年（一六三二）刊、斎藤徳元著の仮名草子『尤《もっとも》之《の》双紙《そうし》』には「軽き物の品々」および「舞ふ物の品々」として「蜘蛛舞」が取り上げられており、その芸は軽業だけでなく、「舞」と認識される所作をも含んでいたらしい。さらに、簡単な芝居もしたようで、寛永二十年刊の俳諧書『新増犬筑波集《しんぞういぬつくばしゅう》』には、「あぶなくもありめでたくもあり」の付句に「蜘舞《くもまひ》の芝居で金や拾ふらん」と見える。なるほど細い綱の上で芝居をするのは危なっかしいが、金を得られるのはめでたいことに違いない。

秋田の蜘蛛舞

菅江真澄が文化元年（一八〇四）の秋、男鹿半島を訪ねた紀行日記『男鹿の秋風』には、天王村の古社の神事に演じられる蜘蛛舞について、次のような内容の記述が見える。

六月七日、八郎潟に浮かべた一つの舟の艫と舳先に、太く長い柱二本を立て、それに三尺（約九十センチメートル）ほどの横木をしばりつけ、艫の柱を白木綿で巻き、舳先の柱を赤い木綿で巻いて、横木には二本の綱をひきかけてある。赤い衣をまとい、腕貫《うでぬき》（腕にはめる筒型の布）・脚絆・足袋もすべて赤色の木綿で、頭には紅白の麻の糸をかけて髪とし、顔には黒い綱をつけた者が、二本の綱の上にのぼって、八つの山と谷の間を渡り、八つの甕の酒を飲みに来たように、のけぞったりもどったりする。八岐《やまた》の大蛇《おろち》の振舞を真似たものだ。囃子は太鼓と笛で、「大蛇退治、大蛇退治」と言って打ち鳴らす。これを、ところの人は蜘蛛舞と呼んでいる。確かに蜘蛛が巣をかける様子に似ている。社には牛の背に乗った素戔嗚《すさのお》尊《みこと》役の者がおり、剣をぬき、矢を射て、大蛇退治をしたという所作をする。

ここでは、蜘蛛が巣をかけるように綱の上を動き回る演者が、さらに大蛇のような振舞をするという。なかなか高度な技術が必要なようである。そのせいか、この蜘蛛舞の役をひとたび演じると、代わりの人が出てくるまで、年老いてもあるいは遠い村に婿入りしても、必ずこの神事には戻って来て蜘蛛舞をつとめなければならない掟だと記録されている。

「南蛮屏風」（堺市博物館蔵）
（『日本の美「桃山」展』NHK プロモーション，1997 年）

南蛮屏風の船乗りたち

男鹿半島の船上の蜘蛛舞から、いささか唐突な連想ではあるが、南蛮屏風に描かれた船乗りたちの行動は蜘蛛舞の演者を髣髴させる。

天文十二年（一五四三）の鉄砲伝来、天文十八年のフランシスコ・ザビエル来日を皮切りに、日本には西洋の文物が流れ込んだ。当時、人々は南方から来る異国人や貿易品を「南蛮」と呼び、好奇の目を注いだ。宣教師や南蛮船を描き込んだのが南蛮屏風であり、十六世紀末から狩野派の画人や町絵師たちによって、相当数が制作された。

この南蛮屏風には、港に停泊する南蛮船が描かれるのが常であるが、印象的な図柄として、船の帆を扱う船員たちが、網梯子をよじ登ったり、マストにさかさにぶらさがったり、ロープにつかまって移動したり、とアクロバティックに動き回る姿が見える。こうした船員の姿は、同時代の欧米の船の絵や版画には見当たらず、南蛮屏風独特の表現だという。坂本満は、これを超人間的異能性の表現であるとし、財貨を積んで来航する南蛮船を宝船と見るような視線とあわせて、異国の持つ不可思議な力にあずかろうとする心理が働いた可能性を指摘する（「異文化に対応する表現――「異国趣味」の諸問題」（『南蛮屏風集成』中央公論美術出版、二〇〇八年）。坂本論はまた、南蛮屏風には労働や現実的な労苦は描かれないことも指摘している。その延長線上にあるものと思われるが、船員たちのアクロバティックな姿は、たとえば蜘蛛舞を見るのと同様の、驚異的な芸能を鑑賞する視線で捉えられているといえるのではないか。先に紹介した『諸国遊里好色由来揃』巻四の「蜘舞之出所」には、この道の名人として、「早雲長吉」「政之助」「連之助」「やくわうくはん」「次郎兵衛」の名が挙げられているが、船員たちは芸の修行をしたわけでもない。その彼らが、蜘蛛舞の名人のごとく自由自在に高所の網梯子（まるで蜘蛛の巣のようである）やロープにすがって動き回る様子に、人々が驚嘆したことは想像に難くない。

能「土蜘蛛」

中世の蜘蛛の芸能といえば、忘れてはならないのが能「土蜘蛛」である。記録上の初演は、慶長十年（一六〇五）十月四日に豊臣秀頼が主催した大阪城北政所饗応能とされるので（横山太郎「能〈土蜘蛛〉」『鳥獣虫魚の文学史――日本古典の自然観三　虫の巻』三弥井書店、二〇一二年）、中世も末頃の成立であろうが、現在もしばしば演じられる人気曲である。梗概は次の通り。

病の床に伏している源頼光のもとに、侍女の胡蝶が薬を持ってやって来る。胡蝶が退室した後、夜更けに怪しい僧が訪れ、頼光に千筋の糸を投げかける。頼光が枕元にあった膝丸の刀をぬいて切りつけると、僧は姿を消す。物音に気づいて馳せ参じた独《ひとり》武者は血痕を見つけ、その跡をたどって、妖怪の行方を尋ねることにした。独武者が兵を引き連れて葛城山にたどり着くと、岩陰の塚の中から鬼神が姿を現し、土蜘蛛の精魂だと名乗る。鬼神は蜘蛛の糸を投げかけて独武者を苦しめるが、ついに退治される。

蜘蛛舞には蜘蛛という虫に対する忌避感情は特になく、むしろ器用に糸を扱う点が軽業芸と重ねられ、もてはやされているといえようが、能に登場する土蜘蛛の精は恐ろしい妖怪であり、人間と敵対的な存在である。

古代の土蜘蛛

能「土蜘蛛」の後シテは「われ昔、葛城山《かづらきやま》に年を経し土蜘蛛の精魂なり。なほ君が代に障《さは》りをなさん」と名乗るが、この典拠は『日本書紀』神武天皇即位前紀己未年《きびのとし》春二月の条にある。

「波哆《はた》の丘岬《をかさき》」「和珥《わに》の坂下《さかもと》」「長柄《ながら》の丘岬《をかさき》」の三所の「土蜘蛛」は、その力の強いことを恃んで、天皇に従わなかった。そこで、天皇は軍隊を送り込み、すべて討伐した。また、「高尾張邑《たかをはりのむら》」に「土蜘蛛」がいた。その風貌は「身《たけ》短くして手足長く侏儒《ひきひと》と相類《あひたぐ》へり」というものであった。天皇軍は葛《かづら》（蔓草の総称）で網を作り、不意を襲って討伐した。それで、その邑の名前を改めて「葛城」とした。

『日本書紀』に見える古代の「土蜘蛛」は、大和朝廷に対する抵抗勢力の呼称であり、外見が蜘蛛に似た者として描かれるが、そこには中央に従わない民への差別意識が投影されていることは明らかであろう。

能「土蜘蛛」の蜘蛛の精が「昔」というのは、この『日本書紀』の記事を指しており、今、再び天皇の御代に障りをなそうと思って、頼光に近づいた、と述べる。つまり、能「土蜘蛛」のシテは、古代神話の土蜘蛛の再来と位置づけられているのである。

古代土蜘蛛の怪物化

すでに横山論が指摘しているように、『日本書紀』の土蜘蛛は、異形のものとして描かれてはいるが、あくまでも人間である。しかし、この土蜘蛛譚は継承過程で怪物化の度合いを深めていく。応安末年（〜一三七五）から永和年間（一三七五〜七九）に成った

『太平記』巻十六「日本朝敵事」で描かれたのは、次のような姿である。

サレバ天照太神《あまてらすおほみかみ》ヨリ以来《このかた》、継体《けいたい》ノ君九十六代、其《その》間ニ朝敵ト成《なつ》テ滅《ほろび》シ者ヲ数フレバ、神日本磐余《かんやまといはあ》予彦天皇《れひこのすめらみこと》御宇天平四年ニ紀伊国名草郡《きのくになぐさのこほり》ニ二丈余ノ蜘蛛アリ。足手長《ながく》シテ力人ニ超《こえ》タリ。網ヲ張ル事数里ニ及《およん》デ、往来ノ人ヲ残害ス。然共《しかれども》官軍勅命ヲ蒙《かうむつ》テ、鉄《くろがね》ノ網ヲ張リ、鉄湯《てつたう》ヲ沸《わか》シテ四方ヨリ責《せめ》シカバ、此《この》蜘蛛遂ニ殺サレテ、其《その》身分々《つだつだ》ニ爛《ただ》レニキ。

紀伊国（現和歌山県）名草郡に、二丈（約六メートル）あまりの蜘蛛がいた。手足が長く、数里にわたって網を張り、往来の人を害したという。官軍に殺されたこの蜘蛛は、巨大な体で巨大な網を張って人を害する怪物として描かれている。

さらに寛正（一四六〇～六六）頃に成立したと思われる『榻鴫暁筆《とうでんぎょうひつ》』第十六「霊剣」には、「蜘蛛切」という剣に関して、次のような記事が見える。

紀伊国名草郡に大なる森有り。かの所に全身鉄にて広大の蜘蛛あり。家をはる事、辺境にみちたり。故に空を飛ぶつばさ、かしこに至りてかからずといふ事なし。地をはしる獣を又ことごとく取り食ひけり。あまつさへその後は近里往復の村民、旅客を取り食ふ事数を知らず。されば村南村北の貴賤、悲しみ哭する音やむ事なし。この事天聴に達しければ、諸卿僉議あて彼を退治すべきその器《うつは》をえらばれけるに、渡辺綱なり。源五勅をかうぶり、かの蜘蛛を切り平らげしによりかく名付けるとも申す。或いは又頼光ある時発病せられしに、種々治術も叶はず。時に夜々大なる蜘蛛、寝所に来ると思はれければ、この病しきりけり。その蜘蛛を件の太刀にて切られける故とも申す。

「蜘蛛切」の由来譚の中に登場する蜘蛛は全身が鉄であり、鳥や獣、通りかかる人々をことごとく食い尽くしたという。『太平記』に見える名草郡の蜘蛛が、より恐ろしく凶暴な怪物として語られるが、この後、源頼光の郎党である渡辺綱に討たれたとされている。続いて、能「土蜘蛛」と同様の頼光蜘蛛退治譚も並べられている。すなわち『日本書紀』土蜘蛛譚の語り直しと、頼光蜘蛛退治譚とが合流し、中世には蜘蛛の怪物化がますます進んでいったことが窺われるのである。

人に化ける蜘蛛

『太平記』や『榻鴫暁筆』の蜘蛛の怪物は、巨大であったり、鉄の体を持っていたりするが、姿はあくまでも蜘蛛であり、網を張って動物や人間を捕らえ食うものであった。一方、能「土蜘蛛」における蜘蛛の精は、僧の姿をとって頼光に近づく。能の多くは、前場のシテ(主人公)が化身、後場のシテが本体として再登場するという構成をとるため、「土蜘蛛」もその型をふまえているだけともいえるが、中世には、蜘蛛が人に化けるという考え方も確かに存在していた。伏見宮貞成《さだふさ》の日記『看聞日記《かんもんにっき》』応永三十二年(一四二五)五月六日条には次のような記事が見える。

抑聞。此間壬生地蔵堂之内。閻魔堂柱朽損之間。加修理之処。柱内ヨリ女房忽然而出来。則成長而番匠ヲ喰云々。若鬼歟又蛛なと化現歟。

伝え聞いた話では、壬生寺の閻魔堂の柱が腐ってしまったので修理をしたところ、柱の中から突然、女が現われ、みるみる大きくなって大工を食ってしまったという。この出来事に対し、伏見宮貞成は、これは鬼だろうかまたは蜘蛛が化けたものだろうか、と推測している。

壬生狂言の土蜘蛛

『看聞日記』に蜘蛛の化現かと記された怪異現象の舞台は壬生地蔵堂すなわち壬生寺であった。この壬生寺に伝わる民俗芸能に壬生狂言（壬生大念仏狂言）がある。「壬生大念仏講」と呼ばれる信仰を基にした団体の人々によって毎年四月下旬に演じられる無言の仮面劇である。寺伝によれば、鎌倉時代末、壬生寺中興の祖・円覚上人が創始したとされるが、文献史料上確実なのは、『言《とき》継《つぐ》卿《きょう》記《き》』元亀二年（一五七一）三月二十一日条である（八木聖弥「「壬生狂言」の成立について」『文化史学』第三十七号、一九八一年十一月）。

壬生狂言「土蜘蛛」
（多田學『壬生狂言』清文社，1979 年）

現在、壬生狂言の演目は三十番を数えるが、中には能と題材を同じくするものも含まれ、土蜘蛛もその一つだ。壬生狂言の蜘蛛は、派手に糸を投げかけるだけでなく、奈落に飛ぶ「飛び込み」を見せ、能や後の歌舞伎にもないダイナミックな演出になっている。最後は渡辺綱と藤原保昌が蜘蛛を退治し、土蜘蛛の首をとる（仮面を取り外して掲げる）というややグロテスクな場面となるが、客席からは笑いも起きる。

ここで興味深いのは、土蜘蛛の糸には厄除けや金運の御利益があると伝えられていることで（壬生寺編『ハンディ鑑賞ガイド　壬生狂言』淡交社、二〇〇〇年）、観客は争って糸を引っ張り、取り合う。すなわち、能において、恐ろしい怪物であった土蜘蛛は、壬生狂言においては、退治される存在でありながらも、その吐く糸は福をもたらすものとして尊重されているのである。この伝えはいつまで遡れるのか定かではなく、おそらく近代の付会であろうが、一方で、本章第1節でたどったように、蜘蛛を吉兆の虫とする把握は古代から見られ、蜘蛛の糸を縁起の良いものと捉える心性は、そこに連なるものともいえるだろう。

6　蜘蛛の怪物

山蜘蛛の怪

文化四年（一八〇七）序・小宮山楓軒の随筆『楓軒偶記《ふうけんぐうき》』は、源頼光が蜘蛛に危害を加えられそうになり、坂田金時がこれを退治したという話を紹介し、「雑草紙ニ画テ以テ小児ノ翫トス。其事信ジガタシ」とする。しかし続けて「蜘蛛ニ甚大ナルアリ」として、唐代の書『酉陽雑俎』の記事を紹介している。

元和年間（八〇六〜二〇）に、蘇湛《そたん》という男が山中の崖に光り輝く鏡を見つけ、「霊鏡に違いないから明日これを取りに行く」と妻子に語った。妻子は泣いて止めたが、夜が明けると蘇湛は山に向かう。妻子は従者を連れて、ひそかに後を追った。山に入って数十里行ったところで、遥かな崖を見ると、白く丸い光が見え、蘇湛がようやくその光に届くかという時に悲鳴が聞こえる。妻子は急いで助けに行ったが、蘇湛は糸に絡められて繭のようになっており、傍らには大きな黒い蜘蛛がいた。従者は刀でその網を散々に切り払ったが、蘇湛はすでに脳が落ち入り死んでいた。妻が柴を積んで焼いたところ、その崖の臭い匂いが山中に充満した。脳が落ち入って死ぬ（原文「脳陥而死」）とは、なんとも恐ろしい表現である。蜘蛛は身体を分解する酵素を含んだ消化液を餌の中に注ぎ込み、溶けて液体状になったものを飲む。いわば身体の外で消化が起こるため、蜘蛛は自分よりずっと大きな動物でも食べることができる。小鳥やカエル、トカゲを食べることもあり（中田謙介『クモのイト』ミシマ社、二〇一九年）、ペルーで有袋類のオポッサムがオオツチグモに食われた例など哺乳類の捕食事例も観察されている（馬場友希『クモの奇妙な世界――その姿・行動・能力のすべて』家の光協会、二〇一九年）。「脳陥而死」とは、そのような蜘蛛の生態をふまえた、人体の液状化を表現しているのであろうか。身の毛もよだつ、しかしながら巧みな表現である。

この話の主人公・蘇湛を、越中砺並《となみ》の商人に置き換え、永正年中（一五〇四～二一）のこととした翻案が、寛文六年（一六六六）刊、浅井了意著『伽婢子《おとぎぼうこ》』巻六「蛛《くも》の鏡《かがみ》」に見られ、挿絵には網に捕らわれた男に黒く丸い大きな蜘蛛が取りついている様が描かれている。ちなみに、『伽婢子』では、男の死は「頭《かしら》の脳おちいり、血ながれて死す」と描写されている。「血ながれて」と、ある意味で尋常な（？）表現が加わっているために、迫力が弱まっているようにも感じられるが、いかがであろうか。

『楓軒偶記』は続いて、斐旻《ひびん》という人物の逸話を紹介する。斐旻が山中を進んでいたところ、山蜘蛛がおり、布のような糸を垂らして斐旻を捕らえようとした。斐旻は間一髪、弓矢で蜘蛛を射殺す。蜘蛛の大きさは車輪ほどもあった。部下に怪我をした者がいたので、その蜘蛛の糸を断ち、傷に貼ったところ、

『伽婢子』巻六「蛛の鏡」
（『新日本古典文学大系　伽婢子』岩波書店，2001 年）

たちまちに血が止まった。

巨大な蜘蛛の怪物の話ではあるが、蜘蛛の糸の効用が記され、蜘蛛が忌避されるだけの存在ではないことがわかる。ちなみに、蜘蛛の糸を血止めに用ぃることは文明が発達する以前からあったらしく、蜘蛛の糸には本当に殺菌作用があるという（小野展嗣『クモ学』東海大学出版会、二〇〇二年）。シェークスピア『真夏の夜の夢』第三幕第一場にも「どうぞねぇ、蜘蛛の巣さん、これからお心易くして下せえまし。指切った時分にゃ御遠慮なしに御無心しますだからね」（坪内逍遥訳）とある。怪我をした際、蜘蛛の糸が血止めに用いられたことを前提にした台詞であろう。

さて、『楓軒偶記』は、次に、明の謝肇淛《しゃちょうせい》（一五六七〜一六二四）が著した『五雑組《ござっそ》』を引いて、人跡未踏の深山に車輪ほどの巨大な蜘蛛がおり、太い綱のような糸を垂らして虎や豹を絡め取って食べていたという逸話を記す。

能「土蜘蛛」の蜘蛛の精は、頼光に危害を加えるが、その理由は「君が代に障《さは》りをなさん」というやや抽象的なものであった。しかし、以上に見てきた蜘蛛は、人や獣を捕らえ食うという直接的な恐怖を抱かせる存在である。中央にまつろわぬ民の象徴としての「土蜘蛛」とは違って、実際の蜘蛛の習性

（網にかかった虫を食す）から、巨大化した、猛獣や人間を食う恐ろしい蜘蛛の怪物が造形されてきたのであろう。

蜘蛛塚

『伽婢子』の作者・浅井了意は元禄五年（一六九二）刊『狗張子《いぬはりこ》』巻七「蜘蛛塚」にも、蜘蛛に関わる怪談を記している。

諸国を行脚している山伏・覚円が、京都の大善院という寺で本堂に妖怪が出て、三十年の間に三十人が姿を消したと聞き、本堂に入って待っていると、二更《にこう》（更は、一夜を五つに分けた時間の単位。二更は初更に続く時間帯）に及ぶ頃、急に寒くなり、外は嵐となって堂がしきりに震動する。そして天井から毛の生えた手が伸びてきて覚円の額を撫でた。覚円はその手を刀で切ったが、四更になって、再び手が伸びてきたため、再度刀で切った。夜が明けてから仏壇の傍らを見ると、「長さ二尺八寸ばかり、珠眼円大《しゅがんえんだい》にして、爪に銀色」ある蜘蛛が死んでいた。寺の僧が堂のわきに埋めて塚を築き、再び妖怪が出ないよう、覚円に祭文を書かせてまつった。

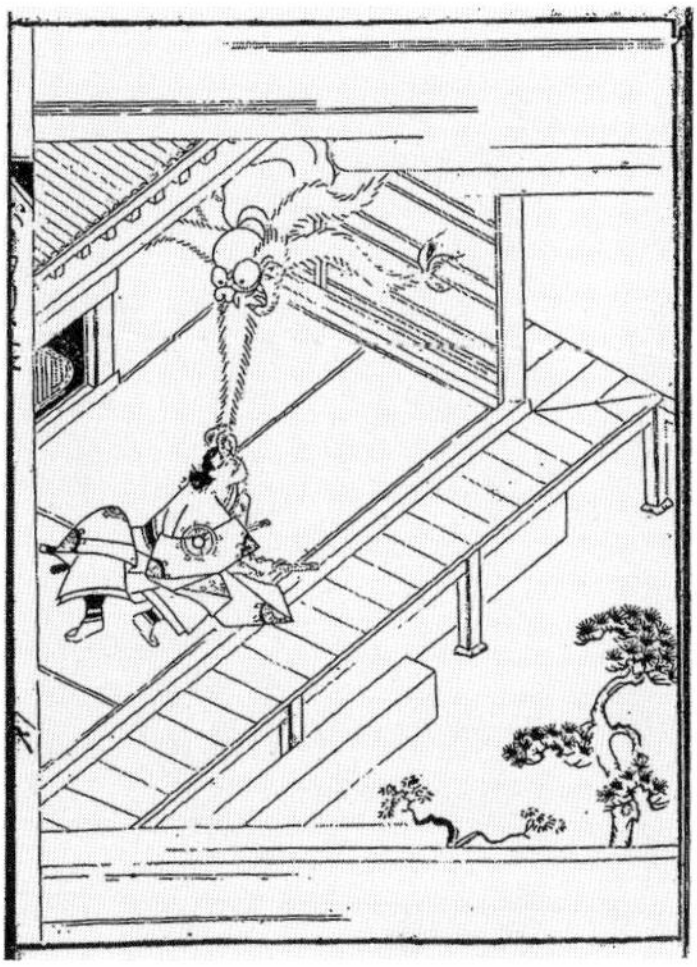

『狗張子』巻七「蜘蛛塚」
（『浅井了意全集　仮名草子編5』岩田書院，2015年）

光り物となる蜘蛛

寛文十年（一六七〇）序、中山三柳《さんりゅう》著『醍醐随筆』に、河内国高安郡の話として、次のような怪異譚が記される。

人々が納涼のため野外を逍遥していたところ、西南の山から光り物が飛んできて、田中の杭に留まり、火を噴くように見えた。一人が正体を見ようと、歩み寄って刀で切ったところ、二つに割れて落ちたが光はなお消えなかった。松明を近づけてよく見ると、大きな蜘蛛であった。形は碁盤をまるめたよう、金箔をすりつけたような黄色の横紋があり、その紋が光るのであった。

この話は「蛍にたがふ事なし」と結ばれ、合理的な説明が試みられているが、この『醍醐随筆』を引いた上で、蜘蛛の妖怪について語るのが、『柳《りゅう》淇園先生一筆《きえんせんせいいっぴつ》』である。『醍醐随筆』の記事の紹介に続き、柳沢淇園（一七〇四～五八）は、三つの蜘蛛の光り物について記している。

一つ目は、淇園の知人・河内布忍《ぬのせ》村永興寺風瑞の語った話である。

風瑞のところに長年出入りしている吉野の者が語ることには、山中で鞠ほどの火が飛ぶのを捕らえてみると、手鞠くらいの大きさの蜘蛛であったという。風瑞自身も、山から野まで飛ぶ光り物を見たことがあり、『醍醐随筆』の記事を思い合わせてみれば、珍しくもないことだ、という風瑞の見解が示される。

二つ目は、淇園の召し使う、山城国相楽郡細布村菱田の仙助から聞いた話である。

藤九郎という者が、夜遅く、菱田にある古池のそばを通りかかると、紡績車を七つ八つばかり回すような音がした。不思議に思って堤を下ると辺りは昼間のように明るい。池の上には五尺ほどもある火が八つ並んでいる。火の真ん中には、赤い人の顔が見え、上下に牙が生えて髪は甚だ長い。藤九郎は恐ろしさのあまり、堤の下に転び落ちてしまったが、光り物はその上を並んで飛び去って行った。転んだ時、偶然にも溝のそばにうつ伏せになったため、火は藤九郎の身に直接は触らなかったらしい。もし、毒気が身に当たっていれば命はなかったであろう。

三つ目は、西城村にある淇園の茶園をまかせている農夫・弥二兵衛から聞いた話である。弥二兵衛が夜遅く家に帰る途中、木島川を渡っていると、はるか向こうの金剛山の下から一つの火が出てきて、またたく間に近づいてきた。ぶんぶん音を立てる火をよく見ると、鬼のような顔で、上下に牙が生え、長い黒髪を引きずっている。化生火に逢った時は素早くうつ伏せになれとの古老の教えを思い出し、堤の下に飛び下りてうつ伏せになっていたところ、その火は矢のように飛んできて、弥二兵衛の伏せた上を撫でるようにして去って行った。弥二兵衛は生きた心地もしなかったが、何とか起き上がって宿へ帰ったという。

淇園は、弥二兵衛の話を、藤九郎の話と酷似していると指摘し、「すべてこれらも蜘蛛のかく変じたるにて」としている。さらに、

　按ずるに、蟹に鬼蟹といへるは、蟹に鬼面あり、全く蜘蛛も空を飛びなどするほどになりては、人のかたち鬼の面などに見ゆること、鬼蟹の類にて侍るにやとぞ思はるれ。

とまとめている。鬼蟹は、甲羅の溝の模様が怒った人の顔に見える平家蟹のこと。淇園は、鬼のような面を持つ鬼蟹がいるように、大きな蜘蛛が鬼の面に見えることもあるのではないかと、妖怪変化をも合理的に解釈しようとしている。蜘蛛の体の模様が鬼面に見える可能性を指摘し、それが妖怪化の端緒と考えているらしい。

科学的に（?）説明がつくにせよ、これらの怪物が、蜘蛛の持つ負のイメージから登場してきたことは確かであろう。

海蜘蛛の怪

文政九年（一八二六）序、佐藤成裕著の『中陵漫録《ちゅうりょうまんろく》』には、筑紫の海人の話として、次のような記述が見える。

海人たちが、大風に流されて南海に漂流し、小さな島にたどり着いたところ、海岸から大きな蜘蛛がやってきて、白い綿のようなものを投げつけて舟に当て引き寄せる。舟が強い力で引っ張られるので、皆驚いて、腰刀をぬいて切り払い、そこから逃げ出したという。成裕は、続いて清の王士禎《おうしてい》（一六三四～一七一一）著『香祖筆記《こうそひっき》』を引く。海蜘蛛は、はるか沖の海島におり、車輪のように巨大で、体は五色、糸は綱のように太い。虎や豹でもこの糸に触れれば逃れることはできず、蜘蛛に食われてしまう。この記述から、成裕は、筑紫の海人の話も同じ海蜘蛛のことであろうと推測している。

いやはや、陸でも海でも油断のならないことである。

本章第5節・第6節を通して、中世から近世に至る蜘蛛の妖怪を眺めてきた。最後に、蜘蛛の妖怪に関する中世の絵画資料として、『土蜘蛛草紙』と称される絵巻を紹介したい。

土蜘蛛草紙

十四世紀初頭の制作と推測される東京国立博物館蔵絵巻『土蜘蛛草紙』は詞九段、絵十三図から成る。あらすじは以下の通り。

源頼光が郎等の渡辺綱を伴って北山の辺りを逍遥し、蓮台野に行ったところ、一つの髑髏が空を飛んでいった。後を尋ねて行くと神楽岡に着いた。古い廃屋で、二人は異様な老婆や顔だけが異常に大きい尼に出会う。夜になると、角盥《つのだらい》・葛箱《つづらばこ》など道具の化物や、牛の頭の男、狐の頭の女など、多くの異形の者たちに取り囲まれる。明け方になると美女の妖怪が現われ、鞠くらいの大きさの白雲を十ばかり投げつけて、頼光に襲いかかる。頼光が太刀で切りつけると、太刀の先が折れて白い血が付着した。白血のあとをたどると、西山の奥の洞穴に至る。二人は怪物を退治するが、その正体は「山蜘蛛」であった。腹の中からは千九百九十個の髑髏が出てきた。また周りには多くの子蜘蛛が走り騒いでいた。二人は穴を掘って髑髏を埋め、その辺りを焼き払った。このことが朝廷に聞こえ、頼光は摂津守に、綱は丹波守に任ぜられた。

絵巻に描かれる蜘蛛は、耳とひげのある化け猫のような顔で、巨大な体に八本の足を持つ。ちなみに子蜘蛛は六本足に描かれているところがおかしみを誘うが、それぞれ、腹の中から少なくとも二十ほどの髑髏が出てきたというから、子蜘蛛といえども侮れない。

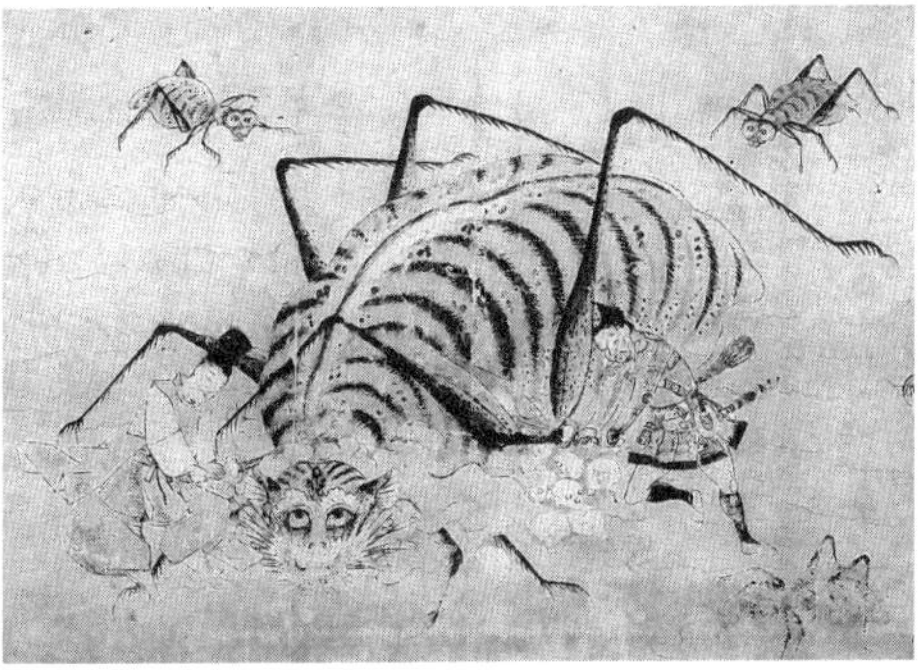
『土蜘蛛草紙』
（『続日本絵巻大成 19 土蜘蛛草紙他』中央公論社, 1984 年）

7　蜘蛛の巣の美

蜘蛛の巣と露

蜘蛛の妖怪の最大の武器はその吐く糸である。襲われたものは糸に絡めとられ、身動きの取れぬまま、恐ろしい化け物の餌食となってしまうのである。
しかし、蜘蛛の糸で作られた巣は、美しい趣を持つものとして、人々に愛でられてきた。『枕草子』の「九月ばかり夜一夜降り明かしつる雨の」の段には、

透垣《すいがい》の羅文《らんもん》、軒の上などはかいたる蜘蛛の巣のこぼれ残りたるに、雨のかかりたるが、白き玉を貫きたるやうなるこそ、いみじうあはれにをかしけれ。

とあって、雨上がりに、竹や木などを間を透かして編んだ垣の上部の飾りや軒の上に張りめぐらしてある蜘蛛の巣の破れ残っているところに雨の降りかかったのが、まるで白い玉を貫き通してあるようなのは、たいへんしみじみと趣き深い、とする。蜘蛛の巣上の水滴を美しいものとして評価しているのである。

蜘蛛の巣の和歌
——美とはかなさと

『枕草子』と同様に、露の置いた蜘蛛の巣を美的対象として取り扱うことは、王朝の和歌の世界にもしばしば見られる。たとえば、『古今和歌集』には、

秋の野に置く白露は玉なれや貫《つらぬ》きかくる蜘蛛のいとすぢ　（秋上・二二五・文屋朝康）
白露を玉に貫《ぬ》くとやささがにの花にも葉にも糸を皆綜《みなへ》し　（物名・四三七・紀友則）

といった例が見える。いずれも露の置いた蜘蛛の巣について、糸で玉を貫いたと見立てている。後者は

物名《もののな》の歌で、「糸を（花にも葉にも）皆、掛けた」という意味の「糸を皆綜し」に「女郎花《をみなへし》」を詠み込んでいる。

なお、「ささがに」は小さい蟹の意で、蜘蛛の形状が蟹に似ているところから成立した語。「ささがにの」で蜘蛛にかかる枕詞として用いられるが、蜘蛛、蜘蛛の巣《い》、蜘蛛の糸の意から、「雲」「曇る」、「い」の音で始まる「命」「いかに」「今」、副詞の「いと」や「厭《いと》ふ」などにも掛かる。また、「ささがに」が蜘蛛そのものを意味することもある。先の友則の歌は、「ささがに」が蜘蛛そのものを表す例である。

さて、露の置いた蜘蛛の巣はただ美しいものとして捉えられるだけではなく、

ささがにの巣がく浅茅《あさぢ》の末ごとに乱れて貫《ぬ》ける白露の玉　（『後拾遺和歌集』秋上・三〇六・藤原長能）

世の中を何にたとへむささがにの糸もて貫《ぬ》ける白露の玉　（『能宣集《よしのぶしゅう》』二四四）

ささがにの糸にかかれる白露は荒れたる宿の玉すだれかな　（『能因集《のういんしゅう》』九九）

ささがにの糸に貫《つらぬ》く露の玉をかけて飾れる世にこそありけれ　（『山家集』一五一四・無常）

のように、乱れや無常、荒廃のニュアンスを含み持っている。蜘蛛の糸は切れやすく、それだけでもはかないイメージを持っているが、消えやすい露と重ねることではかなさを強調することになる。

蜘蛛の糸の和歌
——裁縫と七夕

無常や荒廃の雰囲気を持ちながらも美的対象として和歌に詠まれた蜘蛛の巣であるが、本章第1節で紹介したように蜘蛛は糸を器用に操って巣を作るところから、裁縫の上手として捉えられていた。和歌にも、

ささがにの糸引きかくる草むらに機織《はたお》る虫の声聞《きこ》ゆなり
（『金葉和歌集』秋・二一九・源顕仲母）

ささがにの巣がく糸をや秋の野に機織る虫の経緯《たてぬき》にする
（『和泉式部集』一四七・虫）

のように、機織る虫（キリギリス）と組み合わせて、蜘蛛が糸を扱うことを機織りと関連させた詠歌や、

ささがにの糸のとぢめやあだならんほころびわたる藤袴《ふぢばかま》かな
（『金葉和歌集』秋・二三六・源顕仲）

のように、「糸」の縁語としての「藤袴」と組み合わせた例が見える。顕仲詠は「蜘蛛の糸で縫った綴じ目がゆるいのであろうか。一面にほころんで花が咲いている藤袴よ」といった意味で、「ほころぶ」には縫い目がほどける意とつぼみが開く意が掛けられている。

さらに、本章第1節でふれたように、七月七日の乞巧奠に裁縫の技芸上達を願う風習があることから、次のように、七夕と蜘蛛とを組み合わせた和歌も詠まれている。

荻の葉に巣がく糸をもささがにはたなばたにとや今朝は引くらむ
（『詞花和歌集』秋・八四・橘元任）

この歌の詞書には「七月七日、式部大輔《しきぶのたいふ》資業《すけなり》がもとにてよめる」とあるので、「今朝」は七月七日の朝である。「荻の葉に巣を懸ける糸を、蜘蛛は織女に貸そうとして、今朝は引くのだろうか」という一首は、

蜘蛛が巣を懸けるのを、人が織女星に糸を供えるのに見立てている。このように、蜘蛛と織女星の関わりは深く、中世には、織女星の異称として「ささがに姫」の名が見えている。すなわち、梵灯庵《ぼんとうあん》（一三四九～?）の記した連歌の書『梵灯庵袖下集《そでしたしゅう》』（西高辻本）に、

七夕に七のひめの名あり。万葉に云く、朝皃ひめ、かぢのは姫、秋さひめ、たき物姫、ささがに姫、おりひめ、ももこひめ

とある。朝皃（朝顔）は秋の七草の一つ。「秋さひめ」と同様、秋の季節感を持って織女星の異名としたものだろう。「秋さる」は「秋になる」の意で、『万葉集』に「秋されば霧立ち渡る天の川石並《いしな》み置かば継《つ》ぎて見むかも」（巻二十・四三一〇）（秋になると霧が立ち渡る天の川に石を並べて置いたならば、続けて逢うことができるだろうか）の例がある。「秋さひめ」は「秋さる姫」の意であろうか。梶《かじ》の葉は、これに歌を書き、七夕に二星に手向ける風習がある。薫物《たきもの》は七夕の供え物の一つ。「百子姫《ももこひめ》」の名は「百子池《ももこいけ》」から生じたものであろう。『梵灯庵袖下集』（西高辻本）によれば、「百子池」とは、七夕の時、百のうつわに水を入れ、底に鏡を沈めて星を映すことで、鏡に映る天の川の異名ともなったという。「ささがに姫」もこれらに並ぶ優雅な名として掲げられているのである。

蜘蛛の糸の和歌
——恋の吉兆から嘆きへ

第五章第4節で述べたように、古来、蜘蛛の行動を恋人の来訪の前兆とする俗信があった。『日本書紀』の衣通郎姫《そとおしのいらつめ》の歌「我が背子《せこ》が来《く》べき夕《よひ》なりささがねの蜘蛛の行ひ今夕著《こよひしる》しも」（今夜は我が夫がきっとお出でになる夜だわ、蜘蛛の行動が今夜は特に目につ

きますもの）以降、この俗信をふまえた恋歌は数多い。
さて、もともと待人の来る吉兆であったはずの蜘蛛の振舞は、恋歌の中で、頼みにならないものとして嘆かれる対象になってゆく。

来る人もなき我が宿の荻の葉に糸引きかけて蜘蛛のふるまふ　（『堀河百首』荻・六八一・源師時）
かきたえて訪ひ来る人もなきものを空だのめするささがにの糸　（『永久百首』蜘蛛・六九三・常陸）
偽《いつはり》を何かふるまふささがにのいかに待つとも来べき宵かは　（『宝治百首』寄虫恋・二九〇二・寂西）
ささがにの頼む宵はむなしくて涙ばかりぞ袖にかかれる　（『文保百首』恋・一三七九・藤原経継）
今ははた来べき宵さへふけぬれば心細しやささがにの糸　（『延文百首』寄蛛恋・二五八二・藤原実名）
頼まずよ空に巣がけるささがにのくもであやふき契りばかりは　（『延文百首』寄蛛恋・三〇八二・藤原雅冬）

これらは、蜘蛛がいかに振る舞おうとも恋人はやって来ないという現実の中で、「偽」「むなし」「心細し」「あやうし」といった言葉であてにならない恋人を待つ身を嘆いている。期待すればするほど裏切られた時の悲しみは深い。待つ女たちは、蜘蛛を頼みとする一方で、蜘蛛によっていっそう悲しみをかき立てられていたのである。

恋人を待つ蜘蛛

蜘蛛の振舞を眺めつつ恋人を待つ女の、嘆きの歌を見てきたが、蜘蛛自身も誰かを待っていると捉えた詠歌がある。

暮ごとにねやづくりするささがにの軒端のつまに誰を待つらん

（『新撰和歌六帖』蜘蛛・二二六七・藤原為家）

「つま」は「端《つま》」（建物の端《はし》の意）と「夫《つま》」または「妻《つま》」（配偶者の意。男女ともに用いる）との掛詞で、軒の先端に巣を張っている蜘蛛について、夫（妻）となるべき誰を待っているのだろうか、と詠んだものである。

この藤原為家の歌で興味深いのは、蜘蛛が暮ごとに巣を作るとしていることで、オニグモ類やトリフンダマシの仲間が、夕方から夜に張った網を翌朝にはきれいに外してしまう習性（八木沼健夫『クモの話』北隆館、一九六九年）をふまえている。この蜘蛛の性質については、和歌の世界で広く共有された痕跡は見えないが、為家はどうやらこの蜘蛛の性質を知っていたらしい。当該歌は、文芸上の教養によってではなく、蜘蛛の行動を把握した上で詠まれたものと考えてよいだろう。

不孝不善の者
——定家の為家評

藤原為家（一一九八～一二七五）は定家の二男として、歌合の判者をつとめたり、後嵯峨院の命により、『続後撰和歌集』を単独で編纂したりするなど歌壇で活躍したが、若い頃は歌道に精進せず、父・定家を嘆かせた。定家の日記『明月記』建暦二年（一二一二）七月十七日条によると、内大臣道家から、詩歌会を催すので、定家の二人の息子（光家・為家）を参加させるよう依頼があったが、定家は「為家の歌、未だ三十一字を連ねざる者に候ふ」と、為家の歌が未熟であることをもって辞退の言葉を述べている。建保元年（一二一三）五月二十二日条には、よりいっそうの嘆きが記される。いわく、為家は、毎日蹴鞠に励むばかりで、和歌も音楽もできない。かつて、光家・

為家が生まれた時、自分は愚かにも、男子誕生を喜び、和歌の家を継ぐ者として期待したが、その願いはむなしく裏切られた。兄がまず父の命に背き、三十歳になっても未だ和歌を詠めない。弟もまた同じである。父の教訓に従わない「不孝不善の者」二人が成人してしまった。見聞きするにつけ、心が砕けるようだ。なんと悲しいことよ。

『新撰和歌六帖』は寛元二年（一二四四）に成立したもので、為家は四十七歳。歌作にも真剣に取り組むようになっており、すでに、仁治二年（一二四一）、定家が亡くなった後の御子左家を継いでいた。定家を嘆かせていた頃とは違って、歌壇でも重きをなしていたのである。しかし、蜘蛛が夕方に巣をたたむことを詠んだ当該歌の背景には、蹴鞠に夢中になり、屋外で多くの時を過ごしたやんちゃな少年時代の経験が透かし見えるような気がする――とは、うがち過ぎであろうか。

8　蜘蛛の巣文様

蜘蛛の巣文様の諸例

和歌の中で、はかなくも美しいイメージを持って歌われた蜘蛛の巣は、服飾や器物の文様として取り上げられている。現代人の感覚からすれば、蜘蛛の巣は特異な意匠とも思われるが、中古・中世から近世にかけては意外に多くの例が見出される。蜘蛛の巣文様については、吉村佳子に複数の論文があり、以下は吉村論文に多くを負っている（「蜘蛛の巣文様の展開――中世における」『服飾美学』第四十一号、二〇〇五年九月／「蜘蛛の巣文様についての一考察――江戸時代を中心に」『服飾美学』第四十五号、二〇〇七年九月／「王朝文学と蜘蛛の巣文様」『王朝文学と服飾・容飾』竹林舎、二〇一〇年ほか)。

蜘蛛の巣の意匠の早い例として、天喜四年(一〇五六)の「皇后宮春秋歌合」右方の秋の装いが指摘される。

菊襲《きくがさね》の人々、表衣《うはぎ》いろ〳〵にて、その花の折枝を織り、むら〳〵に匂はし、蜘蛛の巣を結びて、虫どもかかれり、

「皇后宮春秋歌合」は、後冷泉天皇の皇后・寛子が、父・藤原頼通の後援により催したもので、春秋九題(左方春、右方秋)に祝一題を加えた十番から成る。題にあわせ、左方は春の装い、右方は秋の装いでそれぞれに贅を凝らしている。引用は、右方の装束文様の一つで、表衣の色目と同じ花の折枝の文様を織り出し、糸で蜘蛛の巣をつけ、そこに虫をかからせたというのである。

蜘蛛の巣が秋の季節感を表す文様として登場する例は、中世にも散見する。明徳二年(一三九一)九月に、足利義満が大和の寺社を訪ねた折の記録『明徳二年室町殿春日詣記』には、その折の義満、扈従の公家、従者らの服飾が詳細に記されるが、その中に「蜘ノ井」あるいは「蜘井ニ紅葉の散葉」の模様が見える(河原由紀子「『明徳二年室町殿春日詣記』にみる公家出遊時の服飾表現——模様を中心に」『服飾美学』第二十九号、一九九九年九月)。

さらに下って、十五世紀に作成された伝土佐広周筆『天稚彦草紙絵巻《あめわかひこそうしえまき》』(ベルリン国立東洋美術館蔵)には、天稚彦の妻となった姫君の赤地の袿《うちき》に、金泥で蜘蛛の巣と蝶の文様が描かれている。『天稚彦草紙

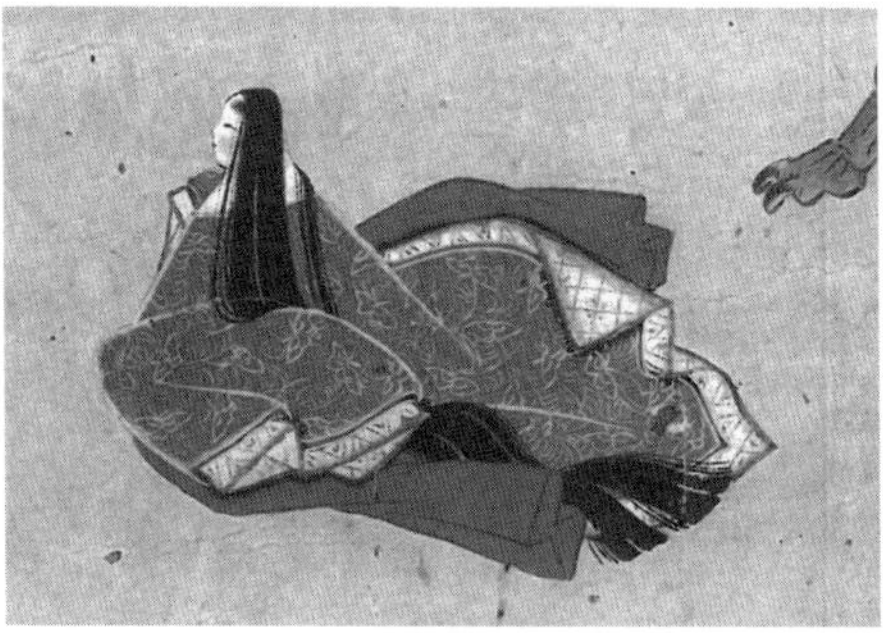

『天稚彦草紙絵巻』（ベルリン国立東洋美術館蔵）
（『新修日本絵巻物全集別巻２　天稚彦草紙他』角川書店，1981 年）

絵巻』は、蛇婿入り、天界訪問譚、禁止と破り、難題譚などが複合した物語であるが、最後は七夕の由来譚になっている。すなわち、結末部に、天稚彦は彦星、姫君は織女星となって、年に一度、七月七日のみ逢えることになったことが語られる。前節でふれたように、織女星は「ささがに姫」の異名を持ち、蜘蛛と関わりが深いので、「蜘蛛の巣に蝶」は、姫君の衣装として巧みに選ばれた文様といい得る。蜘蛛の巣文様は、織女星になるという姫君の未来を暗示するものと捉えられるのだ。

さて、服飾文様ではないため、吉村論、河原論にはふれられないが、伏見宮貞成の日記『看聞日記』応永二十七年（一四二〇）八月一日条には、八朔の御憑《おたのみ》（八月一日の儀礼として公家・幕府と臣下や社寺などとで物品を贈答すること）として、仙洞より、「地文蜘井蝶打付」の銚子《ちょうし》提《ひさげ》が届いたことが記される。すなわち、酒器の地の文様として蜘蛛の巣が描かれ、そこに、蝶の飾りが打ちつけられていたらしい。

蜘蛛の巣は、季節を問わず見られるものだが、和歌に詠まれる場合、圧倒的に秋の季節感を伴うことが多い。五月雨や青柳、梅の花びらなどと取り合わせて詠まれる例も存在するが、薄、女郎花、萩、荻などの秋草や秋風、時雨、秋の野に置く露、紅葉、あるいは七夕といった秋の風物とともに詠まれるのがほとんどである。仲秋の八朔の贈答品に蜘蛛の巣文様が見えるのは、季節としてふさわしいものといえる。

ちなみに、ベルリン国立東洋美術館蔵『天稚彦草紙絵巻』の奥書は貞成親王の自筆であるとされており（『新修日本絵巻物全集　別巻二』角川書店、一九八一年）、とすると、貞成は、「蜘蛛の巣に蝶」文様を絵巻に描かれた衣装文様として、また、酒器文様として、親しく眺めていたということになる。

秋の季節感を伴うはかなく美しいイメージと、七夕に関連する風習や恋の風情をまとったものとして、蜘蛛の巣の文様は、中世の衣装や道具を彩っていたのであった。

蜘蛛の巣と馬

蜘蛛の巣に蝶や紅葉がかかっている様子は、日常的に目にする光景であるが、文様の世界ではなんと蜘蛛の巣に馬がかかっていることがあった。

「建治・弘安の比《ころ》は、祭の日の放免《はうべん》の付物《つけもの》に、異様《ことやう》なる紺の布四五反《たん》にて馬をつくりて、尾髪《をかみ》には灯心《とうしみ》をして、蜘蛛のい描きたる水干《すいかん》につけて、歌の心など言ひてわたりしこと、常に見及び侍りしなども、興ありてしたる心地にてこそ侍りしか」と、老いたる道志どもの、今日もかたり侍るなり。

『徒然草』第二百二十一段の一節である。ここには、老いた道志（律令に通じた明法道の者で、衛門府の志《さかん》と検非違使の志を兼ねた者。志は、令制における四等官の第四）たちが、建治・弘安（一二七五〜八八）の頃を追慕して語った内容が記されている。賀茂祭の放免（警固役の者）が、蜘蛛の巣を描いた水干に、尾やたて髪を灯心で作った紺布の作り馬を付けており、興あることであったというのである。

この一風変わった付物は「歌の心」を示しているとされ、本文中には記されないが、元和七年（一六二一）成立、林羅山著の『徒然草』の注釈書『野槌《のづち》』には、「蜘蛛のいにあれたる駒はつなぐとも二道かくる人は頼まじ」（蜘蛛の巣に荒れ馬をつなぎとめることができたとしても、二人の女に思いをかけるような男の心をつなぎとめることなどできないのだから、そんな人を頼りにはするまい）という和歌が引かれている。この歌は、謡曲「鉄輪《かなわ》」「現在女郎花《げんざいおみえなし》」などに引用され、中世には知られていたが、出典は未詳である。安良岡康作は、『古今和歌六帖』第四・恋所収の下の句「人のこころをいかがたのまん」に続く上の句を複数連ねた中の三首を取り上げ、これら三首が合わさって後世に訛伝されたのではないか、と推測している（『徒然草全注釈　下巻』角川書店、一九六八年）。

蜘蛛の網に吹きくる風はとめつとも　人の心をいかがたのまん（二一九九・紀友則）
毛の末にはねつく馬はつなぐとも　人の心をいかがたのまん（二二〇四・在原滋春）
荒るる馬を朽ちたる縄につなぐとも　人の心をいかがたのまん（二二二〇・紀貫之）

安良岡論は三首を指摘するが、紀貫之と紀友則の上の句だけで、言葉上は「蜘蛛のいにあれたる駒はつなぐとも」の句がほぼ完成する。同じ紀氏の和歌ということで混同されたものであろうか。

この意匠は、蜘蛛の巣は破れやすい弱いものという認識を前提に、それに暴れ馬をつなぐというあり得ない事柄を描き出している。和歌に典拠を持ちながらも、奇抜なデザインは、後のかぶき者の衣装文様にも繋がるものといえよう。なお、江戸時代には蜘蛛の巣と馬の取り合わせが蒔絵箱の意匠として用いられた例もあり（大阪市立美術館蔵カザールコレクション「蜘蛛の巣に馬蒔絵伽羅箱」十七〜十八世紀）、人々の興味を惹き続けていたことが窺われる。

かぶき者・遊女と蜘蛛の巣文様

江戸時代の蜘蛛の巣文様を検討した吉村論文（前掲『服飾美学』第四十五号所収）は、特徴的なものとして、かぶき者の衣装と遊女の衣装を挙げ、前者の蜘蛛の巣文様は、見る者を驚かせる奇を衒った異装を示すもの、後者は獲物を絡め取る蜘蛛の巣の性格を遊女の性格に重ねたものとする。

「蜘蛛の巣に馬蒔絵伽羅箱」（大阪市立美術館蔵・カザールコレクション）（前掲『蜘蛛の糸』）

本章第5節でふれたように、能「土蜘蛛」における蜘蛛の妖怪は、後世に大きな影響を与えたものと思われるが、前場で僧の姿をとって現われていたように、あえて性別をいうなら「男」のイメージが強い。しかし、近世に下ると、天明元年（一七八一）に上演された歌舞伎「蜘蛛《くも》拍子《ひょうし》舞《まい》」のように、能「土蜘蛛」をふまえながらも、蜘蛛の精が美女に化して、頼光に近づくという例がある。正体を明かすくだりの歌詞には「我が背子が来べき宵なりささがにの　蜘蛛の振舞かねて知る　我が身の上ぞ遣瀬《やるせ》なや　葛城山に年を経し世にも名を知る女郎蜘蛛」と見え、「女郎蜘蛛」と規定されることによって、女性性が強調されている。遊女の衣装文様として蜘蛛の巣が描かれるのは、女郎蜘

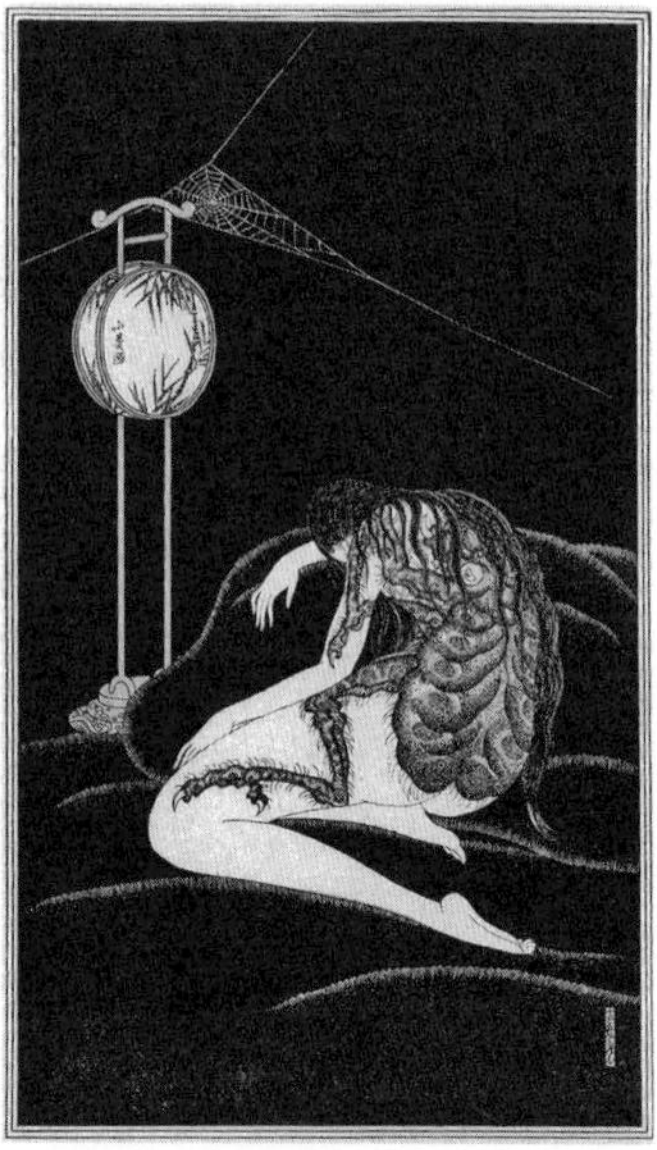

橘小夢「刺青」

（『橘小夢画集 日本の妖美』河出書房新社，2015 年）

蛛からの連想もあっただろう。

　蜘蛛の妖術を使う美女が活躍する物語として著名なものに、幕末の合《ごう》巻《かん》（長編絵入り読み物）『白縫《しらぬい》譚《ものがたり》』がある。主人公・若菜姫は、豊後国錦が嶽の大蜘蛛の精霊から蜘蛛の妖術を授けられ、父の仇討ちを図る。その計略の中では、蜘蛛の精の子を、遊女小女郎に化身させて敵方に送り込むということもあった。美姫若菜姫の怪奇な蜘蛛の妖術は幕末の猟奇趣味にかなったらしく、大いに流行して河竹黙阿弥によって歌舞伎化され、錦絵も数多く作られている。

　さらに下って、明治四十三年（一九一〇）に発表された谷崎潤一郎の短編「刺青《しせい》」には、女郎蜘蛛が印象的に登場する。

　刺青《ほりもの》師《し》・清吉の年来の宿願は、「光輝ある美女の肌を得て、それへ己れの魂を刺り込む事」であった。ようやく理想の娘を見出した清吉は、彼女に「肥料」という画題の絵を見せる。若い女が桜の幹に身を寄せており、足元に累々と斃れているのは多くの男たちの屍骸《むくろ》。清吉は、「これはお前の未来を絵に現はしたのだ。此処に斃れて居る人達は、皆これからお前の為めに命を捨てるのだ」と言い、娘の背中に、全身全霊をこめて「不思議な魔性の動物」である「巨大な女郎蜘蛛」を刺した。仕事を終え、空虚《うつろ》な心の清吉に、女は「お前さんは真先に私の肥料《こやし》になつたんだねえ」と言い放ち、瞳を輝かせる。秋の季節感やはかなさを示す蜘蛛の巣文様には、やがて、逃れがたい魅力を持つ魔性の女のイメージも付加されていくのである。

第七章　中世人が聞いた秋に鳴く虫――松虫・鈴虫・轡虫

1　秋の夕べに鳴く虫尽くし

本書でたどってきた『梁塵秘抄』今様に登場する虫は、蛍・機織虫《はたおるむし》（キリギリス）・蝶・蟷螂・蝸牛・蟋蟀《きりぎりす》（コオロギ）・虱・蜻蛉であった。この中で、鳴き声を愛でる虫といえば、機織虫と蟋蟀であるが、伝統的な文芸である和歌の中で、最も多く取り上げられる鳴く虫は松虫である。

今様の中の鳴く虫

現存する『梁塵秘抄』の中には出てこない松虫であるが、今様の中にはこれを歌ったものも確かに存在する。『古今目録抄《ここんもくろくしょう》』料紙今様の次の一首がそれである。

秋の夕べに鳴く虫は　松虫鈴虫轡虫《くつわむし》　こほろぎ機織きりぎりす　常には鳴かねどたるら虫

『古今目録抄』料紙今様の虫

『古今目録抄』は法隆寺の僧・顕真が聖徳太子の伝記を集録したもので、その料紙として、今様を集めた紙を横に二つに切って用いている。上下を継ぎ合わせることで、もとの今様六十数首を判読でき、その今様が、仮に『古今目録抄』料紙今様と呼ばれているものである。そのうち、『梁塵秘抄』所収今様と重複するものが十五首ほどある。今様の書かれた料紙を用いているのは『古今目録抄』の上巻であり、その成立は、嘉禎四年（一二三八）と考えられている（荻野三七彦『聖徳太子伝古今目録抄の基礎的研究』法隆寺、一九三七年）ので、記されている今様の成立年代は、これを下限とし、『梁塵秘抄』所収今様よりはやや下るものと推測される。

さて、この『古今目録抄』料紙今様の鳴く虫尽くしに見えるのは、「松虫」「鈴虫」「轡虫」「こほろぎ」「機織」「きりぎりす」である。第三章第4節で述べたように、「機織」は今のキリギリス、「きりぎりす」は今のコオロギで雅語（歌語）であり、「こほろぎ」は今のコオロギで俗語（非歌語）であったと思われる。

松虫と鈴虫

松虫、鈴虫はどちらもコオロギ科で、褐色で「チンチロリン」と鳴くのが松虫（金属的な甲高い声で、実際は「チッ・チッ・チリン」「チッ・チリン・チリン」というように聞こえる）、黒色で「リーンリーン」と鳴くのが鈴虫である。

さて、古典文学の注釈書や古語辞典には、中世ごろまで、松虫と鈴虫が今と逆であったという解説がしばしば見られる。しかし、この「定説」について詳細に論じた冨永美香は、次のように結論づけている。

呼称の転換については江戸時代の文人の間で、混乱が見えた。江戸の庶民層では現在と同様の呼称を用いていたのに対して、昆虫の実態にうとい知識人が逆転説を主張し、呼称に異議を唱えるものが大半であった。(中略) 例歌などから判断して、実態が作品に反映しているとおぼしく、鈴虫・松虫の実態と呼称は、それぞれほぼ一致しており、転換説には疑問を持たざるをえない。

(「鈴虫・松虫考——転換説への疑問」『お茶の水女子大学人間文化研究年報』第十八号、一九九五年三月)

冨永論に従い、以下に用例を挙げる松虫・鈴虫の呼称は現在と一致しているものとする。

『源氏物語』の松虫・鈴虫評

『源氏物語』鈴虫巻には、中秋の名月の折、光源氏が虫の音を評する次のような場面がある。

げに声々聞こえたる中に、鈴虫のふり出でたるほど、はなやかにをかし。「秋の虫の声いづれとなき中に、松虫なんすぐれたるとて、中宮の、遥けき野辺を分けて、いとわざと尋ね取りつつ放たせ給へる、しるく鳴き伝ふることこそ少なかなれ。名にはたがひて、命のほどはかなき虫にぞあるべき。心にまかせて、人聞かぬ奥山、遥けき野の松原に声おしまぬも、いと隔て心ある虫になんありける。鈴虫は心やすくいまめいたるこそらうたけれ」

松虫は、人里離れたところでは美しく鳴くが、捕らえたものを庭に放って聞くとさほどでない、長寿を意味する「松」の名に似合わず、命のはかない虫なのだろう、聞く人もない奥山や松原で声をおしまず鳴く、隔て心のある虫だ、とされる。一方、鈴虫は、親しみがあって華やかに鳴くのがかわいらしいと評価されている。

松虫と鈴虫はしばしば並び称されるが、たとえば和歌に詠まれるのは、松虫の方が多く、用例数からいえば、鈴虫の用例の三倍近い。「待つ」との掛詞が用例の多さを導いている側面があり、「人松虫」「誰松虫」の形でしばしば詠まれている。しかし、先に挙げた『源氏物語』では、「隔て心ある」松虫より、「心やすく」華やかに鳴く鈴虫の方が高く評価されていた。『枕草子』「虫は」の段も、

虫は、鈴虫。蜩《ひぐらし》。蝶。松虫。きりぎりす。はたおり。

と始まり、「鈴虫」が筆頭に挙がっている。

松虫・鈴虫の和歌

秋の虫の音は、その季節とあいまって、寂寥感を漂わせるものとして詠まれることが一般的だが、松虫は特に、「待つ」との掛詞により、来ぬ人の存在と歌の主体の孤独が浮かび上がり、悲哀の情感が強調される傾向がある。

君しのぶ草にやつるるふるさとは松虫の音ぞかなしかりける
（『古今和歌集』秋上・二〇〇・よみ人知らず）

秋風のやや吹きしけば野を寒みわびしき声に松虫ぞ鳴く
（『後撰和歌集』秋上・二六一・紀貫之）

来ぬ人を秋のけしきやふけぬらん恨みに弱る松虫の声
（『新古今和歌集』恋四・一三二一・寂蓮）

これらは、当然ながら掛詞に支えられている側面が大きいが、警戒心が強く、人里はなれたところで鳴くという松虫の実態にも合致していよう。

一方、「チンチロリン」の鳴き声を、「松」の持つめでたいイメージに重ね、「千歳《ちとせ》」と聞きなす和歌もある。

千歳とぞ草むらごとに聞こゆなるこや松虫の声にはあるらん　（『拾遺和歌集』賀・二九五・平兼盛）

鈴虫については、一般的な秋の虫同様、命の儚さを詠む、

秋風に声弱りゆく鈴虫のつひにはいかがならんとすらん　（『後拾遺和歌集』秋上・二七二・大江匡衡）

のような例もあるが、「鈴」の縁で「振る」や「鳴る」を出し、さらに「振る」と「古る」「経る」、「鳴る」と「成る」「馴る」との掛詞を用いる技巧的な歌が多い。

とやかへり我が手ならしし鴘《はしたか》の来ると聞こゆる鈴虫の声　（『後拾遺和歌集』秋上・二六七・大江公資）

年経ぬる秋にもあかず鈴虫のふりゆくままに声のまされば（『後拾遺和歌集』秋上・二六八・藤原公任）

ふるさとにかはらざりけり鈴虫の鳴海《なるみ》の野辺の夕暮れの声　（『詞花和歌集』秋・一二一・橘為仲）

鈴虫の声ふりたつる秋の夜はあはれに物のなりまさるかな　（『玉葉和歌集』秋上・六〇八・和泉式部）

これらは、秋の物哀れな風情を詠んではいるが、「声のまされば」と時間が経つに従って声が良くなっていくことに焦点を当てたり、鷹狩に用いる鵺の尾につけた鈴の音に譬えたりと、鈴虫の鳴き声は、ある明るさをもって捉えられている。縁語によって作り出される鈴を振るイメージからは、華やかな雰囲気が醸成されるが、それは『源氏物語』で「はなやかにをかし」「心やすくいまめいたるこそらうたけれ」と評される鳴き声の実態とも合致していよう。

能「松虫」　金春禅竹《こんぱるぜんちく》（一四〇五〜七〇？）作の能「松虫」には、松虫の声を愛し、その声を聞きながら死した男が登場する。梗概は次の通り。

摂津国阿倍野（現大阪市阿倍野区）の市に、常に友を連れてやってきては酒宴をなす男がいた。ある時、酒を売る商人が、男のつぶやいた「松虫の音に友を偲ぶ」という言葉に耳をとめ、その謂れを問うと、男は、友人二人が阿倍野の原を通った時、一人が松虫の音のおもしろさに惹かれて草の露に分け入ったまま帰らず、空しくなってしまったとの昔話をし、自らその亡霊であると明かして失せる（前場）。その夜、商人が弔っていると、男の亡霊が現れ、虫の声に興じて舞を舞う（後場）。

後場に登場する亡霊は、男なのか、その友（野辺で死んだ男）なのか、判然としない曖昧性が指摘されるが、伊藤正義は、後ジテの霊鬼の扮装に注目し、能「松虫」の後ジテは、「野辺に死んだ男であると共に、その化して松虫と一体となったものという二重性格」を与えられているとの卓見を示す（新潮日本古典集成『謡曲集　下』新潮社、一九八八年）。

前シテの男は登場してまず「もとの秋をもまつむしの　もとの秋をもまつむしの　音《ね》にもや友を偲ぶらん」（昔の秋が再び訪れることを待つかのように、松虫が鳴く、その鳴き声を聞くにつけても、友が懐かしく思われることよ）と謡う。「まつむし」の「まつ」には、先の和歌で見たように「松」と「待つ」が掛けられている。前場の最後には、男は「折節秋の暮　まつむしも鳴くものを　われをや待つ声ならん」と言い、松虫の声を、自分を待つ声と捉えている。ここでも、松虫が死んだ友と重ねられているらしいから、後ジテを松虫の精であり野辺で死んだ男であると見る伊藤論は説得力がある。

虫の声の響く中、後ジテが舞を舞う場面では、虫の音が次のように描写される。

面白や　千草《ちぐさ》にすだく虫の音《ね》の　機織《はたお》る音《おと》の　きりはたりちやう　きりはたりちやう　つづりさせてふ蟋蟀《きりぎりす》茅蜩《ひぐらし》　いろいろの色音《いろね》の中に　別《わ》きてわが偲《しの》ぶ　松虫の声　りんりんりんりん　りんとして夜《よる》の声　冥々《めいめい》たり

第三章第1節でふれたように、「きりはたりちやう」は機織虫（キリギリス）の鳴き声をうつしたもの、「つづりさせてふ」は蟋蟀（コオロギ）の鳴き声の聞きなしである。松虫の声は「りんりんりん」という擬音語で捉えられている。松虫の声を「夜の声」と表現して、漆黒の闇に響く声であるのを強調していることは、後ジテが凄惨な鬼の姿で現れることと一脈通じるように思われる。松虫は、『源氏物語』において、人もいない奥山や松原で鳴くはかない虫とされていたが、能「松虫」は、人待つ虫として友を思慕するイメージに重ねて、そうした死の世界ともつながるような暗さをはらんだ松虫のイメージを巧みに生かした作品といえよう。

『古今目録抄』料紙今様で、松虫・鈴虫と並んで名の挙がる轡虫は、ガチャガチャと高い声で鳴く。馬の轡の鳴る音から来た名称である。この轡虫は、『枕草子』「笛は」の段において、次のように登場する。

轡虫の和歌

篳篥《ひちりき》はいとかしがましく、秋の虫をいはば、轡虫などの心地して、うたてけ近く聞かまほしからず。

篳篥の音色はひどくやかましく、轡虫の鳴き声のようで不愉快だ、身近に聞きたくはない、と散々のいわれようである。和歌にも詠まれているが、「駒」の縁語として取り上げられることがほとんどであり、「聞きに聞かする」「騒ぐ」「叫ぶ」など、声のやかましさを表現する語が使われることも多い。

遠き所に人待ちし頃、近く草の許《もと》に轡虫の鳴くを聞きて
わが背子は駒にまかせて来にけりと聞きに聞かする轡虫かな
（『和泉式部続集』二四三）

くらぶのに駒うちなべて過ぎゆけばまだきも騒ぐ轡虫かな
（『江帥集《ごうのそちしゅう》』一〇九・くつわむし）

夕顔のしげみにすだく轡虫おびたたしくもこひ叫ぶかな
（『散木奇歌集』一一二〇・寄虫恋）

このように見てくると、轡虫の鳴き声は、今様で並べられた松虫・鈴虫の鳴き声ほど、愛玩されたとはいいにくい。

室町後期から江戸初期に成立した御伽草子『虫の歌合』は、蠅と蚊、蚤と虱、蟷螂と「あしまとひ」

（蟷螂に寄生するハリガネムシ）、いもむし（幼虫）と蝶など、連想関係のある虫を番にしている。鈴虫と松虫は番となっているから、両者は美しい声の虫として、一対で捉えられていることがわかる。

などてかくたへぬ思ひをすずむしの振り捨てがたき恋路なるらん（左・鈴虫）
あはれ知れ月にや君が訪ふやとて草の戸ざしをあけてまつ虫（右・松虫）

判詞は「右左ともに名あるかたがたの御歌なれば、持《ぢ》に沙汰し侍るなり」として、鈴虫・松虫の美しい鳴き声（歌）を「有名な方々の歌」と捉え、甲乙つけがたいため「持」（引き分け）としている。内容は、「鈴（虫）」と「振る」の縁語、「松（虫）」と「待つ」の掛詞といった修辞を使ったものになっている。

一方、轡虫といえば、番えられているのは毛虫である。

いかにせん身の報ひにやかくばかりさしつくやうに恋しかるらん（左・毛虫）
数ならでものを思ふも轡虫さびてはならぬ恋とこそ知れ（右・轡虫）

判詞は右歌について、「下ノ句の続き、秀句の言ひなし、作為ありてをかしくこそ侍れ」としている。「さびてはならぬ」の「さぶ」は（恋の）勢いが衰える意と（轡が）錆びる意を掛けているので、それを「秀句」（同音異義を利用した巧みなしゃれ）と評価したのである。

「松虫」「鈴虫」と正統な虫を並べた鳴く虫尽くしの今様は、やや意表をつく「轡虫」を続けて変化を持たせている。物尽くしにおける素材配列の工夫といえよう。

優美で趣深い声を愛玩された松虫・鈴虫に対し、轡虫は声のやかましさをやや滑稽味を帯びた形で捉えられており、格が一段下がる扱いであるが、しかし、虫売の世界ではそう馬鹿にしたものでもないようだ。時代ははるかに下るが、『文芸倶楽部』明治二十九年七月によれば、

虫の値段

虫の相場は蛍が二厘以下、鈴虫・松虫四銭以下、邯鄲《かんたん》・草雲雀十銭内外、轡虫十銭以下、きりぎりす十銭以上だという（森銑三『明治東京逸聞史1』平凡社、一九六九年）。轡虫は鈴虫・松虫より高く売られている！　轡虫は累代飼育が難しいとのことなので（後藤啓『鳴く虫の捕り方・飼い方』築地書館、二〇一六年）、これは飼育の難易度によるものだろうか。

2　鳴かない虫を聞く

常には鳴かないたるら虫

『古今目録抄』料紙今様「秋の夕べに鳴く虫は……」の最後をしめくくるのは「たるら虫」である。享保二年（一七一七）刊行の辞書『書言字考節用集《しょげんじこうせつようしゅう》』第五冊に「蚖蛇《タルラムシ》」とあり、「蚖蛇」は、『和名類聚抄』（九三一～三五年成立）巻十九に「蚖蛇　加良須倍三」とあるので、たるら虫はカラスヘビ（シマヘビの黒化型）の異名らしい。ただし、用例は少なく、『日本国語大辞典』が初出として挙げるのは、元禄十二年（一六九九）刊『はやり歌古今集』である。

深草の庭　荻萩薄　かたうづら　白い蘭こそ秘蔵の石台虫の声々　松虫鈴虫轡虫　常に鳴かぬはた

るら虫　いとどな秋は淋しきに　蟬経読むわいの　蟬が経読みや　みみみ　蟬経よむわいの（蟬ぶし）

興味深いのは、傍線部分が今様に重なることで、「蟬ぶし」は今様を取り入れた詞章になっている。ただし、「蟬ぶし」は「たるら虫」について「常に鳴かぬ」としているのに対し、今様は「常には鳴かねど」としている。シマヘビは尾を激しく震わせ、地を強く打って威嚇することがあるので、その音を鳴き声と捉え、時には鳴くことがあると捉えたものか。いずれにせよ、「たるら虫」の用例の初出は、『古今目録抄』料紙今様まで遡れることになるが、そのほか、管見に入った例は、江戸時代中期書写、中野幸一氏蔵の御伽草子『こほろぎ物語』である。これは、コオロギが虫の身のあわれを述べた後、三十五匹の虫が歌を読むという趣向で、「たるら虫」は次の一首を詠んでいる。

かなしやと音をこそなかめたるら虫心のうちを思ひしれかし

実際は鳴かないたるら虫であるが、「かなしや」と声を立てて鳴（泣）きたい、その心のうちを知ってほしいと歌ったもので、現実との対比が面白さの中心になっていよう。ちなみに、本作には「蛇」も登場し、「いたづらに身はくちなわに成り果てて結ぶ縁《えにし》のたよりだになし」の一首を詠んでいる。

蓑虫の鳴き声

鳴く虫を愛でるあまりか、時に、本来鳴かない虫の鳴き声が取り沙汰されることがあった。よく知られているのは、次の『枕草子』「虫は」の段の記述であろう。

蓑虫、いとあはれなり。鬼の生みたりければ、親に似て、これもおそろしき心あらむとて、親のあやしき衣ひき着せて、「いま秋風吹かむをりぞ来むとする。待てよ」と言ひおきて、逃げていにけるも知らず、風の音を聞き知りて、八月ばかりになれば、「ちちよ、ちちよ」とはかなげに鳴く。いみじうあはれなり。

鬼が生んだ子だったので、親に似て、これも恐ろしい気持ちを持っているだろうというので、親が粗末な着物を着せて、「秋風が吹く時になったら迎えに来るから待っておいで」と言い置いて逃げて行ったのも知らず、秋風が吹く八月頃になると、「ちちよ、ちちよ」とはかなげに鳴くのがしみじみとあわれである。

この話の典拠は不明だが、蓑虫を鬼の生んだ子とするのは、蓑を着けた姿が鬼の姿と共通するからだとされる。さてこの話、親は鬼のはずだが、鬼のような恐ろしい心であるのを恐れて、逃げて行ってしまう親とはいったい誰なのであろうか？　これまでの注釈者も悩んできたところだが、大きく分けると、次の二つの説がある。

①鬼＝女親、逃げた親＝男親、「ちちよ、ちちよ」＝「父よ、父よ」
②鬼＝男親、逃げた親＝女親、「ちちよ、ちちよ」＝「乳よ、乳よ」または、母を呼ぶ幼児語の「ちち」

ところで、蓑の中にいる蓑虫は幼虫であって、成虫はミノガと呼ばれる蛾である。雄は普通の蛾の姿をしているが、雌は実にさまざまな形態をとり、有翅有脚型（翅と脚を持つもの）、無翅有脚型（翅はなく脚を持つもの）、無翅無脚型（翅も脚もないもの）がいる。飛び去る姿を「逃げていにける」（逃げて行った）と見るならば、飛んでいくのは雄の可能性が高く、「父よ、父よ」と呼ぶのは理に適っているが……、そもそも蓑虫は鳴かないのであるし、文学的言説に、合理的な説明がつけようと躍起になるのは無粋というものであろう。

いずれにせよ、親を慕って蓑虫が鳴くという把握は、後代まで受け継がれ、たとえば、中世の和歌においては次のような例がある。

十題百首御歌　虫　寂蓮法師

ちぎりけむをぎのこころもしらずして秋風たのむみのむしの声

（『夫木和歌抄』動物部・一三一五〇）

宝治二年百首、寄虫恋　知家卿

わがせこが来ぬだにつらき風の音にさこそはなかめ秋のみのむし

（『夫木和歌抄』動物部・一三一五一）

「十題百首」は建久二年（一一九一）に行われたもの、知家の和歌は、宝治二年（一二四八）に詠まれている。「ちち」という鳴き声を詠み込む例は江戸時代に下り、

みの虫を
みのむしのつけるははそのかた枝に猶ちちのなきことやなくらん
（『晩花集』四九六）

秋虫　　　　　　　　　　　　　　　　源篤
みのむしのちちよとなくもあはれなり秋風さむくははそ散るころ
（『大江戸倭歌集』秋・一〇一七）

のような例が見られる。『晩花集《ばんかしゅう》』は延宝九年（一六八一）自撰の下河辺《しもこうべ》長流《ちょうりゅう》の歌集、『大江戸倭歌集』は安政七年（一八六〇）刊の私撰集である。両者は、「ははそ（柞）」（コナラの古名とも、ナラ・クヌギ類の総称ともいう）を詠み込み、「ははそ」に含まれる「はは（母）」と、蓑虫の鳴き声の「ちち（父）」を対比した言語遊戯的な表現になっている。

俳諧の中の蓑虫

俳諧においても、蓑虫の声は取り上げられており、しばしば、亡母、亡父をしのぶ折に引き合いに出されている。

風猪《ふうちょ》へ送る悼
蓑虫はちちと啼く夜を母の夢　　（野坡《やば》）
亡母ヲ夢ミル
五月音《さつきね》に我蓑虫や母恋し　　（嵐雪）
父忌日に

蓑虫の啼《なく》につけても夜寒哉　（乙由《おつゆう》）
　亡父三十三回忌
蓑虫の身の上かけて鳴音哉　（春来）

一方、その声を寂寥感とともに風情あるものとして捉えている例もある。

蓑虫の音《ね》を聞きに来《こ》よ草の庵《いほ》　（芭蕉）
蓑虫の死なで鳴夜や初しぐれ　（青蘿《せいら》）
蓑虫の霜に鳴夜や片びさし　（山外）

特に、芭蕉の句は、贈った相手である素堂に感銘を与えたらしく、蓑虫談議が展開していく。

山口素堂「蓑虫ノ説」　貞享四年（一六八七）の秋、芭蕉が「蓑虫の音を聞きに来よ草の庵」の句を素堂に贈ったところ、素堂は「蓑虫ノ説」の一文を草した（『風俗文選』所収）。その冒頭は次の通り。

みのむし〳〵、声のおぼつかなきをあはれぶ。ちゝよ〳〵となくは孝に専《もはら》なるものか。いかに伝へて鬼の子なるらん。清女が筆のさがなしや。よし鬼なりとも。瞽叟《こそう》を父として舜《しゅん》あり、汝《なんぢ》はむしの舜ならんか。

蓑虫よ、蓑虫よ、鳴き声のたよりないのをいとおしく思う。「父よ、父よ」と鳴くのは親孝行に専念しているというのであろうか。どうして鬼の子などと伝えているのだろうか。清少納言の筆の心無いことよ。よしんば鬼であっても、瞽叟を父として舜のような親孝行の子がいる。おまえは虫の舜であろうか、と、まず、蓑虫の頼りない声を取り上げ、親孝行の虫として位置づけている。舜は中国古代の聖王で、頑愚な父・瞽叟に憎まれながらも孝行を尽くしたという（『史記』）。

続く一節は、以下の通りである。

みの虫〳〵、声のおぼつかなくてかつ無能なるをあはれぶ。松虫は声の美なるが為に籠中《ろうちゅう》に花野をなき、桑子《さうし》は糸を吐くにより、からうじて賤《しづ》の手に死す。

蓑虫よ、蓑虫よ、鳴き声のたよりなく無能であるのをいとおしく思う。松虫は声が美しいばかりに籠の中に捕らえられて、秋の花咲く野を恋い慕って鳴き、蚕は糸を吐くために辛い目に遭い、賤しい者の手にかかって死んでしまうのだ、と、役に立たない存在であることをよしとしている。さらに、「無能にして静かなる」こと、「かたちの少しきなる」こと（形の小さいこと）が美点として取り上げられる。そして結びの一節は次のごとくである。

蓑虫々々、春は柳につきそめしより、桜が塵《ちり》にすがりて定家《ていか》の心を起し、秋は荻《をぎ》ふく風に音をそへて寂蓮《じゃくれん》に感をすゝむ。木がらしの後は空蟬《うつせみ》に身をならふや。骸《から》も躬《み》も共にすつるや。

蓑虫よ、蓑虫よ、春は柳の枝に下がり始めてから、桜の塵（散った桜の花びらか？）に取りすがって定家の歌心を起こし、秋は荻を吹く風に鳴き声を添えて寂蓮に感興をわかせた。木枯らしが吹いた後は、蟬のぬけ殻にその身をならうのだろうか。殻も身もすべて捨ててしまうのか、と、そのはかなさに焦点を当てている。蛾になって飛び去った後に残る蓑を、蟬のぬけ殻に譬えているものと思われる。「柳につきそめし」は、和泉式部の次の和歌をふまえている。

柳に蓑虫のつきたるを見て
雨ふらば梅の花笠あるものを柳につける蓑虫やなぞ　（『和泉式部集』五一四）
（雨が降ったら梅の花笠があるのに、梅の木ではなく柳の木にくっつくなんて、蓑虫よなぜ？）

「桜が塵にすがりて定家の心を起し」は、定家の次の和歌を念頭に置く。

春雨のふりにし里を来てみれば桜の塵にすがる蓑虫　（『拾遺愚草』七七九・虫）
（春雨の降る古里に来てみると、桜の塵〔散った桜の花びらか？〕に取りすがっている蓑虫よ）

「秋は荻ふく風に音をそへて寂蓮に感をすゝむ」は、先に引用した『夫木和歌抄』所収の寂蓮詠をふまえている。

以上、素堂の「蓑虫ノ説」では、親孝行の虫という把握の一方で、声の頼りなさ、形の小ささ、静か

松尾芭蕉真蹟
（『俳人真蹟全集３　芭蕉』平凡社，1930年）

で無能であること、蓑の名に似合わずしばしば涙に濡れることなどが記され、蓑虫の持つはかなさ、物悲しさが強調されている。

芭蕉「蓑虫説跋」

素堂の「蓑虫ノ説」の終わりに、さらに、芭蕉は一文を書き添えた。それが「蓑虫説跋」で、杉風《さんぷう》（芭蕉の門弟）伝来の真蹟があり、これには英一蝶《はなぶさいっちょう》（江戸中期の狩野派系の画家。俳諧をたしなむ）の蓑虫の絵に芭蕉が「みのむしのねをきゝにこよ草の庵」の句を記したものが添えられている。

「蓑虫説跋」において、芭蕉は素堂の詩文の美しさと内容の深さを讃え、「翁にあらずば誰か此《この》むしの心をしらん」（素堂でなければ、誰が蓑虫の心を知り得るだろうか）と記している。特に、蓑虫の「無能不才を感ずること」は荘子の思想に通じるとしている。荘子は無為（万物の自然の変化に順応すること）を主張し、生と死、是と非を同一視した。蓑虫はそうした哲学思想を体現する虫として位置づけられているのであった。

「蓑虫説跋」の結びは以下の通り。

ここに何がし朝湖《てうこ》と云有《いふあり》。この事を伝へきゝてこれを畫《ゑがく》。まことに丹青《たんせい》淡《あはく》して情《じやう》こまやか也。こゝろをとゞむれば虫うごくがごとく、黄葉落《くわうえふおつ》るかとうたがふ。みゝをたれて是《これ》を聴けば、其《その》むし声をなして、秋のかぜそよ〳〵と寒し。猶閑窓《かんさう》に閑を得て、両士の幸《さいはひ》に預《あづか》る事、蓑むしのめいぼくあるににたり。

ここに、朝湖（英一蝶の前号）という者があり、このこと（芭蕉の蓑虫の句と素堂の蓑虫ノ説のこと）を聞き伝えて、この絵を描いた。色彩はまことに淡々としていて、こまやかな情にあふれている。気をつけてよく見ると、今にも蓑虫は動き出し、黄葉は落ちるかのようだ。耳を澄まして聴き入ると、蓑虫は鳴き声を立て、秋風はそよそよと吹いて寒い。静かな草庵で静けさにひたり、二人（素堂・一蝶）の好意にあずかる（文や絵に取り上げられる）ことは、蓑虫が面目を施したようでうれしいことだ。

こうして、蓑虫をめぐる芭蕉・素堂・一蝶の風流な交流が展開したのであるから、蓑虫の「無能」は、文芸上、至極有益であった。

与謝蕪村「蓑虫説」

芭蕉・素堂のやりとりから八十余年を経た明和八年（一七七一）冬、江戸俳諧中興の祖といわれる蕪村も、蓑虫について一文を草した（〈 〉内は割注）。

諸虫啼《なき》つくして三径荒《くわう》に就《つき》ぬ。それが中に蓑虫といへるものゝ、木の葉引《ひき》かふて逸《いつ》としてふかくかくれ住ムあり。身に玉むしの光をかざらず、声に鈴虫の色をこのまざれば、人に捜し得らるゝの愁ひもなく、北吹けば南へぶらり、西吹ば東へぶらり、物と争はざれば風雨に害《そこな》はるゝかなしびもなし。只一繊《いっせん》のいとはかなきも、かれがためには千錬の鉄索《てっさく》にもまさり侍らん。おもふに此秋や太祇去り、霍英《かくえい》うせぬ。かの輩《ともがら》は世にいと名高く、常に九回の腸に苦しみ、さは天年にいとはれけるなるべし。蓑虫よ、我汝に与《く》みせん、穴かしこ、東隣《とうりん》の老嫗《ろうあう》にも知らる丶ことなかれ。

みの虫のぶらと世にふる時雨哉

時雨〈雨ふればやがて巣の中にすりこむをかしさに〉

みの虫のしぐれや五分の智恵袋

諸虫も鳴き尽くして、庭はすっかり荒れてしまった。その中に蓑虫という、木の葉を引きかぶって世を逃れ、深く隠れ住んでいるものがある。身に玉虫のような光を飾ることなく、声に鈴虫のような美しさもないため、人に探され捕らえられる愁いもなく、北風が吹けば南にぶらりとなびき、西風が吹けば東へぶらりとなびく。物と争って抵抗することがないので、風雨に損なわれる悲しみもない。ただ一筋のはかない糸も、蓑虫にとっては鍊りきたえた鉄の太綱にまさるものであろう。この秋、太祇も霍英も亡くなってしまった。彼らは世に名高い俳人で、常に句を磨き上げることに悶え苦しんでいたために、寿命を縮めてしまったのだろう。蓑虫よ、私はお前の仲間になろう。決して東隣の老婆に蓑虫の賢い生き方を知られるなよ。

俳友の太祇や霍英が世を去った寂しさの中で、自らを蓑虫になぞらえ、無精者として生きようと居直った心境を述べたものである。最後の「東隣の老嫗」は、「東家ノ丘《きゅう》」（孔子の西隣の愚夫が、孔子の偉大さを知らず、常に「東家の丘」と呼んでいた）の故事をふまえた表現である。

蕪村は、「声に鈴虫の色をこのまざれば」としているので、鈴虫のような美声ではないものの、蓑虫も鳴くという前提を共有しているようだ。蓑虫がぶらりぶらりと風に揺れるさまに、老荘思想と通じる趣を見ている点は、芭蕉の「蓑虫説跋」と通い合う。

「みの虫のぶらと世にふる時雨哉」の句は、「ふる」に「降る」と「経る」を掛けており、細い糸にぶら下がって世を送り、時雨に降られても平気な蓑虫の様子に心を寄せたもの。また、「みの虫のしぐれや五分の智恵袋」の句は、外に顔を出していた蓑虫に時雨が降りかかったところ、すぐに蓑に引っ込んだのを見て、蓑の袋は一寸の虫が身に備えた五分の知恵袋というべきか、と面白がっているもの。「一寸の虫にも五分の魂」の諺をふまえている。

蝸牛の鳴き声

蓑虫同様、本来鳴かない蝸牛についても、その声が取り上げられることがあった。岡村良通《よしみち》（一七〇〇～六七）の随筆『寓意草《ぐういそう》』には、

ひたちの国、もてきといふ山里に宿りける、夏ばかり垣ねになくむしありけり。ころ〳〵といとながくなきけり。いときなかりけるころ都の人の、けらといふむしのなくとも、みゝずといふ虫のなくともいへりけるににて、いみじくながく垣のみねにても鳴はべりければ、さと人に問ふに、蝸牛のなく也といらへけり。今までこれらのむしのなくことはしらざり。いづくなかざるにはあらじ、人のしらぬなるべし。

とあって、鳴く蝸牛の記述が見える。良通は、蝸牛だけでなく、けらやみみずについても、今まで、鳴くとは知らなかったが、鳴かないわけではないのだろう、人が知らないだけだろう、として、これらの

虫の鳴くことを肯定している。

安永四年（一七七五）刊の方言辞書『物類称呼《ぶつるいしょうこ》』は、

かたつぶりは必雨降らんとする夜など鳴もの也　貝よりかしら指出して打ふりかた〳〵と声を発す いかにも高きこゑ也　かた〳〵と鳴て頭をふるものなればかたふりといへる意にてかたつぶりとなづけたるものか　つは助字なるへし

として、蝸牛の語源をその鳴き声と動作に求めている。

山中共古《きょうこ》（一八五〇〜一九二八）の『砂払《すなはらい》』にも、

武蔵府中辺の老人の話に、秩父及郷里の辺にては、蝸牛の鳴くことあり。垣根にて鳴く。時より山のすそにて鳴くあり。其声は、手に二ツの貝を持居《もちい》て、カチ〳〵とたゝく様にて、細き声するものにて、雨降る前にはよく啼くものと話されたり

とあるが、共古は「多分雨蛙の一種の啼声ならんと思はる」と疑いを差し挟んでいる。

蝸牛を鳴く虫と捉えるのは、日本に限らなかったようで、台湾が日本の植民地であった折、台湾総督府巡査として勤務した桜井寿三は、次のようなエッセイを書き記している。

ある夜、病気療養を終えた台湾の青年が、筆者の家に全快の挨拶にやってきた。そして、「病気中は昼

間眠るものだから、夜眠れなくて困った。夜中に一人、蝸牛の鳴く声を聞いていると、ますます目が冴えて眠れなくなる」とおかしなことを言う。蝸牛は鳴かないと言う筆者と論争になり、とうとう青年は豚一匹、筆者は鶏五羽を賭けて、夜中の山に出かけていく。テン・テン・テン・テンという、舌打ちのような、あるいは舞台の拍子木を遠くに聞くような音が響き、青年はこれが蝸牛の鳴き声だと言う。声をたどり、寒中電灯で照らすと確かに木の枝に蝸牛がいるが、筆者は実際に身体を動かして鳴いているところを確かめないとわからない、と主張する。青年は、人が近くにいたり灯りをつけていたりすると鳴かない、と言い張り、その蝸牛を地面にたたきつけてつぶしてしまった。しばらく待っているとまた別の方から声が聞こえる。懐中電灯で探すと、その木にも蝸牛がいた。青年はまた、蝸牛を木からもぎとって足で踏みつぶしてしまう。これを十回近くも繰り返して二人は家に戻った。蝸牛が身体を動かして鳴いたのを確かめていないのだから、蝸牛の声とはいい切れないと筆者がいくら言っても、青年は「声がした木の蝸牛を殺すと、そこでは鳴かなくなり、ほかの木で鳴く。それをつぶすと、そこでも鳴かなくなって別のところで鳴く。ということは、蝸牛が殺される前に聞こえたあの音は蝸牛の声である」と譲らない。筆者は結局、鶏を五羽とられてしまった（桜井寿三『蝸牛の鳴く山』藤森書店、一九七九年）。

狐につままれたような話だが、その「テン・テン・テン・テン」をぜひ聴いてみたいものだ。

終　豊かなミクロコスモス

本書でたどってきた『梁塵秘抄』の虫の今様を改めて掲出しよう。

常に消えせぬ雪の島　蛍こそ消えせぬ火はともせ　巫鳥《しとと》といへど濡れぬ鳥かな　一声《ひとこゑ》なれど千鳥《ちどり》とか
（一六）

極楽浄土の東門《とうもん》に　機織《はたお》る虫こそ桁《けた》に住め　西方浄土の灯火《ともしび》に　念仏の衣ぞ急ぎ織る
（二八六）

よくよくめでたく舞ふものは　巫《かうなぎ》小楢葉車《こならはくるま》の筒《どう》とかや　やちくま侏儒舞手傀儡《ひきまひてくぐつ》　花の園《その》には蝶《てふ》小鳥
（三三〇）

をかしく舞ふものは　巫《かうなぎ》小楢葉車《こならはくるま》の筒《どう》とかや　平等院なる水車《みづぐるま》　囃せば舞ひ出づる蟷螂《いぼうじり》　蝸牛《かたつぶり》
（三三一）

茨《うばら》小木《こぎ》の下にこそ　鼬《いたち》が笛吹き猿奏《かな》で　かい奏で　稲子麿《いなごまろ》賞《め》で拍子《はうし》つく　さて蟋蟀《きりぎりす》は鉦鼓《しやうご》の鉦鼓のよき上手《じやうず》
（三九二）

舞へ舞へ蝸牛　舞はぬものならば　馬《むま》の子や牛の子に蹴《く》ゑさせてん　踏み破《わ》らせてん　実《まこと》に美しく
舞うたらば　華の園まで遊ばせん　（四〇八）

頭《かうべ》に遊ぶは頭《かしら》虱　項《おなじ》の窪《くぼ》をぞ極《き》めて食ふ　櫛の歯より天降《あまくだ》る　麻笥《をごけ》の蓋《ふた》にて命《めい》終はる　（四一〇）

居《ゐ》よ居よ蜻蛉《とうばう》よ　堅塩参らんさて居たれ　働かで　簾篠《すだれしの》の先に馬《むま》の尾縒《よ》り合はせて　かい付けて
童《わらはべ》　冠者《くわざ》ばらに繰《く》らせて遊ばせん　（四三八）

虫が舞う
虫が鳴く

これらを概観して気づくのは、ほとんどの場合、「遊ぶ」「舞ふ」という言葉がともに使われているということであり、こうした語は『梁塵秘抄』今様の虫の把握を端的に示すものと思われる。すなわち、「遊ぶ」「舞ふ」の語は虫の動きに注目することによってこそ選び出されるものであって、虫の芸能化を媒《なかだち》するものといえるのではないか。こうした今様の特徴は、伝統的な文芸たる和歌と比較することでより際立つ。和歌においては、蛍や蜘蛛を除いては松虫・鈴虫・蟋蟀・蟬・蜩《ひぐらし》など鳴く虫を取り上げることが圧倒的に多い。鳴かない虫である蛍は「明けたてば蟬のをりはへ鳴きくらし夜は蛍の燃えこそわたれ」（『古今和歌集』恋一・五四三・よみ人知らず）のように、「燃ゆ」という特性から恋歌に詠まれたり、「音もせで思ひに燃ゆる蛍こそ鳴く虫よりもあはれなりけれ」（『後拾遺和歌集』夏・二一六・源重之）のように、「思ひ」の「ひ」に蛍の「火」を掛けて詠まれるなど、修辞的な要素が色濃い。また、蜘蛛は、「秋の野に置く白露は玉なれや貫《つらぬ》きかくる蜘蛛のいとすぢ」（『古今和歌集』秋上・二二五・文屋朝康）のように、その巣や糸に焦点を当てて詠まれることが多く、蜘蛛そのものの詠歌は、「我が背子《せこ》が来《く》べき夕《よひ》なりささがにの蜘蛛の振舞かねてしるしも」（『古今和歌集』墨滅歌・一一一〇・そとほりひめのひとりゐてみかどを恋ひたてまつりて）のように蜘蛛の行動を待人の訪れの前兆と見る俗信に支えられている。鳴かない虫であっても、その虫の動きそのものを捉えて歌うことはまずないといってよい。和歌の鳴く虫と今様の舞う虫は対照的な様相を示していよう。

虫と遊ぶ虫を見る

平安文学の虫を論じる場合、必ずひきあいに出されるのは、『枕草子』の「虫は」の段である。ここにはほとんど和歌に詠まれない虫も取り上げられ、名だけではなく評言の付された虫は蓑虫・額づき虫・蠅・夏虫・蟻の五種で、これらは本来、鳴かない虫である（第七章第2節で見たように、蓑虫については鳴くものという把握が見られる）。蓑虫は「あやしき衣をひき着せ」られているもの、額づき虫は「道心おこしてつきありく」もの、蠅は濡れたような感触の足をしている「憎きもの」、夏虫は火の近くで「草子の上などに飛びありく」もの、蟻は大変軽くて「水の上などをただ歩みありく」ものと、細やかな観察に基づいた記述になっており、虫の姿やその動きに注目している点や擬人化のユーモアは今様と共通する。しかし今様の表現は、時に手にのせるようなより至近距離のものであり、さらには虫に働きかける様子まで彷彿とする。『枕草子』の虫は見るものであったが、今様の虫は共に遊ぶものであった。

虫になる

虫を見つめ、虫と遊んだ人々は、虫に「なる」ことがあった。虫に「なる」芸能はほかの獣や鳥になる芸能と並んで「動物風流」として民俗学の方面から研究されている。なぜ動物に「なる」のかについては、民俗芸能に現れる動物を聖なるものとする見方（西角井正大『祭礼と風流』岩崎美術社、一九八五年）や人間にとって有害な動物を演じてその害獣追放とそれによる豊穣を祈願する、あるいは逆に人間にとって有益な動物を演じて豊穣を祈願するという見方（野本寛一『生態民俗学序説』白水社、一九八七年）が提出されてきた。橋本裕之は、こうした人間にとって有害か有益か、信仰の対象か憎悪の対象かといった価値判断によらず、動物が抱える統御されない力、野性の力とでもよぶべきものを人間が我が物とするプロセスとして動物風流を捉えるという卓見を示した（「芸能と野生」『民俗芸能研究』第六号、一九八七年十一月）。

虫の芸能化

橋本論も指摘するように、芸能を論じることは、さまざまな芸能を一般化しようとすれば図式化に陥る危険性と、個別の芸能のみを論じればその先に何も生まないという二面の困難を有する。しかしあえて、個別の今様を糸口として論じてきた視点から述べれば、虫の動きを面白がる今様の心性は虫に「なる」芸能にとって案外大きな動機といえるのではないだろうか。たとえば野本論は静岡県山名神社の蟷螂舞について、『新猿楽記』の蟷螂舞などにふれながらも、その芸能の由来を「害虫を捕食する蟷螂、とりわけその鎌や斧は、疫病除けの呪力を持つと信じられた」ことに見ている。その根拠は、「山名神社の舞楽にかかわる古老達に「蟷螂の舞」の根拠を尋ねたところ、「稲につく害虫を除けるものだ」と答えてくれた」というものなのである。古老の言葉は山名神社の蟷螂舞の解釈の一つではあるが、蟷螂の動きを芸能化する当初からそれが意図されていたかどうかは疑問である。野本論もふれる『新猿楽記』の蟷螂舞は「都《すべ》て猿楽の態《わざ》、烏滸《をこ》の詞は、腸《はらわた》を断ち頤《おとがひ》を解かずといふことなきなり」と評される猿楽の一つであり、人々の笑いを誘う滑稽なものであった。また『御家伝記《ごかでんき》』の「蟷螂の真似」は酒宴の娯楽の一つである（第一章第1節参照）。こうした蟷螂の模倣芸能は人間にとっての蟷螂の価値や意味を笑いの中に溶解するものではなかったか。山名神社の蟷螂舞もこのような芸能の延長線上にあり、時によってさまざまな解釈を付加されながらも、その根本にあるのは蟷螂の持つ独特の動きへの強い興味関心だったと思われるのである。あまりにも単純明白であえて言及するに足らないとされてきたのかも知れないが、今様に見えるごとき虫の動きに興じる精神こそ虫の芸能化の第一の動機といえるのではないだろうか。

文学的伝統を裏切る新しい素材として、また虫の芸能化を媒《なかだち》するものとして、『梁塵秘抄』の虫は重要な位置を占めるものといえよう。

あとがき

中世の人々が、虫に対して親近感と嫌悪感を同時に抱いたように、私自身の中にも、虫に対して相反する思いがある。刺す虫への恐怖や、一部の虫の見た目に対する苦手意識の一方で、小さく精巧な虫の造形美に惹かれたり、虫の抱え持つ豊かな世界に感嘆したりする。

幼い時に目にした虫の風景として、忘れがたいのは二つ。ひとつは蟷螂の雌が交尾した相手の雄を食べてしまう姿、もう一つはハサミムシの母が、卵からかえった子に、自分の体を最初の餌として与える姿である。後者については、実際にその様子を目撃したわけではない。ただ、風呂場のタイルの床に二つの茶色い小さな小さな三日月のようなものが落ちていて、不思議に思った記憶が鮮明にあり、何年か後に、テレビ番組の中でハサミムシの母が子に食われる映像に接し、それがハサミムシのハサミであったと知ったのである。私はこれらの風景の底知れぬ恐ろしさに怯えながら、目を背けることができなかった。厳粛な力でそこにつなぎ留められていると感じた。子どもだった私は、明確に言語化できなかったが、生きるということの深く暗い淵を覗き込んだ瞬間だったのだろうと思う。虫は、妻が夫を、子が母を、「食べる」という直接的な行為に及んでいるが、人が生きていくということも本質は変わらないのではないか。そのことに気づいて、言葉にならぬ怖れと哀しみにたじろいでしまったのだと思う。

中学生になって、国語の教科書で吉野弘の詩「I was born」を読んだ時、幼い日の心持ちに一つの説明が与えられたような気がした。

（前略）

父は無言で暫く歩いた後　思いがけない話をした。

――蜉蝣という虫はね。生まれてから二、三日で死ぬんだそうだが　それなら一体　何の為に世の中へ出てくるのかと　そんな事がひどく気になった頃があってね――

僕は父を見た。父は続けた。

――友人にその話をしたら　或日　これが蜉蝣の雌だといって拡大鏡で見せてくれた。説明によると　口は全く退化して食物を摂るに適しない。胃の腑を開いても　入っているのは空気ばかり。見ると　その通りなんだ。ところが　卵だけは腹の中にぎっしり充満していて　ほっそりした胸の方にまで及んでいる。それはまるで　目まぐるしく繰り返される生き死にの悲しみが　咽喉もとまでこみあげているように見えるのだ。淋しい　光りの粒々だったね。私が友人の方を振り向いて〈卵〉というと　彼も肯いて答えた。〈せつなげだね〉。そんなことがあってから間もなくのことだったんだよ、お母さんがお前を生み落としてすぐに死なれたのは――。

父の話のそれからあとは　もう覚えていない。ただひとつ痛みのように切なく　僕の脳裡に灼きついたものがあった。

――ほっそりした母の　胸の方まで　息苦しくふさいでいた白い僕の肉体――。

ドリトル先生シリーズや、椋鳩十の動物文学をむさぼり読み、さらに『シートン動物記』や『ファーブル昆虫記』を愛読した私は、生物学に憧れを抱きつつも、日本文学を専攻するようになった。そして、文学の中で、動物が――特に虫が――どのように捉えられているのかに、関心を持ち続けてきた。そこに、虫をテーマにした連載のお話をくださったのが、ミネルヴァ書房の堀川健太郎氏であった。本書は、その『「究」』（二〇一六年十月～二〇二〇年三月）に連載した原稿を修正し、また加筆して一書にまとめたものである。

連載中も、そして単行本化にあたっても、堀川氏には本当にお世話になった。心より御礼申し上げる。

二〇二〇年六月

植木朝子

わ 行

《著者紹介》

植木朝子（うえき・ともこ）

1967年　生まれ。
1995年　お茶の水女子大学大学院博士課程人間文化研究科単位取得満期退学。
1998年　博士（人文科学）（お茶の水女子大学）。
現　在　同志社大学文学部教授。
主　著　『梁塵秘抄とその周縁――今様と和歌・説話・物語の交流』三省堂，2001年
（日本歌謡学会志田延義賞受賞）。
『梁塵秘抄の世界――中世を映す歌謡』角川選書，2009年。
『風雅と官能の室町歌謡――五感で読む閑吟集』角川選書，2013年，ほか。

叢書・知を究める⑲
虫たちの日本中世史
――『梁塵秘抄』からの風景――

2021年 3月1日　初版第1刷発行　〈検印省略〉

定価はカバーに
表示しています

著　者　植　木　朝　子
発行者　杉　田　啓　三
印刷者　田　中　雅　博

発行所　株式会社　ミネルヴァ書房
607-8494　京都市山科区日ノ岡堤谷町1
電話代表（075）581-5191
振替口座　01020-0-8076

創栄図書印刷・新生製本

ISBN978-4-623-09058-7
Printed in Japan

人名索引

あ 行

か 行

さ　行

た　行

な　行

は　行

ま　行

や・ら・わ行

事項索引

あ 行

か 行

さ 行

た 行

な・は・ま行

や・ら・わ 行

作品名索引

あ 行

か 行

さ 行

た　行

な　行

は　行

ま　行

や　行

ら　行